Gery Seidl

Wegen Renovierung offen

Gery Seidl

Umwelthinweis:

Dieses Buch und der Schutzumschlag wurden auf chlorfrei gebleichtem Papier gedruckt. Die Einschrumpffolie - zum Schutz vor Verschmutzung - ist aus umweltverträglichem und recyclingfähigem PE-Material.

4. Auflage

Umschlaggestaltung: Michi Schwab, Union Wagner,
unter Verwendung von Fotos von Johann Eder (vorne) und Petra Ebner-Seidl (hinten)
Textlayout: Michi Schwab, Union Wagner
Verlagslogo: © Padhi Frieberger
Druck und Bindung: CPI books GmbH, Leck
ISBN: 978-3902924-70-4

Inhalt

Dank

Ich danke meiner wunderbaren Frau und meiner Tochter, die nicht nur mit mir gemeinsam ein Haus gebaut haben, sondern so unendlich viele Bausteine für mein Leben darstellen.
Danke!
Es ist schön, mit euch zu bauen.
Es ist schön, mit euch zu leben.

Vorbemerkung

Ich darf mich bei allen bedanken, die mir Geschichten und Erfahrungen schenkten und so die Möglichkeit gaben, dieses Buch überhaupt zu schreiben.

Ziel des Buches sollte es auf keinen Fall sein, eine Zunft zu übervorteilen oder zu denunzieren. Es ist einzig und alleine meine Sicht auf mein damaliges Arbeitsfeld, welches mich noch immer fasziniert. Ich möchte an dieser Stelle den vielen Menschen, die ich auf meinen Baustellen kennenlernen durfte, meinen Respekt aussprechen. Ihre Arbeit ist oft schwer und noch öfter bleibt sie unbedankt. Die Kreativität jedes Einzelnen wird oft mit Füßen getreten, und allzu oft wird am Ende eines Projektes den Falschen für die gute Zusammenarbeit gedankt.

Dieses Buch ist nicht als Lehrbuch zu sehen, da technische Lösungen so beschrieben sind, wie ich sie persönlich für richtig erachte, sie jedoch möglicherweise anders unterrichtet werden. Viele Wege führen zum Ziel. Funktionieren müssen sie.

Ob Sie, liebe LeserIn, zu jenen gehören, die gerade mitten in einem Bauprojekt stecken, oder ob Sie es gerade hinter sich gebracht haben, ob Sie kurz davor sind, einen Neu-, Zu- und/oder Umbau zu starten, entzieht sich meiner Kenntnis. Doch was auch immer Sie tun, ich wünsche Ihnen die größtmögliche Freude dabei und von Herzen viel Erfolg, denn schließlich »bauen« wir alle rund um die Uhr.

Das Leben ist eine Baustelle, und fertig ist man NIE.

Vorwort

Ich wollte immer schon etwas bauen. So schaufelte ich stundenlang Sand zu einem riesigen Hügel auf, doch nie war es genug. Dann wollte ich mehr. Ich wollte ein Hochhaus errichten – um letztendlich Kabarettist zu werden. In Summe eine lange Geschichte. Haben Sie Zeit?

Schön! Dankeschön! Also freut es mich.

Es begann, wie gesagt, alles mit dieser Sandburg. Nein, anders.

Das Bauen ist so alt wie die Menschheit selber. Vielleicht nicht ganz so alt, doch hat es eine Geschichte von ca. 12.000 Jahren. Der Mensch war bestrebt, nachdem ihm der Ackerbau seine Sesshaftigkeit ermöglichte, sich eine Hütte zu errichten, um darin seine Brut, aber auch nicht zuletzt sich selbst zu behüten. Die Entwicklung ging rasch voran. Aus anfänglichen Pfahlbauten wurden Rundhütten aus Trockenmauerwerk bis hin zu Hallenhäusern, Lehmhütten, Fachwerkhütten, Ziegelhäusern … der Mensch baute. Aus anfänglichen Verzierungen, die möglicherweise ein williges Weibchen anlocken sollten – wir kennen das aus der Vogelwelt –, wurden am Ende oft viel zu große Häuser, mit viel zu großen Garagen, mit viel zu hässlichen Fassadenfarben, von Architektur so weit entfernt wie Trump vom Friedensnobelpreis. Das damals willige Weibchen hat sich beim allwochenendlichen Betonmischen und »Schnitzel-für-die-Freunde-Backen« im Laufe der Kalenderwochen in eine unwillige Baufrau verwandelt, die das traute Heim mit der Brut, die ihren Vater aufgrund der ständigen Bauarbeiten nie kennenlernte, schließlich noch vor Fertigstellung des Wohnzimmerlaminates verlassen hat. So baut man eben für die Neue weiter. Doch auch sie wird sich, rein optisch, in Richtung »bester Freund des Mannes« entwickeln, so sie die Bühne nicht erst nach Fertigstellung der Bleibe betritt.

Bauen und Wohnen. Ganze Messen werden so benannt. Das Bauen ist etwas Elementares. Heute ist die Großbaustelle der letzte legale Menschenhandel, und die Baumärkte haben sich zu »Drogenumschlagplätzen« für Häuslbauer entwickelt. Kaum einer, der wirklich weiß, wo der Hammer hängt, hält es aus, am Samstag nicht noch vor dem Läuten der Zwölf-Uhr-Glocke einen Baumarkt besucht zu haben. Es sind die Postwurfsendungen, die auch die »Bitte-keine-Werbung«-Barriere durchbrechen. Sie machen uns lange Zähne, wenn wir sehen, wie eine Wandhalterung für einen Gartenschlauch wirklich aussieht, wie man den Garten wirklich bewässert, wie man im Handumdrehen aus der alten, verrosteten Garagentüre ein Tor macht, welches sich über ein App kinderleicht mit dem Handy öffnen lässt. Das sind die Drogen, die der Häuslbauer braucht.

Was kann schöner sein, als eine komplette Kanalisation zu planen und in weiterer Folge auch selber zu errichten, wenn man das richtige Material zu Hause hat und die Gummilippe, frisch eingefettet, fast wie von selber in die Verbinder im stets richtigen Winkel rutscht. Das ist der Himmel! Das heißt, sich nach fünf Stunden auf Knien aufrichten, warten, bis die Sternchen vor den Augen verschwinden, den Wasserhahn aufdrehen und bei der Putzöffnung kurz vor dem Eintritt des Kanals in das öffentliche Gut ausharren, bis Wasser fließt. Wenn das der Fall ist, dann gibt es nichts – und zwar rein gar nichts, was dich noch aufhält, mit einem lauten Bier-Ruf darauf zu dringen, dass mindestens ein Familienmitglied mit selbigem eisgekühlt in Windeseile antanzt und dir zum ersten und zweiten Schluck maximale Bewunderung ausspricht. Der Verwandte darf sich nach dieser Lieferung selbstverständlich nicht zurückziehen. Nein, er muss in Folge den Schilderungen des »Künstlers« lauschen: mit welch enormem Kraftakt, welch heroischer, absolut übermenschlicher Leistung er es schlussendlich geschafft hat, diese schier unlösbare Aufgabe zu meistern, nämlich das anfallende Schmutzwasser vom Garagenbecken bis zum Kanal zu leiten.

Ärger für alle Betroffenen wird es, wenn sich ein »bester Freund« ihm zur Seite stellt. Einer, der sich auskennt. Einer, der weiß, wie es geht, und selber nie einen Handwerker bestellen würde. Doch befinden wir uns immer noch im Bereich der »Häuslbauer«. Wenngleich es dort seinen Anfang nahm, wollte ich eigentlich immer Hochhäuser bauen. Doch es begann anders, nämlich ganz anders. Im Kleingarten. Und davor wichtig: SCHULBILDUNG!

Kapitel 1

Wie alles begann

Meine Zeit in der Schule. Für einen Kurzfilm zu lang, für einen Thriller zu wenig spannend, für eine Doku zu wenig Inhalt, für ein Epos zu wenig handelnde Personen und für einen 90-Minüter zu fad. Jene Zeit, die ein junger Mensch in der Schule nützt, und jene, die er nutzen könnte, sind mehr als zwei Paar Schuhe. Ich möchte an dieser Stelle den Inhalt, mit dem man seine Schulzeit füllt, kurz beleuchten.

Natürlich gibt es von höherer Stelle einen Lehrplan. Natürlich haben sich wissende Menschen in den Ministerien und in den einzelnen Bildungseinrichtungen Gedanken darüber gemacht, wie man am besten welches Wissen in welcher Zeit an Kinder weitergeben kann. Wie bilden wir den Lehrkörper aus? Wie schaffe ich eine angenehme Lernstruktur, und was soll am Ende dabei rauskommen? Dass sich das vorherrschende Schulsystem nach wie vor heftig gegen die Meinungen sämtlicher Hirnforscher auf diesem Planeten stemmt, liegt sicher nicht zuletzt daran, dass der Hirnforscher niemanden ausbilden will, der nach seiner Ausbildung jemanden braucht, der ihm sagt, was er denken soll.

Da stehen einander zwei Zielvorstellungen gegenüber. System gegen Möglichkeit. Die Zeit wird uns zeigen, wem wir hätten mehr Beachtung schenken sollen. Ich glaube, ich weiß es.

Was meine Schulzeit betrifft, wollten sicherlich alle Beteiligten das Beste für mich. ICH wollte etwas anderes. Etwas noch Besseres. Bei der Beschreibung meiner HTL-Zeit darf ich meinen späteren Schauspiellehrer zitieren, der seine eigene Schulzeit mit den Worten »Barfuß durch die Hölle« beschrieben hat. Treffender schaffe ich es für mich nicht. Als Freigeist, Musikant, Dichter und Texter, Klassenclown und pubertierender Rebell passt man schlichtweg in kein System.

Gestärkt durch die Erfahrung, ein Schulsystem überlebt zu haben, hat man mich dann doch mit einer abgeschlossenen HTL-Matura, veramtlicht mit einem Zeugnis, hinaus ins Leben geschickt.

Der Schritt von der Schulbank auf den zum Bauen freigegebenen Grund ist aber ein riesengroßer. Willkommen in der Welt, Herr Seidl!

Bereits beim Bundesheer habe ich gemerkt, dass allein schon mit dem Wort Ausbildung etwas nicht stimmen kann, müsste doch sonst der Ausbildner eine andere Figur machen. Die Zeit im grünen Kostüm näher zu beschreiben, würde ein eigenes Buch erfordern. So viel jedoch sei gesagt: In der Welt war ich noch immer nicht angekommen. Acht Monate ziehen ins Land. Ich rüste ab als Gefreiter. Das ist das Wenigste, was man erreichen kann, und trotzdem hat man etwas erreicht. Nach acht Monaten Heer einen zusammenhängenden Satz zu sprechen ist eine hohe Kunst. Besser wäre es zudem gewesen, sich nach all den Jahren einmal richtig Auszeit zu nehmen. Rucksack packen, und los geht's. Irgendwohin. Ohne Ziel. Leben. Zeit genießen – ohne Lehrer, ohne Oberst, und vor allem ohne Plan.

Mein Weg war ein anderer, denn ich brauchte Geld. So begann ich, mir eine Arbeit zu suchen. Wo? In der Baubranche. War ich doch bestens ausgebildet. Jung, dynamisch und voller Tatendrang. Mit heller Hose, weißem Hemd und hellem Gilet stellte ich mich bei meinem ersten Arbeitgeber vor. Baumeister Schrabit.

Kapitel 2

Baumeister Schrabit

Eine kleine Firma, bestehend aus dem Baumeister selber, einer Sekretärin halbtags, einem weiteren Bauleiter und einem Verkäufer. Nachdem ich mir im Baubüro meinen eigenen Schreibtisch gerichtet hatte, schickte mich mein Baumeister mit folgenden Worten auf die erste Reise: »Seidl, do host 20 Schülling, foa zum Quester. Kauf a Sackl Koik und a Pfandl. Do host an Plan. Foast noch Mixendorf. Muagn um sechse kummt der Bagger.«

So stehe ich in Mixendorf auf einer riesigen Fläche Brachland und soll mit Kalk am hüfthohen Gras anzeichnen, wo sich die Außenkanten der Baugrube für den Baggerfahrer befinden. Alle 30 m ragten ein Wasserschlauch und ein Stromzähler aus dem Boden. Es schüttet wie aus Schaffeln. Mir fällt weder ein, wie man ohne Kompass erkennt, wo Norden ist, noch wie man ohne Geodreieck im hüfthohen Gras einen rechten Winkel anreißt. Da wünscht man sich seinen Mathematikprofessor neben sich – in Gummistiefeln, die mittlerweile 25 kg schwer sind – und möchte ihm zusehen, wie er langsam im Schlamm ertrinkt, da er so eine Aufgabe voraussichtlich auch noch nie gelöst hat in seiner Existenzblase. Aber: Wo ein Seidl, da auch ein Weg. Gemacht, geschafft! Die Bagger können kommen.

Das war der letzte Tag in meinem Leben ohne Handy. Zur Information an alle jüngeren Leser dieses Buches: Es klingt vielleicht lächerlich, doch 1996 war es noch lange nicht so, dass bereits Fünfjährige mit einem Smartphone hantieren konnten … oft besser als ihre Eltern. Es gab zu dieser Zeit zwar schon Handys, doch es gab auch noch Telefonzellen, wenn ihr wisst, was ich meine. Nur ganz wenige Leute konnten sich zu diesem Zeitpunkt so ein Ding leisten. Ich hatte eines. Ich habe es von meinem Baumeister nach der Aktion in Mixendorf bekommen. Ein Ericsson, das mit der abnehmbaren kurzen Antenne und dem blauen Ring.

Dieses Teil konnte man oft weiter werfen, als man damit telefonieren konnte, da man sich im Grunde genommen von einem Sendeloch zum anderen hanteln musste. Aber man konnte mit dem Gerät dafür auch einen Nagel einschlagen. Es gab darauf weder eine Kamera noch ein Navi. Mein Ericsson konnte nur telefonieren und Telefonnummern speichern.

Auf einem winzigen Display konnte man die Nummer und den Namen dessen ablesen, der gerade anrief oder den man gerade gewählt hatte. Der kleine Akku hielt sieben Stunden. Der große Akku doppelt so lang, wenn man nicht telefonierte und wenn man akzeptierte, dass das Gerät dadurch so schwer wie eine Aktentasche wurde. Stolz war ich und habe bewusst so telefoniert, dass jeder erkennen konnte, ich gehöre zu denen, die ein Handy haben. Heute bist du wer, wenn du keines brauchst. Die Zeiten ändern sich.

Wichtig: Die Rechnung hat ein anderer bezahlt. Ein weiteres Grundgesetz am Bau.

1. Weisheit: Bei allem, was du bestellst: WER ZAHLT?

Meine erste Begegnung mit einer »Maurerpartie« – das sind im Volksmund jene Leute, die Rohbaupläne umsetzen – habe ich instinktiv richtig gestaltet. Ich machte auf dem Weg zur Baustelle einen Umweg zum »Konsum« – wieder für die Jüngeren: Der »Konsum« war ein Lebensmittelgeschäft, das aber unter der Ehrlichkeit seiner Führung gelitten hat und schließen musste. Ich fuhr also zum Konsum und befüllte meinen Kofferraum mit zwei Kisten Bier. Mit diesem Einstand lernte ich die Mannschaft kennen. Sie vergaßen meinen Ausbildungsstatus und führten mich in die Welt der Praxis ein. So wurde ich Bauleiter im Bereich Einfamilienhaus rund um Wien. Ganz nah am Kunden. Oft schon fast zu nah.

Meine erste Baufrau hat sich regelrecht in mich verliebt. Doch nicht so :–)))) Nein, so wie man sich in sein Enkelkind verliebt. Ich kam, und sie offerierte liebevoll Kaffee und Kuchen. Jeden Tag. Wenn man das weiß, richtet man sich seine Außendienstrunde so ein.

An dieser Stelle die 2. Weisheit: Im Außendienst liegt alles am Weg!

Was ich in dieser »Baufrau-Ersatzoma-Auftragnehmertrilogie« lernen musste war, zu kommunizieren, dass ein Mehraufwand auch mehr Geld kostet. Mehrkosten zu verkaufen war nicht meine Stärke, womit wir wieder bei der 1. Weisheit wären. Ich habe damals sicherlich mehr Geschenke gemacht, als notwendig waren. Menschlich muss es passen!

Und die am meisten vergessene 3. Weisheit: Bleib Mensch!

Ich habe zu diesem Zeitpunkt jedoch auch gemerkt, je früher ich als Bauleiter dem Verkäufer den Kunden entziehen konnte, umso leichter hatte ich es.

Den Verkäufer der Häuser hat das Wort Mehrkosten nämlich gar nicht interessiert. Er wollte lediglich einen zufriedenen Kunden. Sämtliche Vordächer, Pflasterungen, Aufpreise für Kupferrinnen und Ähnliches, die wohl im Verkaufsgespräch Erwähnung fanden, jedoch nie beziffert wurden, durfte ich dem Kunden nachverrechnen. Und das mit meinem nicht vorhandenen Talent zu einem Zeitpunkt, da dem Kunden das Geld oft schon knapp wurde. Zugegeben, wer am Beginn der Bauarbeiten schon alles weiß, baut vermutlich nicht, da ihn die Summe der tatsächlichen Gesamtkosten erschlägt. Mit Sicherheit!

Doch dazu kommen wir später.

Kapitel 3

Man reist

Reisen erweitert den Horizont. Der Mensch war immer schon unterwegs, sicherlich heute so bequem wie selten zuvor, wenn er nicht gerade vor irgendeinem verrückten Religionsanhänger oder andersdenkenden Diktator fliehen muss. Denkt man alleine an die Distanzen, die der junge Wolfgang Amadeus Mozart oder auch Wolferl, wie ihn seine Freunde und Vermarkter gerne nannten, noch in wackeligen Kutschen zurücklegen musste. Wobei man davon ausgehen kann, dass das damals nicht die schlechtesten Schlitten am Markt waren, transportierte man doch ein Genie. Dem Menschen von heute ist es möglich, auch ohne geniehaftes Talent bequem und vor allem schnell von A nach B zu gelangen.

Nachdem mir ein Fluglotsenstreik am Flughafen Berlin die Ehre zuteilwerden ließ, bei einer Nettofahrzeit von 10 h 30 min die Strecke Berlin–Wien aus dem bis auf den letzten Platz ausreservierten Bus zu betrachten, habe ich beschlossen, den nächsten Städtetrip Bregenz–Verona–Venedig mit dem Auto zu bewältigen. Als bekennender Menschenfreund verstehe ich natürlich alle Menschen, die so eine Busreise für ausgedehnte Privatunterhaltungen in diversen Fremdsprachen nutzen. Es gibt dabei keine Barrieren und auch keine Sitzreihen mit Nicht-Familienangehörigen dazwischen. Es stört mich auch nicht der Verzehr von bestens gewürzten mitgebrachten Speisen, auch nicht der Spargedanke beim Achselroller oder die zurückgeklappte Sitzlehne des Braunbären vor mir. Jeder einzelne Punkt findet in meiner Wahrnehmung seine Akzeptanz. Treffen sich jedoch all diese Punkte in einem Bus, dann wird es zu viel. Selten habe ich Wien Erdberg so herbeigesehnt. Die Bustüren gehen auf, und die frische Wienluft durchströmt meinen Körper. Was für ein Fest!

Nicht zuletzt der Gepäcksgedanke. Ich reise mit einer großen und einer kleinen Dame. Wenn meine Frau packt, dann packt sie. Andrea packt oft länger, als wir bleiben. Andrea hat gepackt für heiß, für kalt, für nicht so heiß, für nicht so kalt, für warm, kühl, ganz kühl und saukalt. Wir decken alle Klimazonen ab. Medizinisch haben wir eine Erstversorgung mit, damit eröffnet man ein Feldspital in Tansania. Ich muss das direkt einmal überprüfen, ich glaube, wir haben im Urlaub mehr Gegenstände mit, als wir zu Hause besitzen. Meine Frau leiht sich womöglich was aus, wenn wir verreisen, und räumt es in unsere Riesenkoffer. Das sind die in dieser Größe letzten noch legal zu erwerbenden Koffer. Alles andere sind schon Schränke, die als Tiertransport angemeldet werden müssen. Wenn wir fliegen und beim Förderband warten, muss ich gar nicht schauen, ob unser Gepäck kommt. Ich brauche nur zu warten, bis es schattig wird.

Diesmal fliegen wir aber nicht. Nein, wir haben uns entschieden, die eigene Kutsche zu nehmen, da streikt zumindest kein Fluglotse. Ich muss mich vor dem Einsteigen nicht gänzlich entkleiden und durchleuchten lassen. Ich kann nicht abstürzen, da ich bei der Fahrt keinen Alkohol zu mir nehme, und ich muss auch nicht schon zwei Stunden, bevor ich den Wagen starte, die Reise antreten. Es ist alles ganz einfach. Wir gehen zum Auto, packen die Koffer ein, steigen ein und fahren los. Wie einst Mozart.

Die gut gebuchte Städtereise hat einen Bereich, der Neuland für uns alle bedeutet. Airbnb – in Verona.

Airbnb bedeutete für uns, dass man in einer fremden Stadt, in der es kein Zimmer mehr gibt, weil eine internationale Weinmesse stattfindet, um vermeintlich weniger Geld in eine Privatwohnung zieht, die entweder zum Zwecke einer Vermietung besteht oder deren Vermieter selber gerade auf Städtetour in der Welt unterwegs ist und vermeiden möchte, dass seine Wohnung leer steht und ihm dadurch eine Stange Geld entgeht. Zwischenhändler des Deals ist das Airbnb-Geschäftsmodell.

Die im Internet bestens beschriebene Behausung wird zu 100 % im Voraus bezahlt. Ein Umstand, den man normalerweise nur mit seinem besten Freund machen würde, oder wenn man Pilze im Restaurant bestellt. Man reist an. Es kommt zur Besichtigung und zur Schlüsselübergabe. So auch bei uns. Von der Uhrzeit zu spät, um bei einer spürbar anderen Wahrnehmung der Immobilie, als im Internet beschrieben, noch eine brauchbare Alternative zu finden, zudem man ein Kleinkind im Schlepptau hat.

Es kommt, wie ausgemacht, ein gewisser Herr Oskar. Groß, schlank, unrasiert. Sicherlich kein Alkoholiker, könnte jedoch einer werden, was sich bei einer internationalen Weinmesse in seiner Stadt anböte. Was er mitbringt ist ein kaum verständliches Englisch sowie einen Bund Hausschlüssel, die er zuvor maximal einmal selber auf ihre Tauglichkeit beim entsprechenden Schloss getestet hat. Nach längerem Suchen des richtigen Gartentors in der komplett zugeparkten Gasse ging tatsächlich ein Stahltor auf, sodass wir zumindest unser Auto in eine verkehrsberuhigte Zone bringen konnten.

Mit der Hoffnung, noch alle Reifen am Wagen zu haben, wenn wir uns länger als zwei Stunden von selbigem entfernen, schnappten wir unser Gepäck und folgten dem Hageren zur Haustüre.

Es ist dem Land und der Jahreszeit zu verdanken, dass wir uns in der Zeit, in welcher der freundliche Anderssprechende den Schlüssel zum Haustorschloss des Gemeindebaupalastes gesucht hat, keine Verkühlung holten. Doch nicht nur ein blindes Huhn gehört zu den Lebewesen, die einmal etwas finden. Nein, auch unser Vermieter kann sich am »Walk Of Find« eines Sternes sicher sein. Die Haustorhürde war geschafft. Jetzt nur noch, welcher Stock und welche Türe. Eine Rechnung mit zwei Unbekannten.

Da sich unser Gepäck in einem Ausmaß befand, bei dem ich ohne Übertreibung sagen kann: »Wir haben mehr mit, als wir zu Hause gelassen haben«, war der liftlose Marsch in den 3. Stock eine durchaus sportliche Leistung. Nun war uns eine Wiederholung des Prozederes wie vor der Haustüre in einem etwas kürzeren Ausmaß vergönnt, da schon zwei Schlüssel auf dem großen Schlüsselbund ihren Schlössern zugeordnet waren. Lediglich merken hätte man es sich müssen. Dass es auch anders geht, wurde uns bewiesen.

Es vergeht Zeit – was sonst –, und die Eingangstüre zu dem beschriebenen Schmuckkasterl öffnet sich. Wir stehen in einer fixfertig eingerichteten Wohnung. Ich weiß ad hoc nicht, ob wir uns das genau so vorgestellt haben. Von den vielen Büchern im Regal erinnern mich ganz wenige an unsere Bücherwand, nicht zuletzt auch aufgrund der anderen Sprache. Sämtliche Bilder von Verwandten und Bekannten, Onkeln und Erbtanten, Kindern und Kindeskindern an der Wand erwecken keine Erinnerung in mir. Das Klavier hätte ich nicht vor die Türe gestellt, den Teppich nie gekauft, und generell die Einrichtung …

Ich denke, einem Alzheimerpatienten muss es so ergehen. Man steht plötzlich mitten in einem fremden Leben. Aufgrund der Verhaltensweise unseres verwirrten Schlüsselboten drängt sich mir die Frage auf, ob jene Person, die hier hauptgemeldet ist, überhaupt von unserer Ankunft weiß. Möglicherweise hat jene Person in gutem Glauben ihrem Neffen den Schlüssel zum Blumengießen und Postversorgen überlassen und denkt nicht im Traum daran, dass wildfremde Leute hier für kurze Zeit ihre Zelte aufschlagen. Vielleicht ist es aber auch so ausgemacht, und alles hat seine Richtigkeit.

Viele Gedanken schießen mir durch den Kopf. Beim Durchschreiten der Räumlichkeiten mit Oskars Erklärungen ob deren Funktion (aha, das ist ein Schlafzimmer … aha, das ist ein Bad), die sich 700 km von Zuhause 1:1 mit unserer deckt, sehe ich häufig Bilder einer ungefähr 60-jährigen Dame mit einem Enkelkind am Arm. Dass es ihr Enkelkind ist, wünsche ich ihr. Es könnte sich selbstverständlich auch um eine sehr, sehr späte Mutterschaft handeln. Was weiß man schon.

Beim Durchwandern kommt mir plötzlich der Gedanke, dass es natürlich auch die Option gibt, dass die hier so fröhlich Abgelichtete das Zeitliche gesegnet haben könnte und deshalb das Bett für uns frei geworden ist. Womöglich hat sie auch hier ihren Weg ins grelle Licht angetreten, und das vor gar nicht langer Zeit, steht doch im Kühlschrank noch ein Einsiedeglas mit der händischen Aufschrift »Albicocche (=Marillen) 2016«. All die Pflanzen hat sie vielleicht vor zwei Wochen selbst gegossen, die Handtücher noch selber gewaschen. Nein, korrigiere, die Handtücher hat schon länger niemand gewaschen. Blöd auch, dass die Handtücher das Einzige sind von unseren eigenen Habseligkeiten, die wir zu Hause gelassen haben. Leider auf meinen Einwand hin, da ich der Meinung war, um den Preis müssten eigentlich FRISCHE Handtücher im Badezimmer liegen. Oft fällt mir meine Blauäugigkeit in den Rücken.

Ich nehme mir ein Herz und frage unseren »Türöffner« nach dem Verbleib der alten Dame, und wie er denn zu ihr stehe. In der Zeit, in der er mir das zu erklären versucht, hat meine Frau unsere Tochter zu Bett gebracht, und selbige ist bereits tief ins Traumland eingesunken. Mit dem Schlusssatz »Alles gut!«, der leider nicht einmal ein Satz ist und wenn, ein falscher, wie »Alles Walzer«.

Nun habe auch ich den Gedanken des Ablebens der Hauptmieterin verworfen und rede mir fix ein, dass die Dame selbstverständlich von der Fremdnutzung ihrer Behausung weiß und tatsächlich mit dem Mountainbike in den Bergen unterwegs ist. Auch wenn es komisch klingt, will ich jetzt gerade nichts anderes glauben.

Wir verabschieden uns von unserem Menschenbruder und versuchen nach einer kurzen Dusche ... WARUM richtet jemand so sein Badezimmer ein??? Ich bin kein Freund von den neuen, so oft beschriebenen riesengroßen Oasebädern, doch das hier ist das blanke Gegenteil. Das ist keine Duschtasse, das ist ein Lavoir mit Kanalanschluss. Der Duschvorhang gibt einem kaum Raum zum Atmen, zumal er an der Haut klebt und man ihn bedeutend gründlicher reinigt, als sich selbst. Verlässt man das Duschlavoir in die falsche Richtung, steigt man direkt ins Klo, bei dessen »Be-sitzen« man sich wunderbar die Zähne über dem Waschbecken putzen kann. Das ist KEIN Bad. Das ist ein Nassraum – unbestritten –, ein Badezimmer im 21. Jahrhundert sieht anders aus. Das hat schon im alten Rom anders ausgesehen, doch man will ja nicht unbescheiden sein.

Wo ist der Platz in dieser Wohnung geblieben? Im Schlafzimmer nicht, geht doch die Türe nicht mehr zu, wenn das Zusatzkinderbett drinnen steht. In der Küche auch nicht. Ein Geruchsinferno nach dem Öffnen der Kühlschranktüre verbietet es mir, mich näher mit der Quadratur des Raumes auseinanderzusetzen. Ich schließe die Küchentüre hörbar, auch wenn ich das nicht wollte, doch den Scharnieren fehlt seit sicherlich fünf Jahren ein Tropfen Öl. Das verursacht Schmerzen im Herzen eines Technikers.

Am liebsten hätte ich meinen Werkzeugkoffer aus dem Auto geholt und alle Türen geschmiert, das Eingangsschloss gewartet und den Oberkopftürschließer beim Hauseingang gerichtet, da er zur Zeit so eingestellt ist, dass er es dir fast nicht möglich macht, die Türe zu öffnen, sie aber danach mit brachialer Wucht ins Schloss zurückfetzt. Ich hätte den Rollladen im Wohnzimmer repariert, der offensichtlich, wie an den Schleifspuren an der ehemals verputzten Laibung zu erkennen, schon vor Jahren aus der Führungsschiene gesprungen ist. Basics gehören hier gemacht! Ich spreche noch nicht von der lose fixierten Vorhangstange oder der Bodenschiene zwischen Fliesenboden und Laminat, deren nicht gänzlich versenkter Schlitzschrauben dir bei falschem Tritt die Fußsohle vom großen Zeh bis zum Fersenbein öffnet. Ich hätte gerne mein Werkzeug geholt, doch meine Frau hat mich daran gehindert, und ich bin ihr dankbar dafür.

Weiters bin ich dankbar, einmal etwas ganz anderes kennengelernt zu haben. Die Idee, mit einem Campingwagen durchs Land zu reisen, hat ein Argument mehr bekommen, mit welchem ich meine Frau irgendwann einmal überzeugen werde.

Kapitel 4

Die Handwerker

Was den Bau als solches so einzigartig macht, ist die Tatsache, dass jedes Projekt zum ersten Mal vor Ort errichtet wird. Verglichen mit der Automobilindustrie wird dort natürlich auch jedes Element zum ersten Mal verschraubt, doch handelt es sich um einen Fließbandprozess. Ein Arbeiter steht an einem Fleck und macht ständig dieselben fünf bis zehn Handgriffe. Das Ganze ist computergesteuert, und die Einbauteile sind abgezählt.

Wenn am Ende der Produktionsstraße beim Audi A8 sieben Schrauben, ein Stoßdämpfer, eine Nackenstütze und ein Kolbenring überbleiben, kann ich mir nicht vorstellen, dass es dieser Wagen bis in die Verkaufshalle schafft.

Da geht es am Bau schon ganz anders zu. Natürlich nicht geplant, doch wo gearbeitet wird, können Fehler passieren.

Wenn teilweise an- oder oftmals auch ungelernte Personen gemeinsam oder zumindest in einer geplanten Abfolge an einem Gewerk tätig sind, kommt es unweigerlich zu Unschärfen in der Ausführung, nicht zuletzt aufgrund der verschiedenen Wahrnehmung der einzelnen Protagonisten. Weiters wird größtes Augenmerk darauf gelegt, ob es sich um das eigene Gewerk handelt oder das des Kollegen der anderen Firma. Ich kann mich nicht mehr erinnern, wie viele Installateure ich bei der Montage der Sprinklerleitung gebeten habe, die Leiter bitte nicht auf die hochsensiblen Glasfaserkabel zu stellen, die der Elektriker bereits am Rohboden verlegt hat.

Installateur: *»Dann soll er seine Kaben woandas hilegn.«*
Ich: *»Das kann er nicht.«*
Installateur: *»Dann soll er woartn, bis mia fertig san.«*
Ich: *»Das hat er auch.«*
Installateur: *»Mia san oba lang no ned fertig.«*
Ich: *»Das sehe ich, doch das hat mir ihr Chef gänzlich anders bestätigt.«*
Installateur (sieht mich an, nimmt die Zigarette aus dem Mund und bläst einmal kräftig aus): *»Da Chef, wenns noch den geht, samma seit ana Wochn auf ana ondan Baustö.«*
Installateur (dreht sich auf seiner Leiter wieder um und lacht rauchend in sich hinein): *»... Da Chef ... im nächstn Lebn wear i a Chef ... hahaha ... der tramt von haaße Eislutschka ...«*

Nach mittlerweile einigen Jahren der Praxis auf Großbaustellen darf ich direkt von der Front berichten und meiner Faszination Ausdruck verleihen. Es ist großartig, dass doch so viel gelingt! Ein Satz, den man auch so manchem Regierungsteam umhängen könnte.

Baustelle heißt:
Menschen aus verschiedenen Herkunftsländern, mit verschiedenen Ausbildungen (im besten Fall), verschiedenen religiösen Ansichten, in unterschiedlichem Alter und völlig anderer körperlicher Konstellation machen

sich in einer koordinierten zeitlichen Abfolge, meist auch gleichzeitig, frühmorgens auf den Weg, um ein und dasselbe zu tun.

Sie errichten ein Gebäude nach einem vorgegebenen Plan.

Klingt unmöglich, ist es aber nicht.

Ich führe die Auflistung der Unterscheidungen deshalb so präzise an, weil normalerweise das Verbindende bei gruppendynamischen Aktivitäten im Vordergrund steht. Ein absolut begrüßenswerter und oft unumgänglicher Umstand, doch muss in den seltensten Fällen der Gruppierungen ein Ergebnis erzielt werden, wofür man Geld verlangen kann. Ich meine damit beispielsweise Motorradgruppen, Fußballfans, Angler, Jäger, Hobbyflieger, Segler, Modellbauer, Musikanten, Gartenfreunde und Hundeliebhaber. Sterngucker und Kräutersammler. Imker und Langläufer. Sie alle haben immer mindestens EINES gemeinsam, doch müssen sie kein Gebäude gemeinsam fertigstellen. Die Menschen in meinem Berufsumfeld haben jedoch oft GAR NICHTS gemeinsam, AUSSER dass sie ein Haus miteinander bauen müssen.

Spüren Sie den Unterschied beim Lesen? Was noch dazukommt, abseits der möglichen persönlichen Differenzen, ist die eigene Zunft. Mein Beispiel fußt auf dem Arbeiter, der sein Gewerk von der Picke auf gelernt hat und eins mit ihm geworden ist. Ich meine nicht den Missverständnis erzeugenden Alleskönner, der das Vermengen von Baustoffen schon ein Handwerk nennt und in jeder Zunft zu Hause ist, was er nur leider mit keinem Zeugnis belegen kann. Ich meine auch nicht den Schulabbrecher, der durch eine glänzende AMS-Laufbahn gegangen ist und sich letztendlich mit dem geringsten Übel, dem der Erwerbstätigkeit, anfreunden musste. Nein, ich meine den Handwerker, der stolz auf sein Handwerk ist. Der vor Jahren seinen Meister gefunden hat, um letzten Endes selber ein Meister zu werden. Der nichts, aber rein gar nichts über sein Gewerk kommen lässt. Der, der mittlerweile zur Ausnahmeerscheinung auf einer Baustelle geworden ist.

Vielleicht hinkt der Vergleich, doch das steht ihm auch zu: der Vergleich mit einem Politiker. Jung-dynamisch, hat er im besten Fall eine Vision. Er sieht als guter Beobachter der Zeit die Fehler der Amtsinhaber ganz deutlich. Er erkennt, wie sie den Zeitgeist verkennen, wie sie potenzielle Wähler auf der Strecke liegen lassen und die wichtigen, die wirklich wichtigen Themen übersehen. Alles das sieht er, weiß er und weiß es auch laut und deutlich zu kommunizieren. Er träumt davon, selbst einmal das Ruder in der Hand zu haben und alles besser zu machen.

Was Träume allerdings so gefährlich macht ist der Umstand, dass sie wahr werden können.

Ein gewiefter Parteifreund erkennt die Kraft und das Talent des Sprösslings und hebt ihn in den funktionierenden Parteiapparat. Ich möchte an dieser Stelle ganz deutlich sagen, dass alleine das Funktionieren noch nichts mit dem Erzielen von Erfolgen zu tun hat. So bekommt er seine Chance. Doch die Freude währt nur kurz, da er erkennen muss, dass er nicht alleine ist. Da sind andere, viele andere, mit vielen anderen Ideen – mit Verpflichtungen und Partnerschaften. Da sind Seilschaften und alte Handschläge und das nie verstummende Mantra: »Mia hom ka Göd.«

Ich bin der Meinung, der Vergleich ist zulässig.

Viele Handwerker sind anfangs in ihre Tätigkeit verliebt. Sind bestrebt, technisch am letzten Stand zu sein und dabei die Geschichte und Fertigkeiten ihrer Zunft bis zum heutigen Tag nicht zu vergessen. Das Noch-nie-Dagewesene zu erzeugen und mit der Tradition zu verbinden.

Doch auch hier kommt oft das große Erwachen. Derjenige, der erfolgreich in seinem Tun ist, expandiert und verliert früher oder später aufgrund fast unüberschaubarer bürokratischer Erfordernisse den Zugang oder hat schlichtweg keine Zeit mehr, dem eigentlichen Gewerk nachzugehen.

Derjenige, dem die Motivation nicht so ganz in die Wiege gelegt wurde, der jedoch seinem Handwerk grundsätzlich nicht negativ gegenübersteht, merkt früher oder später die Mittelmäßigkeit, und es wird der Zeitpunkt kommen, an dem er zu kalkulieren beginnt, mit welch geringstem Aufwand er ein doch ähnliches Ziel erreichen kann.

Aber zurück zum motivierten Unternehmer. Es schließt sich auch hier der Kreis mit der Politik, da die Verantwortlichen in der Regierung, in welche Farbe sie auch immer getunkt sind, grundsätzlich bestrebt sein sollten, einem Unternehmer sein Unternehmen zum Besten der Allgemeinheit so leicht als möglich zu gestalten.

Wenn ein Tischlereibetrieb heute keinen Lehrling ausbilden darf, weil die Geschoßdecke der Werkstätte um 3 cm zu niedrig ist, müssen wir uns schon die Frage stellen, wohin wir wollen. Beschriebene Geschoßdecke, die in Niederösterreich einen Ausbildungsplatz verhindert, wäre allerdings in der Steiermark überhaupt kein Problem.

Beispiele wie diese gäbe es ohne Ende, und da ist nicht die EU schuld. Da sind wir an einem Punkt angelangt, der sich durch alle Branchen zieht und der mir in meinem damaligen Arbeitsumfeld besonders aufgefallen ist, da so viele Beispiele nichts mit wirtschaftlichen Belangen zu tun haben oder höchst komplizierte Flechtwerke als Hintergrund aufweisen.

Nein, es ist schlicht und ergreifend ein Gesetz, das jemand formuliert hat, der seinen Schreibtisch für berufliche Belange noch nicht verlassen hat. Aufruf an ALLE, die sich angesprochen fühlen:

»Bitte, winken Sie kein Gesetz durch, bei dem Sie nicht wissen, was es bedeutet.«

Dem, der tut, ständig Prügel vor die Füße zu schmeißen, trübt die Laune und trägt dazu bei, dass er bald nicht mehr die Kraft haben wird, den Dienstwagen mitzufinanzieren, in dem der sitzt, der die Prügel wirft.

Damit verknüpfe ich die nächste Weisheit: **Kommunikation ist alles.**

Man sollte immer den fragen, der es letztendlich auch ausführen muss. Diesen Gedanken drückt das wunderschöne indianische Sprichwort »Wenn du wissen möchtest, wie es mir geht, gehe einen Tag in meinen Moccasins« wunderbar aus. Leute, die seit Jahr und Tag einer Sache nachgehen, kennen sich damit oft sehr gut aus. Auf dieses Wissen nicht zuzugreifen ist fahrlässig.

Dagegen spricht eine Erkenntnis, die mir ein weiser Polier einst mitgegeben hat: »Wenn ana zwanzig Joar an Schas baut, dann hot der a a longjährige Erfahrung.«

Was uns zeigt, dass es mit dem richtigen Augenmaß zu erkennen gilt:

1. Wer es kann.
2. Wer glaubt, dass er es kann.
3. Wer so tut, als ob er es könnte, und
4. wer keinen Tau hat, wovon er spricht.

Einen Tag mit dem Gedanken »Es ist alles gut!!!!« zu starten, schadet, glaube ich, generell nicht. Was man dabei allerdings nicht darf, ist die Realität zu ignorieren.

Was will ich sagen? Ein Bauleiterarbeitstag ist oft eine Mischung aus Resignation, Hinsetzen und Ansaufen oder dem Bedürfnis, einen ganz lauten Schrei loszulassen; denn selten wird man kontaktiert, weil alles so gut läuft.

Das unten folgende Beispiel ist nicht zuletzt das Ergebnis eines Bauherrn, der aufgrund von Planungsänderungswünschen erst viel später als geplant zu bauen beginnt, jedoch den Fertigstellungstermin nicht verschiebt und Planänderungen im Zuge des Bauens sowie Einsparung beim Personal oder besser gesagt bei dessen Ausbildung provoziert.

Was jemand kann, sieht man meist erst, wenn er es ausübt. Das gilt auch für den Bauleiter und den Architekten. Gerade Letztgenannter hat in seiner Ausbildung oft zu wenig in die Praxis geschnuppert und sich angesehen, wie die angedachten Details umgesetzt werden, wenn sie überhaupt umgesetzt werden können – siehe Gesetzestextschreiber.

Jedoch muss der Architekt so viel vereinen. Er ist der letzte Generalist. Künstler, Visionär und Handwerker, und das mit einem abgesteckten Budget.

Handwerker haben da oft einen ganz anderen Zugang, und auf den ersten Blick kann man schon erkennen, ob einer will oder nicht.

Handwerker: *»In dem Foi komma leider goa nix mochn!«*
Ich: *»In welchem Fall könnte man was machen?«*
Handwerker: *»Des was i jetzt a ned, aber in dem sicha ned.«*

Zudem sieht der Handwerker meist nur sein Gewerk. Ob da noch etwas vor ihm ist oder nach ihm kommt, ist ihm oft völlig egal.

Er lebt im Moment. An sich ein erstrebenswerter Zustand. Wenn man alleine ist. Am Bau jedoch unmöglich!

Bei mir gab es einen Punkt, an dem ich das alles nicht mehr akzeptieren konnte. So viel Potenzial, welches auf der Strecke bleibt. Zu viel Gleichgültigkeit. Der Seidl in mir, also meine innere Stimme, hat sich mit Händen und Füßen dagegen gewehrt. Ich habe beschlossen, die Baubranche zu verlassen. Ich habe einige Therapien gemacht und einige Therapeuten besucht – die machen heute alle etwas anderes. An dieser Stelle: »Auch ein Therapeut darf sich entwickeln.« Letztlich habe ich erkannt, egal ob ich hauptberuflich Bauleiter bin oder nicht, Techniker bleibt man immer – im Herzen.

Der Techniker weiß die richtige Lösung und die Umsetzung derselben in der größtmöglichen Effizienz. Und das tut er auch kund. Gefragt oder ungefragt. Beim eigenen Projekt oder bei anderen. Gar nicht leicht für all jene, die mit ihm leben. Der Techniker ist stolz darauf, genauso wie der Handwerker sein Werk ehren sollte. Warum jedoch wird manch einer Handwerker, so er in den Genuss der Lehre kam und nicht durch eine Umschulung des AMS schlitterte, um die Arbeitslosenzahlen vor den nächsten Wahlen zu schönen?

Nur ein kleines Beispiel: Ein Mitarbeiter einer Insektenschutzfirma kommt zum vereinbarten Termin, um die bestellten Insektengitter zu montieren.

Ich sage zu dem Handwerker: »Sie kennen sich aus, Sie waren ja, glaube ich, auch da, um die Gitter auszumessen. Wenn Sie was brauchen, ich bin in Rufweite.«

Es dauert keine zehn Minuten, kommt der Handwerker und sagt (mit der Zigarette im Mundwinkel): »Schaut schlecht aus. Mir hom die Trottln in der Firma die foischn Gitterrahmerln mitgebn. Es is ned zum Glaubn. Sie kennan Eana ned vuastön, wias bei uns in der Firma zuageht. Lauta Trottln. Mir neman Leit auf, da muass man scho froh san, wenn der am nextn Tog in die Hockn zruckfind. Nur no anglernte Leit, da dearf ma si nix erwoatn. Wann ma se ned wirklich ois söwa mocht.«

Sag ich: »Was ist denn überhaupt passiert?«

Zeigt mir der Mitarbeiter – wobei das Mit- schon eine Themenverfehlung darstellt, von Arbeit spreche ich noch gar nicht –, zeigt mir der Mensch im zu kleinen Gilet mit Firmenaufschrift den von ihm montierten Insektenrahmen. Hat der glatt auf unserer Terrassentüre, die ist 90/200 cm, einen Rahmen mit 90/110 cm montiert! Oben bündig. Jedoch nicht mit einem Nagerl fixiert, und dann geschaut, ob es passt. Nein, mit vier Schrauben und sechs Löchern, da er sich bei den ersten Versuchen verbohrt hat. Festgeschraubt, als müsste das

Insektengitter selbst einen Krieg überleben. Von außen hat mein Türstock ausgesehen wie ein Billardtisch.

Jetzt sprechen wir aber bei einer Öffnung von 90/90 schon lange nicht mehr von einem Luckerl, wo vielleicht die MacGyver-Gelse durchfindet, sondern von einem Riesenloch, durch das ein Löwe mühelos schreitet, ohne dass er oben mit der Mähne streift.

Der Seidl in mir schlägt an, er wittert Dummheit. Frage ich den Mann, ob es sich nicht vielleicht um den Insektenrahmen handeln könnte, der für das Kinderzimmerfenster geplant ist? Das hätte nämlich exakt 90/110 cm.

Nimmt er den Plan, dreht ihn und sagt (Zigarette im Mundwinkel): »Na guat, wos i Eana gsogt hob, nuar Trottln. Jetzt hom mir de Trottln in der Firma den Plan foisch in die Hand gebn.«

Sag ich: »Kollege, vielleicht sollten Sie die Tschick aus dem Mundwinkel geben, dann tränt Ihnen das eine Auge weniger und Sie werden deutlich erkennen, hier steht Element 9 und nicht 6.«

Meine innere Stimme tobt bereits und sagt: »Töte ihn!«

Schaut er mich an und sagt: »Ganz was anders, I hob gsegn, Sie ham no kane Balkonglanda. Wenn Sie wos brauchn, nach achtzehn Uhr bin i Schlosser.« (Handbewegung Schwarzgeld)

Gibt es das, frage ich mich? Darf das wahr sein? Filmt hier jemand mit für die Versteckte Kamera? Hat dieser Mensch ein Selbstvertrauen, als würde der Herr Hofstätter, »der was die Tiere töten tut in diesem Land«, dieser ausgefressene Germanistenfleischhauer, als würde der zu einem Veganer-Clubbing gehen!

Meine innere Stimme verliert den Halt und sagt, ja schreit: »Bring ihn um, bevor er sich fortpflanzt!«

Sagt er: »Meina Tochter hob i erscht a Glanda gschwaaßt, des kannst da oschaun.«

Dann ist der innere Seidl in mir zusammengebrochen. Ich habe ihn gebeten zu gehen: »Ich habe Angst, Sie färben ab. Ich spüre fast, ich werde deppert neben Ihnen. Gehen Sie aus meinem Haus, aus meinem Garten und aus meinem Leben.«

Er verlässt mein Leben, wie ausgemacht. Ich gehe zurück ins Haus und mache zwei Fehler. Der erste, ich drehe den Fernseher auf, der zweite, ich schaue rein und bekomme gerade noch das Ende einer Bildungsdebatte mit, bei welcher sich fünf Menschen, die in ihrem Leben noch nichts gearbeitet haben, erblöden, darüber zu sprechen, wie es einem Arbeiter nach einer Schulung geht. Dann denke ich mir, wenn ich den einen Fall hernehme, ich glaube, den »derschulst« du gar nicht mehr. Der ist »overschult«. Der ist schon fast zu weit in der Nahrungskette.

Verstehen Sie mich nicht falsch … aber die meisten Dinge haben nichts mit Intelligenz oder Bildung zu tun. Ich bin der Meinung, dass man 90 % der Dinge, und ich spreche jetzt nicht von einer Operation am offenen Herzen, ich meine alles andere, dass man mit einer passenden inneren Einstellung und dem Willen, etwas richtig und schön zu machen, 90 % aller Herausforderungen meistern kann. Vielleicht nicht am ersten Tag, doch in Summe geht es sich aus. Wenn das Herz dabei ist, wird es klappen.

Kellner

Beim Kellner sieht man es sehr schön. Du kannst Kellner sein oder Kellner sein. Ein Beispiel: Sitze ich mit meiner Tochter im Schanigarten, die Kleine ist jetzt acht Jahre alt. Erkennbare acht. Sie sieht nicht aus wie 23. Nein, acht. Und wir bestellen ein großes Bier und ein kleines Obi gespritzt. Eine überschaubare Bestellung. Der Kellner, also Kellner gibt es ja kaum noch, der Austräger bringt die Ware, schaut uns beide an und sagt: »Das Bier?«

Sag ich ruhig: »Stellen Sie es einmal hin, wie Sie glauben. Ich nehme ihr das Bier weg, bevor sie einen Rausch hat. Ich lasse sie nicht alleine mit dieser schwierigen Aufgabe.«

Verstehen Sie, was ich meine? Wer, glaubt der, kommt noch und hilft ihm?

Wenn ich im Kaffeehaus sitze und ein paar Würsteln bestelle, und der Kellner bringt mir die Würsteln, pitschnass auf die Serviette gelegt, dann macht das meine Serviette unbrauchbar. Was aber wurscht ist, weil sie ohnehin im Senf liegen. Man isst also Frankfurter mit Serviettensenf und kann sich dann mit einer meist staubtrockenen Semmel den Mund abwischen. Der Mensch hat vielleicht 1000 Talente, doch Kellnerei ist nicht dabei.

Es sind die Kleinigkeiten, die unser Leben klein gestalten.

Letztes Beispiel: Es ist heiß, und ich bestelle einen Eiscafé. Die Kellnerin bringt den Eiscafé, ich koste den Eiscafé und merke sofort, da passt was nicht, und sage zu ihr: »Entschuldigen Sie, bitte, ich glaube, das Schlagobers ist sauer.«

Dreht sie sich um und sagt: »Jo, mia hom ka anders.«

Man atmet ruhig und denkt an vergangene Wahlergebnisse.

Parallel dazu, fällt mir aber ein, ist der Mensch vor fast 50 Jahren auf den Mond geflogen, und es waren auch nur Menschen, die sich darüber den Kopf zerbrochen haben, ob das gelingen könnte oder nicht. An dem kann es also nicht liegen. So frage ich mich. Wieso schafft es der eine, eine Weltraumrakete zu konstruieren, mit der man zum Mond fliegt, dort umdreht und wieder zurückkommt, und der andere schafft es NICHT, mir ein paar Würsteln so auf den Teller zu legen, dass man die auch essen kann, ohne nachher duschen zu müssen.

Und genau an dieser Stelle ist etwas sehr Schönes in unserer Gesellschaft zu erkennen, nämlich ab dem Zeitpunkt, wo dir etwas wichtig ist, nein, besser gesagt ab dem Zeitpunkt, wo dir nicht alles wurscht ist, bist du schon ein Querulant.

Ich bin mir sicher, der Kellner geht zurück in die Küche und sagt: »Der Oarsch am Zwara-Tisch, dem passn die Wiaschtln ned!« und zu mir: »Wischen S' o, des Wiaschtl, da gehts um nix.«

DOCH!!!! Es geht immer um etwas. In dem Fall um die Wurst. Und zwar um meine, und ums Prinzip. Warum macht jemand etwas, was er eigentlich nicht machen möchte?

Schauen Sie, wenn ich weiß, dass ich jemandem nicht gerne etwas bringen möchte, dann darf ich kein Kellner werden! Da muss ich doch schon im ersten Lehrjahr draufkommen, dass ich ziemlich oft etwas hinaustrage. Mit einer Stauballergie wirst du kein Archäologe. Und wenn doch, wirst du nicht viel finden, da du aus dem Husten nicht mehr rauskommst.

Verstehen Sie mich nicht falsch, es muss nicht jeder Quantenphysiker werden. Wobei das ein schlechtes Beispiel ist, denn der würde das Würstelproblem wahrscheinlich ganz anders angehen, da es meine Würsteln in dieser Form gar nicht gibt. Das hat mir ein Quantenphysiker erklärt. Er hat sich einen halben Tag mit mir hingesetzt. Ich bin mir sicher, für ihn war es tote Zeit, was aber gleichgültig ist, da Zeit und Raum bei ihm ohnehin keine Rolle spielen. Er hat Folgendes gesagt:

Physiker: »Quantenphysik bedeutet, dass ich in Wien sitze und ein paar Frankfurter esse und dasselbe Paar Würsteln ein anderer zur selben Zeit in Salzburg isst, und das Ganze, noch bevor der Herr Hofstätter die Sau geschlachtet hat, die was gar nicht aus diesem Universum sein tut.«

Und für ihn ist das logisch.

So steht mir der Quantenkellner gegenüber und erklärt mir das mit leuchtenden Augen, mit einer Leidenschaft, und erkennt doch ganz genau in meinem Gesicht, dass ich keine Ahnung habe, was er mir gerade erzählt. Der muss glauben, ich montiere Gelsengitter. Er gibt mir aber dankenswerterweise nicht dieses Gefühl, was ihn wiederum von dem unterscheidet, der meine Gelsengitter montiert hat, denn bei dem war schon ICH der Trottel.

Und dann rettet sich der Österreicher in die Sackgasse: »Na gut, dafür kann dir der von der NASA kane Wiaschtln mochn!«

Und sehen Sie, genau das glaube ich nicht. Ich glaube, der von der NASA berechnet dir einen Hitzeschild, sodass du beim Eintritt in die Erdatmosphäre nicht verglühst, und legt dir ein »Paarl« Frankfurter auf einen Teller. Daneben, fein säuberlich, die Semmel, den Senf und die Serviette. Weil er die Funktionsweise der einzelnen Komponenten verstanden hat und die Vermengung derselben mir überlässt.

Das stellt er mir hin, der Quantenkellner, und Pastellfarben verzaubern meine Augen. Engelsgesänge durchfluten meine Gehörgänge. Warum?

Weil er es mit Liebe gemacht hat. Nicht mehr, aber auch nicht weniger. Kein Funke Gleichgültigkeit.

Im Alltag begegnen uns Sachen, die uns oft mit offenem Mund staunen lassen. Ich spreche hier nicht von politischen Entscheidungen, die oft genau das Gegenteil sind von dem, was dir dein Hausverstand raten würde. Hier wird oft nicht mit zweierlei Maß gemessen, nein, hier handelt es sich oft um eine Parallelwelt.

Noch eine Bauleiter-Anekdote. Große Projekte brauchen eine große Baugrube.

Kommt ein Arbeiter frühmorgens ganz aufgeregt zu mir und sagt: »Cheffe, bitte kommen. Habe dicke Kabel in Baugrube gefunden.«

Ich komme mit, und tatsächlich! – vor der Baggerschaufel liegt ein armdickes Kabel. In keinem Plan eingezeichnet. Kein Mensch weiß, wem es gehört. Fließt Strom durch das Kabel oder nicht? Was tun? So stehe ich mit dem Arbeiter neben dem Kabel und überlege.

Der Baggerfahrer, gewohnt kooperativ, ist bereits aus seinem Bagger ausgestiegen, und wir wissen, dass einiges passieren muss, damit ein Baggerfahrer sein Gerät verlässt.

Baggerfahrer (schaut mich an und meint): *»I gib eich zwa Minuten, und dann reiß i des scheiß Kabl o.«*
Das nenne ich doch einen klaren Plan! Diplomat wird er nicht mehr – vielleicht beim Erdogan, doch hier bestimmt nicht.
Ivo (zu mir): *»Cheffe, ich habe gute Idee. Jovo geht runter mit Schweizermesser und schneidet Isolierung von Kabel weg. Dann sehen wir, ob Strom is drinnen oder nicht.«*
Ich: *»Das machen wir nicht!!!! Das ist eine 100-KV-Leitung, und wenn da Strom durchfließt, brutzelt der Jovo weg. Der steht in der Baugrube wie ein Räucherstäbchen. Da riecht es dann im ganzen Bezirk nach Patschulli-Tulli-Jovo.«*
Ivo: *»Na, Cheffe, jetzt kommt erst Idee! Ich geh mit 5/8er-Staffel, und wenn Strom drinnen, ich schlag Jovo aus dem Stromkreis. Gute Idee?«*
Ich (atme aus): *»Nein, Ivo, das ist eine schlechte Idee, und zwar nicht irgendeine. Das ist die mit Abstand schlechteste Idee, die ich jemals gehört habe.«*

Und das liegt nicht daran, dass er ein Ausländer ist. Hören wir bitte auf mit dem »Das ist der Gute, und das ist der Böse«. Der ist zu Hause genau so deppert. Wenn einer deppert ist, dann ist er deppert, egal wo er ist, weil es eben um den Menschen geht.

Dabei wäre der Mensch doch an sich imstande, so viel zu können. Ich glaube, es war im August letzten Jahres. Da sprang ein Skydiver, also ein Fallschirmspringer ohne Fallschirm, aus 7.600 m Höhe in ein Netz mit einer Fläche 30 x 30 m. Das ist ein Verhältnis, als würdest du vom Eiffelturm in ein Kaffeehäferl springen. Und er hat es geschafft. Glück gehabt, denn dafür gibt es keine zweite Chance. Er hat danach erklärt, wie er es gemacht hat. Wie er den Wind berechnet hat, um tatsächlich exakt in der Mitte des Netzes zu landen.

Ich höre diese Nachricht und stehe dabei am Billa-Parkplatz in Neulengbach, 19.00 Uhr, 1.500 qm, leer, und beobachte, wie eine Dame beim Zurückschieben mit ihrem Fiat Panda 72 Einkaufswägen schrottet. Und nicht so, dass man sagt, sie spürt einen Widerstand am Gaspedal und bremst, um nur ein Beispiel zu nennen. Nein, sie spürt keinen Widerstand. Sie steigt auch nicht aus.

Zugegeben, ich glaube, sie fährt auch nicht oft, da die Wetterseite von ihrem Auto völlig vermoost war, aber trotzdem. Warum?

Warum gibt es so etwas? In der freien Wildbahn überlebt so jemand keinen Vormittag. Bei einer Tierdokumentation ist das das Gnu, welches du von innen siehst. Und das zu Recht! Warum setzt ein Schneehase keine rote Haube auf? Warum? Weil es deppert ist. Weil es nicht logisch ist. Weil es sein weißes Fell ad absurdum führen würde, und das weiß er – auch ohne Matura. Das sagt ihm sein Hausverstand.

Andererseits kenne ich die Dame nicht. Vielleicht kann sie etwas anderes dafür genial. Vielleicht ist sie eine renommierte Genforscherin, dann sollte sie besser gehn. Nein, entschuldigen Sie, das ist ein billiges Wortspiel. Ich meine etwas ganz anderes. Ich bin ja der Meinung, nicht wissenschaftlich fundiert, was mir aber wurscht ist, dass jeder von uns eine Sache besser kann als jeder andere auf der ganzen Welt. Und sei sie auch noch so klein und scheinbar unbedeutend.

Das ist für mich auch der Grund, warum ich Schule für das Wichtigste überhaupt halte. Da wir es schaffen müssen, unseren Kindern einen angstfreien geschützten Raum zur Verfügung zu stellen. Einen Raum, in dem sie draufkommen können, wofür ihr Herz höher schlägt. Doch leider ist die Schule so mit sich selbst beschäftigt, dass es völlig egal ist, wofür dein Herz schlägt und was dich und deine Talente ausmacht. Die Hauptsache ist der Schulabschluss.

Wo wollen wir also hin?

Schön sind auch Beispiele wie: »Da hab ich einen Turner gesehen, der kann einen Handstand auf einem Finger!«

Und klassisch wieder die Reaktion des Österreichers: »Dafür kann er sunst nix!« So eine Reaktion muss man erlernen. Wir sind nicht alle gleich, und unser Umfeld prägt uns.

Oder sind wir doch alle gleich? Im Grunde schauen wir alle ziemlich gleich aus, zwei Beine, zwei Arme, Hals, Rumpf, Kopf oben, und das nicht nur für einen Löwen, der seit drei Tagen nichts Warmes im Magen hat.

Bei Tieren gibt es viel größere Unterschiede. Ein Schmetterling sieht ja ganz anders aus als ein Elefant, und das nicht nur für den geschulten Zoologen. Nein, auch der Laie kann das erkennen. Spätestens wenn er sich auf deine Schulter setzt, wird der Unterschied sogar spürbar. Den Unterschied in unserer Gattung haben wir mit Werten belegt, um ihn messbar zu machen, doch wer weiß schon, was richtig ist? Über Grundwerte im Zusammenleben kann man endlos diskutieren, und die Notwendigkeit der Diskussion wird immer offensichtlicher. Trotzdem müssen wir, jeder für sich, einen Weg finden, wie wir im Alltag unserem Gegenüber begegnen können, damit es beiden gut geht. Das ist deshalb so wichtig, weil man oft gezwungen ist, mit Menschen in Kontakt zu treten, die nicht das eigene Gemüt für einen ausgesucht hat, sondern schlicht und ergreifend das Schicksal. Das unterstreicht meine Liebe zur Baustelle und führt uns an den Anfang des Buches. Auf der Baustelle treffen Menschen aufeinander. Ungeschminkt. Nicht weil sie wollen, sondern weil sie müssen.

Kapitel 5

Die Großbaustelle

Die Baustelle ist von so vielen Künstlern beseelt. Regeltechniker sitzen im Rohbau bei minus 4 °C in einem zugigen Geschoß vor einem noch leeren Schaltschrank. Unter ihren Füßen liegen ohne Übertreibung 400 Kabelenden – 7-polig –, die es gilt, RICHTIG in den Schaltschrank einzubauen. Mit klammsteif gefrorenen Fingern werden die Kabel abisoliert und fein säuberlich verlegt. Der Mann – oder Frau (habe ich jedoch nicht erlebt) – weiß genau, welche Leuchtdiode im Schaltschrank in der Portierloge zu blinken beginnt, wenn im 14. Stock eine Brandschutztüre geöffnet wird. Dem zugrunde liegen Pläne, welche für einen Laien völlig unleserliche Plakatwände mit großen Fragezeichen darstellen, doch die Person am Schaltschrank kennt sich aus. Er kennt sich aus, sein Kollege kennt sich aus, sein Chef kennt sich aus … eigentlich kennen sich alle aus.

Wer sich beim Gewerk des eben Beschriebenen nicht auskennt, ist der Maler. Der stellt sein Leiterbein direkt auf einen Bund hochsensibler Glasfaserkabel, um die Decke ein zweites Mal streichen zu können.

Jetzt braucht es einen guten Bauleiter! Wer war zuerst da, und wo ist der Bauzeitplan?

Zur Erläuterung: Ein Bauzeitplan ist, einfach erklärt, eine grafische Darstellung des »geplanten« Bauablaufes. Gegliedert in Gewerke horizontal und Kalenderwochen vertikal. Ein Balkendiagramm, aus dem ersichtlich ist, wer, wann, wo beginnt und vor allem fertig sein müsste, um denjenigen, der nach ihm kommt, nicht zu behindern.

So gelingt es – oder besser gelänge es, wenn

- kein Gewerk vergessen wurde,
- jedes Gewerk die kalkulierte Zeit zur Verfügung gestellt bekommt,
- kein Schlechtwetter ist,
- kein Arbeiter krank wird,
- es zu keiner Planungsänderung kommt,
- der Zahlungsfluss wie vereinbart stattfindet,
- jeder weiß, was er zu tun hat,
- die Vergabeabteilung gute Arbeit geleistet hat,
- nichts kaputt wird,
- nichts gestohlen wird,
- der Bauherr bis zum Schluss Geld hat,
- die Bank mitspielt,
- keine politische Partei ihre Meinung ändert.

Wenn das also alles der Fall ist, dann kann man schon vor Baubeginn sagen, an welchem Tag die Schlüsselübergabe stattfinden könnte.

Was schließen wir daraus? Es ist ein Wunder, dass trotzdem alles fertig wird.

Warum ist das so? Ich kann Ihnen sagen, warum das so ist:

Gebäude gelingen, weil es immer wieder, wie überall, Menschen gibt, die das aufholen, was ein anderer versäumt. So darf ich auch, rückblickend auf meine Bauleitertätigkeit, sagen, dass ich sowohl menschlich als auch fachlich wunderbare Menschen kennenlernen durfte. Wer jedoch lauter im Gedächtnis verankert bleibt, sind oft die anderen. So ist der Mensch gebaut.

Skurrile bis ärgerliche Begebenheiten

Zurückkommend auf das Beispiel meines ahnungslosen Malers, handelt es sich nur bei zweiter Betrachtung um einen Unfall. Grundsätzlich ist es ein Maler, der wunderbar malt. Doch wie in meinem guten Orchester ist es nicht nur wichtig, dass jeder Einzelne sein Instrument beherrscht, sondern sich die richtige Qualität erst zeigt, wenn alle gemeinsam ihre Instrumente spielen.

Ich sehe also bei der täglichen Begehung meiner Baustelle diesen Maler mit seinem Leiterbein auf dem Kabel stehen und die Decke streichen. Bei dem Hinweis darauf, ob er das nicht gesehen hat, ob er nicht merkt, dass die Leiter wackelt und es sich hier nicht um einen Müllberg handelt – auf dieses Thema komme ich später noch –, sondern um einen Kabelstrang, und zwar um einen dicken, teuren, den zu übersehen den Entzug des Führerscheins mit sich bringen würde, wo noch dazu eine geknickte Glasfaserleitung schlicht und ergreifend kaputt ist, schaut er mich an, als ob ich ihn gebeten hätte, den Schlitten des Weihnachtsmanns neu zu lackieren.

Treffen hier zwei Professionisten aufeinander, die menschlich miteinander können, dann gehen wir davon aus, dass das Problem ebenso rasch behoben wird, wie es entstanden ist. Ist das nicht der Fall, dann kann es passieren, dass man hier eine Lawine ungeahnten Ausmaßes lostritt:

Der Elektriker sieht die Leiter mitsamt Maler auf seinem Kabelstrang. Noch bevor er ihn schimpft, nimmt er sein Handy und macht ein Bild davon. Selbiges schickt er an seinen Chef. Der leitet dieses Bild in der Sekunde an jene Firma weiter, für welche er den Auftrag als Subunternehmer angenommen hat. Selbiger tut dasselbe. Das kann oft drei Mal oder noch öfter so gehen, da viele Auftragnehmer einen Subunternehmer beschäftigen, der sich eines Subunternehmers bedient, welcher danach einen Subunternehmer beauftragt. Das Foto findet also seinen Weg nach oben. Getragen in einem Mail an ALLE!!!!! Ich übertreibe nicht.

Wir haben es in der kurzen Zeit, in der wir in der digitalen Welt leben, geschafft, eine Informationsflut zu erzeugen, die uns ertrinken lässt. Der Sub-sub-sub-subler schickt das Mail deshalb an ALLE, damit er

- im Schadensfall rechtzeitig darauf hingewiesen hat, dass
- er ab sofort keine Garantie und Gewährleistung mehr übernimmt,
- er alle möglichen anfallenden Mehrkosten an den betroffenen Maler abwälzen wird,
- er nicht einsieht, unter solchen Bedingungen arbeiten zu müssen,
- er sich nicht imstande sieht, den Fertigstellungstermin unter diesen Umständen zu halten, UND
- er droht, die Baustelle zu räumen, wenn so etwas noch einmal passiert.

Dieses Beispiel mag für einen »Baustellenfremden« ein wenig überzogen klingen, ist es aber in gar keinem Fall. Wenn die Kommunikation vor Ort fehlt, wird's haarig.

Das Foto ist gemacht, das Mail ist abgeschickt. Der Elektriker ist nicht glücklich, aber zumindest abgesichert. Was jetzt passiert ist klar: ALLE schreiben zurück. Nicht, weil sie wollen, sondern weil sie müssen.

Es schreiben aber nicht alle an einen. Nein. Es schreiben ALLE an ALLE !!!!! Frei abgewandelt nach Descartes: »Ich maile, darum bin ich.«

Ab jetzt macht es krank. Hier wird es medizinisch. Der Maler meint, er kann so nicht arbeiten. Ihm wurde zugesichert, ein leeres Geschoß für seine Ausbesserungsarbeiten zu bekommen, die überhaupt nur erforderlich sind, weil der Heizungsinstallateur in einem Mail schon Verzug angemeldet hat. Der Heizungsinstallateur rechtfertigt sich dahingehend, dass er schon längst mit den Arbeiten hätte abschließen können, jedoch die Notunterstellung der Decke durch die Baufirma eine fachgerechte planliche Ausführung seiner Rohrverlegungsarbeiten behindert hat. Also sei die Baufirma schuld. Diese rechtfertigt sich, dass es überhaupt kein Problem gewesen wäre, die Notunterstellung in diesem Bereich zu entfernen, um ihn nicht zu behindern. Wo ist dazu der Schriftverkehr?

Die Weisheit an dieser Stelle: »**Wer schreibt, der bleibt.**«

Der Statiker klinkt sich in den Schriftverkehr ein, dass es unmöglich ist, die Notunterstellung einfach so zu entfernen, dass es aber durchaus möglich ist, sie auszusparen.

Der Elektriker beruft sich auf den Bauzeitplan, in dem klar ersichtlich ist, dass in der Kalenderwoche 32 das Geschoß einzig und alleine ihm gehört.

Der Lüftungsinstallateur bezieht sich auf die Antwort der Baufirma und ist säuerlich, da auf deren schriftliche Anfrage bezüglich einer Aussparung der Notunterstellung mit »Leider nicht!« reagiert wurde.

Der Installateur der Sprinkleranlage nutzt die Gelegenheit, darauf hinzuweisen, dass auch er noch zwei nicht geplante Tage in dem Geschoß verbringen wird müssen, da es aufgrund einer Planänderung durch den Bauherrn vom Architekten eine Planänderung gibt betreffend die Raumgrößen der Sekretariatsbüros.

Wenn letztbesprochene Planänderung tatsächlich zustande kommen sollte, ist es erforderlich, dass der Installateur in jedem Bauteil die Sprinklerleitung korrigiert. Ein Zug, auf den auch der Lüftungsingenieur aufspringt, da es bei einer Wandverschiebung der Bürotrennwände im Sekretariatsbereich auch zu einer Änderung der Zu- und Abluftdüsen kommt. Zuluft erfolgt über den Boden. Abluft über die Decke. Er muss also noch zwei Mal in das Geschoß. Einmal vor dem Schließen der abgehängten Decke, ein zweites Mal nach dem Errichten des luftführenden Doppelbodens, der eigentlich hätte an der Rohdecke versiegelt werden müssen, BEVOR die ersten Glasfaserkabel gelegt werden.

Hinweis des Malers: Der Boden IST schon versiegelt. Allerdings hat das Absperren der einzelnen Geschoße nach der Versiegelung durch die Bauleitung gar nicht funktioniert, und somit ist die Bodenversiegelung entweder beschädigt oder schlicht und ergreifend verschmutzt.

Hier schaltet sich zum ersten Mal die Haustechnikbauleitung ein – guten Morgen! – und stellt fest, dass das Verlegen der Kabel einzig und alleine auf einer völlig intakten Versiegelung stattfinden darf, da es sonst zu einem Zementabrieb der Rohdecke beim Betrieb der Lüftung kommt und das Arbeiten in den Büros gesundheitsschädlich wäre. Ein Punkt, der den Lüftungstechniker weckt und darauf hinweisen lässt, dass die Berechnung der Lüftungsfilter sowie deren Austauschzeiten dahingehend berechnet sind, dass es zu keinem Zementabrieb im Bereich des Doppelbodens kommt.

Sie merken also, auch wenn Sie aufgrund einer anderen Ausbildung vielleicht nicht jeden Einwand der betroffenen Firmen verstehen und sich gerade zu Tode langweilen, in Summe ist es recht komplex.

An dieser Stelle noch nicht erwähnt haben wir den guten Mann, der das Brandschot macht. Ich gendere hier nicht, aus Tradition, da ich noch keine Dame gesehen habe, die diese Arbeit verrichtet. Der Brandschotmann. Der ärmste Hund.

Der Brandschotmann

Kurze Erklärung: Sie stellen sich vor: ein großes neues Bürohaus. Die einzelnen Geschoße sind in einzelne Büros gegliedert. Trennwände vom Boden bis zur Decke teilen die Arbeitsräume ab. Der Boden geht unter den Wänden durch, und die abgehängte Decke über der Bürowand, auch Zwischendecke genannt, tut dies ebenso. Das ist so geplant, und das ist auch gut so. Denn sowohl der Deckenzwischenraum als auch der Raum unter Ihnen ist, wie zuvor beschrieben, gefüllt mit Technik. Ober Ihnen laufen Kühlleitungen, Zu- und Abwasserleitungen von dem Geschoß über Ihnen, Sprinklerleitungen, Kabelstränge ungeahnten Ausmaßes und vieles mehr. Unter Ihnen befindet sich in den meisten Fällen die Zuluft in die einzelnen Räumlichkeiten, EDV-Leitungen, Abwasserrohre bis zum Haustechnikschacht und ebenso vieles mehr. In großen Gebäuden gibt es sogenannte Brandabschnitte.

Das sind Bereiche, die durch bauliche Maßnahmen verhindern, den Brandabschnitt daneben ebenfalls anzufeuern. Diese baulichen Maßnahmen nennt man Brandschutzwand mit einer Brandschutztüre und/oder einem Brandschutzfenster.

So weit so gut. In einen Plan ist schnell etwas eingezeichnet, jedoch ist das Feuer nicht weisungsgebunden. Es ist ihm schlichtweg scheißegal, was der Mensch in einen Plan einzeichnet. Feuer will brennen und sucht sich Nahrung.

Wenn das Feuer also an der Brandschutzwand ansteht, so nimmt es sich die Türe vor. Wenn auch die Brandschutztüre dafür ausgelegt ist und nicht von einer unwissenden Person durch einen Holzkeil oder Sonstiges am Schließen gehindert wird, so gibt es noch den beschriebenen Bereich oberhalb der Wand und unterhalb. Da Brandschutzwände generell von der Rohdecke bis zur Rohdecke gestellt sind, dürfte das Feuer auch hier kein Problem erkennen. Wäre da nicht die Haustechnik, die diesen speziellen Wandbereich mit einer Selbstverständlichkeit durchdringt, als ob diese wichtige Wand nur eine Idee wäre.

Ein Elektriker beispielsweise, der mit lediglich zwei fingerdicken Kabeln diesen sensiblen Bereich durchdringen muss, nimmt dafür aber nicht immer einen Dosenbohrer, um somit auch nachher wieder einen sauberen Abschluss des Eingriffs zu gewährleisten, nein, er schreckt nicht davor zurück, solch kleinen Öffnungen mit dem Hammer zu schlagen. Abgesehen von der Optik ist die Funktion der Wand schwer in Mitleidenschaft gezogen. Die dabei entstandene Verschmutzung lässt er meist liegen, und das entstandene Loch bleibt eine hässliche, viel zu große Herberge für zwei dünne Kabel.

Ein anschauliches Beispiel für alle, die nicht so viel Zeit auf Baustellen verbracht haben: Sie haben eine Blinddarmoperation vor sich. Man legt Sie ohne Narkose auf den OP-Tisch und schlägt Ihnen mit einer stumpfen Axt eine Schneise in die rechte Leistengegend, um dann mit dreckigen Handschuhen, blind, ihren entzündeten Wurmfortsatz zu greifen und ihn mit einem Ruck aus Ihnen herauszureißen. Sämtliche Innereien, die bei diesem Manöver aus ihrem Körper getreten sind, werden noch schnell vor Feierabend in Sie hineingestopft, in der Hoffnung, dass jemand kommt, der Sie vielleicht Tage später vernäht.

Sehen Sie – und das ist unser Brandschotmann. Er ist es, der, kurz bevor alle fertig sind oder – wie Sie, an dieser Stelle des Buches angelangt, sicherlich schon wissen – glauben, fertig zu sein, mit seiner Arbeit beginnt. Er kommt und verschmiert fein säuberlich die hässlichen Öffnungen mit einem Brandschot. Das ist ein schmieriges weißes Produkt, welches einen meist passgenau geschnittenen Block aus Steinwolle in der Öffnung fixiert. Eine weiße, zähe Masse. Wenn das Brandschot getrocknet ist, wird es mit einem Aufkleber versehen, der beschreibt, wie es heißt, wer es gemacht hat und mit welcher Nummer man es im Plan finden kann.

Sie können sich vorstellen, dass die Arbeit des Brandschotmannes nicht immer in Augenhöhe zu erledigen ist. Der Brandschotmann ist oft gezwungen, in metertiefen Haustechnikschächten zwischen Rohrleitungen sein Gewerk zu verrichten, Lichtjahre entfernt von der Zuhilfenahme einer Absturzsicherung, da er sich dann eventuell noch strangulieren könnte. Im Zwischenbodenbereich auf Knien robbend, werkt er mit stets zu kurzen Händen genau so wie im Deckenbereich. Immer zu spät, da immer noch ein Kabel fehlt, was den Elektriker nicht daran hindert, erneut ein Loch zu schlagen.

Aus Erfahrung fragt der Brandschotmann vor dem endgültigen Verschluss noch einmal nach. So erfährt auch er von der möglichen Verschiebung der Wände im Sekretariatsbereich. Keine unwichtige Info.

Wem das eingefallen ist, den möchte man am liebsten …

Wenn das tatsächlich eintritt, so bedeutet das viel Arbeit für ihn und uns alle, da es sich dann beim Verschieben der Wand um einen kompletten Brandabschnitt handelt, in dem die neue Wand zu stehen kommt, und er somit alles neu machen muss.

Dafür braucht er mindestens drei Tage. Vier wären besser. Zwei Tage bekommt er, um letztendlich nach Vorlage der Regiescheine froh zu sein, wenn er sich nicht dafür entschuldigen muss, überhaupt ein Brandschot gemacht zu haben, und glücklich sein darf dafür, »1 Mann – 1 Tag« verrechnet zu bekommen. Zu meiner Zeit war es noch nicht ganz so, doch mittlerweile ist es, wie ich höre, Standard geworden. Was zur Folge hat, dass Firmen immer mehr angeben, als sie brauchen, da sie wissen, in ziemlich allen Bereichen noch die Hose runterlassen zu müssen. Das wiederum spießt sich mit der Tatsache, dass es noch andere Anbieter gibt. Wer wird jedoch eine andere Firma anbieten lassen, um diese paar wenigen Brandschote zu machen, wenn die eine Firma schon da ist und das doch gleich mitmachen kann.

Im Großen und Ganzen ist das auch die Taktik bei beispielsweise großen Autobahnprojekten, dass ganz bewusst – es gilt natürlich die

Unschuldsvermutung – ganze Positionen im Leistungsverzeichnis ausgelassen werden, somit von allen Beteiligten ein Preis abgegeben wird, um den keine Firma gewinnbringend einen Auftrag erfüllen kann, um danach die fehlende Position mit einem Preis zu beziffern, mit dem sie nie den Auftrag für die Errichtung bekommen hätten. Zumal sicherlich die eine oder andere Garageneinfahrt eines Entscheidungsträgers mit asphaltiert wird. Doch wir wären nicht in Österreich, wenn das nicht ginge. Es gilt, wie gesagt, immer die Unschuldsvermutung.

Jetzt aber endlich zurück zu dem unseligen Rundmail, zieht das gesendete Bild vom Maler auf der Leitung doch ungeahnte Kreise. Ein guter Bauleiter kommt heutzutage auf ca. 50–80 solcher Mails am Tag. Da hat er noch keinen Schritt von seinem Schreibtisch weg auf die Baustelle getan.

Was glauben Sie, was sich erst abspielt, wenn aufgrund einer Planänderung in ein fast fertiges Geschoß eine neue Türe in eine tragende Stahlbetonwand geschnitten werden muss!

Die fahren an mit schwerem Gerät. Das sind armdicke Bohrer, mit Diamanten besetzt, die sich lautstark durch den Beton arbeiten. Da rinnt und spritzt Bohrwasser in alle Richtungen. Kaum sind die Löcher gebohrt, kommen Sägeblätter mit 90 cm Durchmesser angekarrt, die sowohl Beton als auch Eisen in die Knie zwingen, womit wir bei einem ganz wichtigen Punkt angekommen sind.

Der Statiker

Der beim Einfamilienhaus oftmals unter ferner liefen in der Kalkulation eingerechnete Statiker ist bei einer Großbaustelle ein ganz entscheidender Mitarbeiter. Der schon in der Planungsphase von oft architektonisch abenteuerlichen Konstruktionen in Anspruch genommene Professionist erweist sich auch in weiterer Folge im Zuge des Baus als wichtiger Partner, den man, wenn alles klappt, hoffentlich sehr schnell und unkonventionell um Hilfe bitten kann.

Der Statiker macht Eisenbeschauten und ist erforderlich für sämtliche Freigaben, wenn es zu Reduktionen der Konstruktion kommt. Das sind jetzt zwei Fachbegriffe. Was ist eine Eisenbeschau?

»Der Beton ist eine faule Sau«, hat mir mein Stahlbauprofessor erklärt, da er – also der Beton, nicht der Professor – zwar 90 % der Druckbelastung aufnimmt, aber nur 10 % der Zugbelastung abdeckt. Somit braucht es Bewährungseisen. Das ist jetzt vielleicht sehr einfach erklärt, komplizierter ist es aber auch nicht.

Die Aufgabe des Statikers besteht darin, das Gebäude so zu berechnen, dass es den Anforderungen standhält, so weit so logisch, und – dass es wirtschaftlich bleibt. Eine Betondecke ist nicht einfach so stark, wie sie ist, sondern so stark, wie man sie festlegt. Es gibt viele Möglichkeiten:

Mehr Beton und weniger Eisen. Weniger Eisen und mehr Beton. Weniger Spannweite, dafür schlanker, dafür aber einen Überzug oder Unterzug.

Es gibt so viele Wege, ein Haus zu bauen, damit es nicht zusammenbricht. Die Betondeckenstärke, möchte man glauben, ist in einem Hochhaus eine vernachlässigbare Größe. Weit gefehlt. Wenn ich bei einem 30-stöckigen Haus bei jeder Decke 5 cm Stärke einspare, dann sind das mit EG so ca. 1,50 m Gebäudehöhe, die ich gewinne. Das ist ein halbes Geschoß. Stellt sich die Frage, was mache ich mit einem halben Geschoß? Doch Sie wissen, was ich meine. Im Verhältnis kann man so ein ganzes Geschoß gewinnen, und das ist Raum, den man vermieten kann, und da freuen sich alle. Der, der vermietet, und der, der mietet. Sie sehen. Es klingt sehr einfach, ist aber dann doch kompliziert. Dafür haben wir den Statiker. Der zeigt die Möglichkeiten auf und ist somit eine wichtige Zutat in dem Projekt. Er ist schnell, fachlich kompetent und ausgestattet mit Entscheidungsfreiheit. So habe ich ihn bei meiner letzten Baustelle auch des Öfteren in Anspruch genommen, und ich möchte mich an dieser Stelle, wenn auch namentlich nicht erwähnt, herzlichst bei ihm bedanken.

Danke, Herbert!

Wir mussten Decken betonieren, wo man zum Teil den Beton überreden musste, bitte doch bis in die letzten Ritzen zwischen den Eisen vorzudringen. Und es hat geklappt. Mein Statiker hat mit seinem geschulten Auge und seinem TI30 – tatsächlich – sofort erkannt, ob da oder dort ein Eisen fehlt. Inklusive seiner Angsteisen.

Der Begriff Angsteisen ist untergriffig und ungerecht, jedoch in aller Munde, da es weltweit keinen einzigen Statiker gibt, der nicht noch lieber ein Eisen mehr in den Beton betten würde, um tatsächlich auf Nummer sicher zu gehen. Warum macht er das?

A: Weil er ruhig schlafen will und lieber nicht im Gefängnis lebt. Und

B: Weil er genau weiß, dass nach ihm die Haustechnik kommt und an allen Ecken und Enden noch die Statik herausfordert. Da werden einfach Löcher mit einem Durchmesser von ca. 40 cm oder größer durch Betondecke und -wände gebohrt. Glauben Sie mir, es gibt Großbaustellen, da könnten Sie mit den nachträglich herausgebohrten Eisen leicht ein Einfamilienhaus bewehren. Denn der, der bohrt, bohrt. Ob da ein Eisen drin ist oder nicht, ist nur für seine Abrechnung wichtig.

So ist der Statiker der beste Freund des Bauleiters, wenn er rasch, am besten telefonisch, die angefragte Bohrung freigibt, selbige in einen Plan einzeichnet, unterfertigt und faxt.

Faxen ist eine längst veraltete Möglichkeit, bedrucktes Papier zu digitalisieren und beim Empfänger wieder zu einem solchen zu machen. Mein erstes Fax werde ich nie vergessen. Ich habe es gesehen, als ich an der Hand meiner Mutter zur Post telefonieren ging. Ja, ich bin noch mit Mama zur Post gegangen. Das war damals so, heute unglaublich. Beim Fax legt man ein Papier in so etwas wie einen Toaster, und es rollt sich nicht zusammen und zwängt sich durch das Kabel, das hinten angeschlossen ist. Ja, das Papier bleibt völlig unverknittert vor Ort und beim Empfänger auch. Ob das mit Wurstsemmeln auch so geht, habe ich nie probiert, doch die Lust, es zu versuchen, war damals riesengroß. Heute gibt es kaum noch Faxe, geschweige denn ein Postamt in der Ortschaft. Alles ist entweder der Technik oder dem Sparstift zum Opfer gefallen.

Meine Telefonate mit Herbert dem Statiker liefen immer gleich ab:

Herbert (am Telefon. Er wird von mir angerufen.): *»Oi.«*
Ich: *»Hallo, Herbert. Richtig! Seidl am Apparat. Hast du bitte eine Minute Zeit?«*
Herbert: *»Wos is? Wo brauchen wir einen Durchbruch?«*
(Erklärung: Durchbruch ist der Fachbegriff für die landübliche Bezeichnung Loch.)
Ich: *»Wieso weißt du, dass ich einen Durchbruch brauche?«*
Herbert: *»Du wirst mich nicht anrufen, weil ich Geburtstag habe.«*
Ich: *»Du hast Geburtstag?«*
Herbert: *»Sicher. Aber nicht heute.«*
(Das ist Statikerhumor. Muss man nicht verstehen.)
Ich: *»Herbert. Der Lüftungstechniker braucht für die Abluft der Küche im 16. Obergeschoß einen Durchbruch 60/60 in der Decke über 16. OG.«*
Herbert: *»Wo?«*
(Nach Durchgabe der genauen Koordinaten spielt sich das immer gleiche Szenario ab.)
Herbert: *»Ich nehme an, ihr habt es eh schon gebohrt.«*
Ich: *»Nein. Diesmal nicht. Ich habe mir gedacht, nachdem da so*

viele Lüftungsgeräte oben stehen, dass wir die Eisen im Beton brauchen.«

Herbert: *»Gratulation. Für einen HTL-Absolventen gar nicht schlecht.«*

Ich: *»Sehr witzig. Ich habe auch die siebenjährige besucht.«*

Herbert: *»Da oben können wir leider keinen Durchbruch machen, da genau in diesem Bereich die komplette Zugbewehrung des Kernbereiches verläuft. Kann der mit seinem Lüftungskanal nicht irgendwo anders raus?«*

Ich: *»Nein, aber ich frage einmal nach.«*

(Das zwingt mich zu einem Telefonat mit dem Lüftungsinstallateur Herrn Hober. Hober ist ein alter Fuchs. 20 Jahre auf Montage auf der ganzen Welt, hat zwei Ehen gekostet, doch der Hober weiß, wovon er spricht, und ist stets lösungsorientiert.)

Ich (am Telefon): *»Herr Hober.«*

Hober: *»Bitte? Warten S', Herr Seidl. Die bohren da gerade neben mir.«*

(Tatsächlich. Ohrenbetäubender Lärm.)

Hober (zu seinem Mitarbeiter): *»Geh, Milan. Kurze Pause. Räumen dawäu Schutt weg. Ich Telefonat.«*

Ich: *»No, Herr Hober. So wird der aber nie Deutsch lernen.«*

Hober: *»Bin i a Lehrer? Do warat i scho daham. Bitte, Herr Seidl. Wos is? Was kann ich für Sie tun?«*

Ich: *»Ich rufe an wegen des Durchbruchs Decke über 16. OG Lüftung Küche.«*

Hober: *»Jo?«*

Ich: *»Ich kämpfe gerade um die Freigabe mit dem Statiker.«*

Hober: *»Wieso? Mia stemman scho. A Wahnsinn, wos do Eisn drin san.«*

Ich: *»Halt! Stopp!! Nicht weiterstemmen! Wir können dort keinen Durchbruch machen. Wer hat gesagt, dass der Durchbruch freigegeben ist?«*

Hober: *»Hean S', i sog Eana wos, in jedn von denane Pläne woa do a Lüftungskanal einzeichnt. Wenn Eichane Haustechnika ned Planlesen kennan, dann schickt's as zruck in de Schui.«*
(Abermals setzt ohrenbetäubender Lärm ein.)
Hober (wieder zu seinem Arbeiter): *»Milan! Stopp! Aufhören mit Stemmen. Do nix geht.«*
Milan: *»Kurva!* (Möchte ich an dieser Stelle nicht übersetzen.) *Chef, du haben gesagt, geht!«*
Hober: *»Aber jetzt nix mehr.* (Wieder zu mir) *So, wos moch ma? Keine Lüftung?«*
Ich: *»Das geht nicht. Können wir mit dem Rohr nicht irgendwo anders hinaus?«*
Hober: *»Durch de Wand?«*
Ich: *»Zum Beispiel!«*
Hober: *»Hean S', mir is des wurscht. Do wead da Architekt ka Freid hom!«*

Und recht hat er gehabt, der Hober. Der Architekt kann ein Lüftungsgitter in der Fassade so gar nicht brauchen. Küchenabzug, ja. Gitter, nein.

So. Und weiter?

Ich telefoniere wieder mit dem Statiker.

Ich: *»Herbert, wo kann ich durch?«*
Herbert: *»Ich habe dir schon einen Plan geschickt. Da ist es eingezeichnet. Aber wirklich nur 60/60.«*
Ich: *»Vielen Dank!«*
Herbert: *»Und exakt dort, wo ich es eingezeichnet habe.«*
Ich: *»Herbert, danke!«*
Herbert: *»Und ich komme morgen und schaue mir den Durchbruch an.«*

Ich: *»Herbert, passt.«*
Herbert: *»Und das, was ihr rausgeschnitten habt, verschwindet nicht in irgendeiner Schuttmulde. Ich muss die Eisen sehen.«*
Ich: *»Sicher.«*
Hebert: *»Passt.«*
Ich: *»Danke.«*

Sehen Sie, so kann man arbeiten. Es geht immer.

Ich gebe Herrn Hober den Plan. Als ich beim Fax stehe, sehe ich eine Planänderung des Bauherrn betreffend der Aufteilung der Teeküchen im 16. OG. Alles wieder zurück an den Start. Das ist die Arbeit des Bauleiters. Großer Dank an den Bauherrn.

Wie im richtigen Leben ist eben jeder bestrebt, sich abzusichern. Es kann immer was passieren. Versicherungen leben davon, und die Kirche lebt es uns seit über 2000 Jahren vor: sich einen Polster schaffen für danach.

Bei dem angeführten Beispiel mit dem Maler auf dem Kabel handelte es sich allerdings um menschliches Versagen. Das war kein technisches Gebrechen. Oder eigentlich schon. Aber in SEINER Zentrale. Sozusagen eine Materialermüdung einer oder mehrerer Hirnwindungen.

Ein weiteres schönes Beispiel von geistiger Materialermüdung stellt folgende Aktion dar, die schlicht und ergreifend auch als vertrottelter Diebstahl beschrieben werden kann.

Der Wasserhahn

Wir sind noch immer auf meiner Großbaustelle. Die Stockwerke befinden sich in unterschiedlichem Fertigstellungsgrad. In den obersten Etagen beginnen wir mit der Rohverrohrung an der Decke, während in den unteren Stockwerken bereits die Fassade geschlossen, der Teppichboden verlegt und die Feinjustierung der Lüftung vorgenommen wird. So gibt es zwischen oben und unten aber eben auch noch Geschoße dazwischen. In einem solchen stehen die Sprinklerleitungen unter Druck, da sie abgedrückt werden, bevor man sie füllt.

Was ist eine Sprinklerleitung? Was heißt abdrücken?

Sprinklerleitungen baut man für den Notfall. Sprinklerleitungen sind Löschleitungen mit dem Ziel, einen entstandenen Brand in kürzester Zeit so nah als möglich zu löschen.

Interessant:

Die ersten Versuche, Brände in der Entstehungsphase zu bekämpfen, gab es in amerikanischen Webereien. Oberhalb der Webstühle wurden wasserführende Rohre angeordnet, die in Abständen mit Öffnungen versehen waren. Diese Öffnungen wurden mit Deckeln verschlossen und über ein mit einem Baumwollfaden verbundenes Gewicht fixiert. Wenn ein Feuer ausbrach, brannte der Baumwollfaden durch, das Gewicht gab nach, und die Öffnung wurde für den Wasseraustritt freigegeben.

Erfunden wurden sie von dem US-Amerikaner Henry S. Parmalee, einem Hersteller von Klavieren im Jahre 1874.

Die Grundidee ist gleich geblieben, hat sich jedoch weiterentwickelt. Heute ist der Sprinklerkopf kein Wollfaden mehr, sondern eine kleine Glasampulle am Ende der Leitung, gefüllt mit einer bunten Flüssigkeit, die je nach vorgegebener Temperatur platzt. In der Regel 30 °C über Raumtemperatur.

Wenn Sie also gerade in einem neuen Großraumbüro sitzen und in der sommerlichen Überhitzung schwitzen, dann richten Sie Ihren Blick an die Bürodecke, und Sie werden ein kleines, rotes Röhrchen entdecken. Wenn Sie jetzt ein Feuerzeug nehmen – was Sie natürlich nicht machen – und dieses Röhrchen anheizen, dann steht einer Dusche und einem Vieraugengespräch mit Ihrem Chef nichts mehr im Wege.

So weit so Röhrchen.

Diese Sprinklerleitungen werden in der Bauphase kurz vor dem Füllen abgedrückt. Und zwar mit Luft. Im Brandfall wäre Luft sinnlos. Im Baufall nicht. Warum Luft? Weil wäre irgendwo in der Leitung noch eine undichte Stelle, sähe man anhand der angeschlossenen Instrumente, dass dem so ist, ohne eine Überflutung herbeigeführt zu haben und alle Leitungen vor der Reparatur wieder entleeren zu müssen. Da wir auf unserer Baustelle nur die besten Firmen hatten, bestanden die Leitungen stets die Druckprobe. So auch jene im 8. Stock. Probe bestanden. Passt. Feierabend. Am nächsten Tag kann die Sprinklerleitung im 8. OG gefüllt werden.

Was wir alle nicht wussten, war jener Umstand, dass sich ein Arbeiter auf der Baustelle, bewaffnet mit Leiter und Rohrzange, in einen der Wasserschieber, sprich Wasserhahn verliebt hat. War es das Rot vom Griff? War es die beste Produktauswahl? Oder war lediglich sein Gartenwasserhahn beim Blumenbeet defekt und musste dringend durch einen neuen ersetzt werden? Niemand wird jemals die Frage beantworten können, zumal wir den Täter nie gefunden haben. Aber der nette Mensch hat diesen Hahn abmontiert und ist nach Hause gegangen.

Am nächsten Morgen wurde, wie geplant, die Leitung vom Keller aus gefüllt. Mit Wasser unter hohem Druck. Und wenn ich sage hoher Druck, dann meine ich auch hoher Druck. Die Aufregung war groß, wie man sich denken kann, als ein unglaublicher Wasserstrahl aus dem Rohrende schoss, wo man normalerweise einen Wasserhahn vermutet hätte.

Der Schaden war enorm. Der Zwischenboden war ca. 10 cm mit Wasser gefüllt, vom überfluteten Teppichbelag möchte ich gar nicht sprechen. Der Doppelboden, Trägermasse für den Teppich, ist aus Gips. Gips und Wasser geht gar nicht. Steckdose und Wasser ist auch kein gelungenes Team.

Eigentlich mussten wir den kompletten Boden des betroffenen Geschoßes entfernen und durch einen neuen ersetzen. Dem nicht genug, ist uns das Wasser auch in das Geschoß darunter geronnen und hat dort die abgehängten Kühldeckenelemente in kleine Badewannen an der Decke verwandelt. Wenn also jemand duschen wollte im Büro im 7. Geschoß, musste er nicht erst die Glasampulle zum Platzen bringen.

Was also würde man mit demjenigen tun, der den Hahn entwendet hat? Ich weiß es nicht. Und ich bin auch froh, dass wir ihn nicht gefunden haben. Ein fertiges Gewerk aus dem Verband zu reißen ist keine schöne Tätigkeit, zumal es meist der erledigen muss, der es errichtet hat.

Natürlich isst ein Konditor auch seine kunstvoll verzierte Torte, doch hat das einen Mehrwert.

So fassen wir zusammen:

Als Bauleiter ist immer was los. Es ist nie nix, weil wie wir wissen, »Späne fallen, wo gehobelt wird«, und wo viel gehobelt wird, fallen viele Späne.

Jedoch hat es für mich immer einen Reiz ausgeübt, auf Großbaustellen tätig zu sein. Das hat eine eigene Energie. Der Bauherr ist da selten einer alleine, der ein Leben lang darauf gespart hat und sein erstes Haus baut und ständig neben dir steht.

Ich meine, der Bauherr einer Großbaustelle ist selten ein Kleingärtner.

Kapitel 6

Kleingärtner

Der Kleingärtner. Ein »Kapitel«, welches mein Leben verändert hat. Zum einen durfte ich in seiner Welt mit dem Errichten von eben kleinen Häusern beginnen, und zum anderen kannst du dir dessen sicher sein, dass dir alles gelingt, wenn es dir gelingt, im Kleingarten ein Haus zu errichten.

Um im Kleingarten zu überleben muss man gewisse Gesetze befolgen:

1. Ruhezeiten sind heilig

Wer in den Ruhezeiten bohrt, schraubt, baggert und/oder klopft, erleidet Schaden. Wodurch auch immer.

2. Sauberkeit

Der Kleingärtner ist stets darauf bedacht, die Anlage sauber zu halten. Das gilt sowohl für Unrat, den man irgendwo liegen lassen könnte – von Hundekot gar nicht zu reden –, als auch für Staub. Wenn es staubt, wird der Kleingärtner ungemütlich, da der eigene Staub, den er bei der Errichtung seiner Häuslichkeit erzeugt hat, längst Geschichte ist und natürlich nie in einem Ausmaß auftrat, wie es eben der Nachbar gerade verursacht. Somit ist auch Staubbildung mit Strafe verbunden.

3. Der Parkplatz ist unantastbar

Der Kleingarten zeichnet sich nicht zuletzt dadurch aus, dass er autofrei ist. Jetzt ist der Kleingärtner per se nicht ein Öffi-Freak, der kein Auto besitzt und all seine Wege nur mit dem Rad oder zu Fuß beschreitet. Nein. Der Kleingärtner ist sehr wohl Besitzer eines Autos und parkt selbiges auf einem der Parzelle zugewiesenen Platz. Wenn ein Fremder es wagt, selbigen ungefragt zu verwenden, bricht ein Kleingärtnerkrieg aus.

4. Bepflanzung des Gartens

Es ist nicht egal, wer welches Pflänzchen in seinem Garten wie groß werden lässt. Da gibt es ganz klare Vorstellungen und Vorschriften, die es einzuhalten gilt. Eine Nichteinhaltung derselben ist unmöglich! Eher wäre ein Ostberliner vor 1989 gemütlich mittags über die Mauer geklettert, als dass es dem wachsamen Auge der Obmannschaft des Kleingartens und ihrer Schergen verborgen bliebe, wenn du den falschen Bewuchs großziehst.

5. Der Obmann

Anders als Kanzler oder Vizekanzler ist der Obmann eine Respektsperson, der man lieber nicht widerspricht. Ohne Obmannwissen geht nichts! Da gibt es keinerlei Einschränkungen. Er ist für alle Bereiche zuständig. Sollte es möglicherweise einen Bereich geben, für den er nicht zuständig wäre, so würde man es rein aufgrund seines Verhaltens nicht merken.

Wer alle diese Punkte beachtet, kann an sich ein ruhiges Leben im

Kleingarten führen, wenn er nicht eine Baufirma bestellt. Diese Firma zu vertreten, braucht absolutes Fingerspitzengefühl.

Jetzt komme ich ins Spiel.

Unter Nichtwissen oben angeführter Punkte war meine erste Aktion im Kleingarten der Kelleraushub auf der Parzelle 256.

Aufgrund von Zeitdruck beschloss ich, die Baustelleneinrichtung noch am Samstag zu veranlassen. Ein Minibagger wurde angeliefert, und auf drei Parkplätzen habe ich Material für die Absperrungen und Pölzungen gelagert. Sämtliche Bedenken des aufmerksamen Baggerfahrers betreffend Lärm, Verschmutzung, Halteverbot und kleine Gesten in Form von Weinflaschen und Zigarren habe ich mit einem »Brauchen wir nicht, wir haben keine Zeit!« völlig entkräftet und einen Baustart ausgerufen.

Alles ganz falsch! Ich hätte auf den Baggerfahrer hören sollen.

Der Bagger hatte sich noch nicht in Bewegung gesetzt, lernte ich bereits den Obmann des Kleingartenvereins, Herrn Johann Tulpe (Name von der Redaktion nicht geändert!), kennen. Hochdekoriert, mit einer Pierre-Cardin-Kette um den Hals, einer mit seinem Sternzeichen, einer mit einem Fußball aus purem Gold, einer mit einem zum Trocknen aufgehängten Löwen und als Tüpfelchen auf dem i einer Kette mit einem Nora-Anhänger. Heißt seine Frau, Freundin, Lebensgefährtin … möglicherweise tatsächlich so, oder ist es ein Souvenir eines Modern-Talking-Konzertes? Ich weiß es nicht. Die beinahe echte Rolex aus Bangkok ziert sein linkes Handgelenk. Rechts trägt er eine goldene Armkette, mit der ich einen Baucontainer hätte anketten können. Sein bestes Stück, auch ohne es sehen zu wollen, trägt er mit einer unübersehbaren Präsenz in der zu engen Hose links. Für sein Gewicht sicherlich einen halben Meter zu klein, hängt sein »Busen« beidseitig aus dem gespannten ärmellosen Rapid-Wien-Fan-Shirt. Der Bund seiner Adidas-Hose ist nicht sichtbar, er verschwindet unter dem Bauchfleisch. Eine in seinen Unterarm tätowierte, leicht verblasste, lasziv auf einem Stein rastende Wassernixe erinnert an wilde Tage in seiner Jugend, an die damals gelebte Freiheit oder das Gegenteil davon. Birkenstockbesohlt, dampft er aus dem Kleingarten direkt auf mich zu und stoppt mein Unterfangen mit den Worten:

Obmann: *»Sog amoi, sats es olle deppert wuan?«*
Ich (verdutzt blickend, weil ich mich aus irgendeinem Grund angesprochen fühle): *»Wer – es olle?«*
Obmann: *»Na, es zwa. Hobts es ka Uhr?«*
Ich: *»Grundsätzlich schon. Aber zu Hause. Natürlich nicht so eine schöne wie Sie.«*
Obmann: *»Ned deppert sei. S'is Samstag z'mittag. Do weard ka Wiabö gmocht.«*

Ob es tatsächlich Mittag war, konnte ich nicht bezeugen. Mein Ericsson Handy konnte, wie gesagt, maximal telefonieren. Da konnte man keine Zeit ablesen.

Ziemlich alleine gelassen mit dem menschlichen Rottweiler, blicke ich auf den Baggerfahrer, der sich genüsslich eine Zigarette dreht. Milde lächelt er mir entgegen. Er hat es gewusst. An ihn wendet sich auch der Obmann.

Obmann: *»Des miasts es do wissn. Dragi, bist jo ned des erste Moi do!«*
Dragi: *»Ich weiß, aber Ingenieur hat gesagt …«*
Das war zu viel. Ingenieur war für den Obmann zu viel. Nicht am Samstag, nicht um die Mittagszeit und nicht mit so einem Jüngling. Er legt seine Stirn in Falten und senkt das Haupt zum Angriff. Sein Stiernacken spannt sich, und seine schweißnasse Minipli scheint sich in Zeitlupe mitzubewegen, als er sich zu mir umdreht.

Obmann: *»Asso! Na, wenn der Ingenieur des sogt, dann is des natiarlich ganz was ondas. Wos ist a denn fia a Ingenieur? Hobts es des auf da Uni ned gleant, dass die Leute eine Ruhe haben wollen. Na, des weard eich wahrscheinli wuarscht gwesn sein, wäu do hobts es eh nur gschlofn. Und sowos zoin mia. Wo bauts es denn überhaupt? Wos fia a Firma san Se denn überhaupt?«*

So. Das waren zu viele Frage und Missverständnisse auf einmal.

Ich: *»Also, erstens bin ich nicht auf einer Uni gewesen, sondern auf einer HTL.«*

Obmann: *»Des is do wuarscht. Oba a Matura host. Oda ned?«*

Ich: *»Doch. Aber das ist doch nichts, wofür man sich schämen müsste. Haben Sie keine Matura?«*

Jetzt bewegt sich nur noch das Nackenhaar.

Obmann: *»Soi i dir wos sogn, Burli. Mia san Oabeita. Mei Vota woa a Schaffler am 71er. Der is gfoan Schwarzenbergplatz–Simmering. Vierzig Joar lang, und mei Mutter hod kocht in an Heim fia Kinda, de wos geistig … de se ned aso … fia a poa Deppate. Do woa ka Göd fia a HTL.«*

Ich: *»Absolut in Ordnung.«*

Obmann: *»Des sog da scho i, was in Ordnung is. So. Wos sats es fia a Firma?«*

Ich: *»Mein Name ist Seidl. Ich bin Bauleiter und Techniker bei der Firma AKW-Bau. A steht für Ingenieur Adam, K für Frau Magister Konrad und W für Diplomingenieur Weiz. Wir bauen das Kleingartenhaus für Frau Dr. Gastlinger.«*

Obmann: *»Na, davon waß i oba nix. Do hob i kan Plan gsegn. Kan Stempe und ka Baubeginnsanzeige. Nix waß i do. Des wearts es sicher ned baun.«*

Das fand ich jetzt aber auch komisch. »Nix« ist wirklich wenig für ein Projekt. An sich macht das bei uns alles Frau Magister Konrad.

Das sag ich auch: *»An sich macht das bei uns in der Firma alles die*

Frau Magister Konrad. Offensichtlich hat sie das mit Ihnen noch nicht abgesprochen.«
Obmann: *»Offensichtlich. De glaubt vielleicht a no, sie is no auf der Uni, do is wuarscht, wann's fertig is. Guten Morgen!«*

Zusammenfassung der Situation:

Faktisch spricht alles gegen mich.

Ich habe weder einen bewilligten Plan noch eine abgestempelte Baubeginnsanzeige. Der Zeitpunkt des Projektstarts ist denkbar ungünstig und das Verhältnis mit meinem Gegenüber mehr als gespannt. Es herrscht eine beängstigende Stille. Wenn auch in Echtzeit sicherlich nur ein paar Sekunden, kommt es mir vor wie eine Ewigkeit. Mein Glück, dass die Kundschaft nicht vor Ort ist. Es wäre ausnehmend peinlich, würde unsere erste Begegnung so stattfinden.

Aber da kommt sie schon. Ich sehe sie im Augenwinkel. Es muss die Bauherrin sein. So wurde sie mir von meinem Chef, Herrn Dipl.-Ing. Weiz, der die Verkaufsgespräche mit den Kunden führt, beschrieben.

Eine zarte, ältere, noble Dame. Eine kinderlose Witwe, die sich ihren Traum im Kleingarten verwirklichen will. Eine unscheinbare Person, die in ihrem Leben noch keiner Fliege etwas zuleide getan hat. Sie geht auf uns zu und bricht das Schweigen.

Frau Dr. Gastlinger (zu mir): *»Herr Ing. Seidl von der Firma AKW-Bau? Ist das richtig?«*
Ich (ihr meine Hand entgegenstreckend): *»Richtig.«*
Emotional hat sie gerade mein Leben gerettet. Meine Seele freut sich. Nie will ich diese auf Anhieb liebenswerte Person enttäuschen.
Seidl: *»Guten Tag. Sie müssen Frau Dr. Gastlinger sein.«*
Sie (mir ein Lächeln schenkend): *»Richtig. Sie werden doch nicht schon heute beginnen wollen?«*

Der **Obmann** rundet den wunderschönen Dialog mit den Worten »*Woin scho!*« ab.

Obmann (zu Frau Dr. Gastlinger): »*Do hams jo a schene Firma gfundn, Frau Dokta. De Wahnsinnigen woin am Samstag ins Baggern anfangen. Na, i hob scho vü erlebt, oba sowas hob i no ned erlebt. Seit 17 Joa bin i Obmann von den Verein, oba so is ma no kana kumman. Ma lernt ned aus. Na, wirklich ned. In 17 Joa Obmannschaft, und frogn S' de Leit, de san olle zufriedn mit meina Oabeit. Warum? Weil mia aufpassen tun, dass genau so was ned passiert.*«

Er wendet sich speziell an mich und öffnet den Raum für die verstellten Parkplätze.

Obmann: »*No, was glaubn S', was se do jetz ospüd, wenn de Leute mitn Auto kumman und ned parkn kennan, wäu do Eanare deppatn Pfostn liegn? No, was glauben S', spüd se dann o? Des kennan Se eana goa ned vuastön, was se do o'spüd, weil es des auf der Uni net glernt habts. Das Leben draußen. Na, was glauben Sie, zu wem die Leute kommen, wenn so was passiert? Na, was glauben Sie? Sogn S' ma des? Herr Ingenieur? Zu wem glaubn Sie, kommen de Leut?*«

Ich: »*Zu Ihnen?*«

Obmann: »*Na bravo! Der Kandidat hat die Prüfung bestanden. Einhundert Punkte, und das ohne Telefonjokerle. Kennan S' muagn glei beim Assinger anfangen. Na, zu mir kumman de Leit. Na, und glauben Sie, dass mi des gfreit, wenn i grod bein Essen sitz, dass i dann aufstehn muaß und mi mit den umanonda schlogn muaß? Glauben Sie, dass mi des gfreit? Können Sie sich vorstellen, dass mi des gfreit? Is es für Sie angenehm, wenn Sie bein Essen sitzen, dass Sie aufstehen müssen und was regeln müssen, nur weil a anderer deppert woa? Is des angenehm? Is so was für Sie angenehm? Sogn S' ma des …?*«

Vieles geht mir gerade durch den Kopf. Es läuft in mir ab wie in einem Film. So muss es sein, kurz bevor man ins Licht geht. Ich denke an die letzten Wahlen. Daran, dass jede Stimme den gleichen Wert hat. Ich denke an die Schicksalstheorie. Daran, dass dir nichts umsonst passiert, an das Gesetz der Anziehung, und suche den Fehler bei mir. Ich denke an Murphys Gesetze, die besagen:

Wenn es die Möglichkeit gibt, dass etwas schiefläuft, läuft es schief.

Ich atme aus und denke daran, dass man jeden so nehmen soll, wie er ist. Dass man davon ausgehen soll, dass jeder sein Bestes gibt. Bei dem einen ist es mehr, und bei dem anderen halt eben nicht so viel, um das Wort »weniger« zu vermeiden.

Ich denke aber auch daran, dass es mir eine wahnsinnige Erleichterung verschaffen würde, wenn dem Herrn Tulpe urplötzlich ein tonnenschwerer Stein auf den Kopf fiele, der sich völlig unkontrolliert im Weltall gelöst hat und die Erdanziehungskraft nutzt, um einmal wirklich wo anzukommen. Und zwar in Wien–Simmering. Direkt beim Eingang zum Kleingartenverein Rosenweg. Natürlich würde er ein Menschenleben auslöschen, und ein Essen würde heute am Küchentisch erkalten, doch im nächsten Leben hätte Herr Johann Tulpe die Chance, alles anders zu machen. Aber warum sollte er das tun? Für ihn passt es ja. ICH habe ja etwas falsch gemacht. Vielleicht sollte mich der Meteorit treffen. Dann hätte ich die Chance, alles anders zu machen, doch was würde ich ändern?

Muss ich es jetzt gleich sagen, noch bevor mich der Stein trifft? Oder kann ich es mir noch einmal überlegen?

Schauspieler

Ich würde … ich würde … ich würde … Ich möchte Schauspieler werden. Ich ginge nicht mehr auf die HTL, sondern auf das Max-Reinhardt-Seminar. In der Sekunde würde mein Lehrer mein Talent erkennen. Er sieht mich schon auf den großen Bühnen dieser Welt. Anfangs im Theater, später auch beim Film. Große Regisseure reißen sich darum, mit mir zu arbeiten. Die ganz großen Rollen warten auf mich. Ich gebe den Hamlet, den Faust, ich gebe Richard den Dritten. Was heißt Richard. Ich spiele alle großen Shakespeare-Rollen. Aus Hollywood bin ich nicht mehr wegzudenken, und nach zwei Nominierungen ist es mir dann endlich gelungen, die so begehrte Statue in Händen halten zu dürfen. Mein Oscar für die beste Hauptrolle. Fanfaren und Trompeten ertönen, nachdem sie meinen Namen genannt hatten.

Oona Chaplin übergibt mir den Preis. Sie ist die Tochter von Geraldine Chaplin, und die wiederum ist die Tochter von Charlie Chaplin. Mehr geht nicht. Nur Charlie Chaplin selber könnte noch eine Steigerung bedeuten, doch dafür habe ich zu lange gewartet.

Ich stehe tatsächlich hinter dem Rednerpult mit meinem Oscar in der Hand. Die ganze Welt wartet gespannt auf meine Dankesworte, und mir fällt nur meine Englischlehrerin ein und dass ich vielleicht hätte besser ihrem Unterricht folgen sollen, um mich später nicht mit schlechtem Englisch zu blamieren.

Ich sage es auf Deutsch. Ich sage: »Eigentlich wollte ich immer schon bauen … Sandburgen, doch sie konnten nicht groß genug sein …« Was für ein Schwachsinn! Das sage ich natürlich nicht. Ich bedanke mich. Bei wem? Bei Herrn Schmid. Unserem Bus-Chauffeur. Er hat mich immer gut von der Schule nach Hause gebracht. Immer zur selben Zeit. Im Radio lief seine Lieblingssendung. Peter Cornelius hat ihr die Titelmelodie geschenkt: »Da Kaffee is fertig, klingt des ned unhamlich zärtlich …«

Nein. Mich bei Herrn Schmid zu bedanken, ist vielleicht doch etwas zu weit hergeholt. Doch hätte er mich nicht immer gut nach Hause gebracht, wer weiß, wäre ich heute hier. Also nicht Herr Schmid. Aber zumindest das Busunternehmen.

NEIN!!! Was für ein Schwachsinn. Eine komplette Ausnahmesituation in meinem Leben. Ich hätte mich darauf vorbereiten sollen. Doch wer, verdammt noch mal, bereitet dich denn auf eine Oscar-Verleihung vor? Da gibt es kein Büro, wo man anruft, auch kein Schulfach namens Oscar. Hat mich die Schule schon kaum aufs Leben vorbereitet, dann schon gar nicht auf einen Oscar. Glaubt doch keiner an so etwas. Da könnte doch jeder kommen. Schließlich bin ich gelernter Österreicher.

Ich glaube ja selber nicht daran. Oh nein, das stimmt nicht. Ich glaube daran, dass dir passiert, was dir passieren muss. Ob da jetzt genau ein Oscar dabei ist, weiß ich nicht. Ich habe auch keine Zeit, darüber nachzudenken, schließlich muss ich eine Rede halten. Die Welt wartet darauf.

Ich sage »Danke!« und schieße ein »Thank you!« nach, um meine Weltgewandtheit nicht zu verbergen. »Thank you, mom and dad!«

Gott, ist das schlecht! Das sagen alle. Natürlich Dank an Mama und Papa. Das sagen doch alle Kinder. Vielleicht die Kinder von Herrn Fritzl aus Amstetten nicht, also die mit Sicherheit nicht, aber sonst alle. Natürlich bedankt man sich bei Mama und Papa. Auch wenn sie dir in stundenlangen Gesprächen davon abgeraten haben, Schauspieler zu werden, da es ein brotloser Beruf ist und sie die Angst hatten, du würdest früher oder später in der Gosse landen. Natürlich dankt man ihnen. Man bedankt sich für die Tipps, doch lieber einen Beruf zu erlernen. Man kann der Härte des Lebens nicht entfliehen. Nein. Ein Beruf, am besten bei der Gemeinde, pragmatisiert, mit einer Betriebsküche. Und in den fünf Wochen, die man frei hat, kann man dann ja auch etwas anderes machen. Zumal es gute Jahre gibt, in denen die Feiertage gut fallen und somit viele Fenstertage entstehen.

Natürlich bedankt man sich. Sie hatten einfach nur Sorge. Auf ausgetretenen Pfaden ist es eben schwieriger, sich zu verlaufen. Also bedanke ich mich bei den Eltern. Dann bei meiner Frau. Falsch! Zuerst bei der Frau. Die Reihenfolge des Kennenlernens ist zwar eine andere, doch deine Mutter ist mit der bedingungslosen Mutterliebe bezogen auf deine Person ausgestattet. Die verzeiht. Deine Frau nicht.

Also. Zuerst Dank an meine Frau. Ach was! Ich bedanke mich bei meiner Familie und bei meinen Freunden. Zuerst bei meinen Freunden. War es doch mein bester Freund Kurtl, dessen Kopfkissen ich vollgerotzt habe nach der 18. Trennung von der 5. Freundin. In sein Auto habe ich gekotzt, als er mich sturzbesoffen aus einem Lokal in der Stadt gezogen hat, dessen Namen ich nicht mehr weiß. Er hat mir sein Motorrad geliehen, um meine 6. Freundin kennenzulernen. Agnes. Sie war beeindruckt. Leider nur so lange, bis sie draufgekommen ist, dass es nicht meine Harley ist. Doch vergessen werde ich die beiden Nächte nie.

Das sind doch die Geschichten, die ich erzählen könnte. Locker flockig von der Seele weg, da brauche ich keinen Zettel. Da rede ich so, wie mir der Schnabel gewachsen ist.

Nur leider nicht auf Englisch.

So bin ich gezwungen, eine kurze Rede zu halten. Ich danke Gott! Das schadet nie. Und schon gar nicht in Amerika. Dass ich aus der Kirche ausgetreten bin, interessiert hier niemanden, was, glaube ich, für mehrere Dinge gilt. »Thank God!« Gott. Natürlich. Warum mir der nicht gleich eingefallen ist. Der ist doch der Ursprung von allem. Sagen alle, die halt daran glauben. Bei den anderen heißt er eben anders. Lieber Gott, ich danke dir! Was wäre alles ohne dich? Ich weiß es nicht. Und selbst wenn ich es für mich ausformulieren würde, wäre es ein unverständliches Gestammel in einer fremden Sprache, das keiner versteht. Keiner versteht!

Vielleicht ist das die Lösung: Ich rette mich damit, vorzugeben, völlig besoffen zu sein. Lehne mich über das Pult und spreche in den Oscar. Ich rede das dem Glatzkopf in sein nicht vorhandenes Rückenmark, so lange, bis Frau Chaplin kommt und mir das richtige Mikro zeigt. Als einen Vollidioten kann sie mich nicht bezeichnen, dafür stehen zu viele Kameras um mich herum. Schließlich bin ich Oscar-Gewinner.

Ein Künstler.

Ich sage, was richtig ist und wie die Welt läuft.

Ich male Bilder, welche die verblendete, verblödete, fernsehvertrottelte, Bier saufende, Schundblatt lesende, Pornos schauende, Billigfleisch fressende Gesellschaft nicht versteht.

Ich bin der Künstler. Meine Worte haben mehr Gewicht. Ich bin der Trendsetter. Überhaupt jetzt. Wenn der Oscar-Preisträger Gery Seidl sein Hemd verkehrt trägt, dann ist das hip. Das ist der letzte Schrei. Das hat ihm auch sein Freund Carl Lagerfeld bestätigt. Die billigste Digitaluhr vom Mexikoplatz in Wien wird plötzlich Kult, und tausende Kids mühen sich damit, meinen S-Fehler zu bekommen.

Ich lalle meine Dankesrede in die Welt. Gestützt von der berühmten Enkelin, der ich nach meinem Schlusswort um den Hals falle und die ich unter Beifall der Massen minutenlang gegen ihren Willen vor laufenden Kameras auf den Mund küsse. Das sind Aktionen. Das sind Emotionen! Das sind Bilder, die um die Welt gehen. Jeder PR-Manager kann das bestätigen. Da muss ich keine Uni von innen gesehen haben. Wir sind die Vorbilder einer ganzen Generation. Natürlich alkoholkrank, drogensüchtig und von Minderjährigen umgeben, die aufs Wort kommen. ABER man wird doch noch Fehler machen dürfen! Genau diese Rolle hänge ich mir um. Dann sind die nächsten zehn Jahre in trockenen Tüchern, mit Geld wie Heu, und meine Frau … ach ja, meine Frau. Bei der wollte ich mich doch bedanken. Vor meiner Mutter. Also nicht *vor* meiner Mutter, sondern *bevor* ich mich bei meiner Mutter bedanke.

Da fällt mir gerade ein: Ich kann ja gar nichts trinken! Ich muss ja noch mit dem Auto nach Hause fahren. Nein, wir nehmen heute ein Taxi. Das leisten wir uns. Was heißt WIR? DIE leisten es sich, mich mit dem Taxi ins Hotel zu bringen. Und mit meinem Auto soll irgendeiner nachfahren. Was habe ich nur für kleinbürgerliche Gedanken. Ich bin jetzt ein Star. Holt mich hier raus oder besser hier herunter.

So runde ich meine Rede ab mit »I love you!«, das kommt immer gut. Hat Jackson schon mehrfach bewiesen, auch nachdem er sein Kind vom Balkon »schmeißen« wollte. Blöde Medien! Wenn das jeder andere macht, sagt keiner etwas, aber bei ihm!!!!! Großes Tohuwabohu. Vielleicht weil er so dünne Oberarme hatte und ihm keiner zutraute, ein Kind halten zu können. Der große Michael Jackson. Mit ihm könnte ich darüber sprechen, wie es ist, ein Star zu sein, doch auch dafür habe ich zu lange gewartet. Das fällt mir jetzt schon auf in dem Leben. Der Schnellste bin ich nicht, doch »Wer langsam geht, geht weit« sagt ein schlaues Sprichwort.

Zusammengefasst umstammelt meine Rede: »Hello, my wife. Thank you, mum and dad. Thank you god. I love you all.«

Ich gebe der Chaplin-Erbin die Hand und verbeuge mich artig. Was für ein Auftritt! Ich vergesse die Statue. In meinem Heimatdorf wird es kein Mensch mitbekommen haben, testet doch Marcel Hirscher eben geheim einen neuen Ski. Österreich eben.

Doch dass ein Meteorit einschlägt, das würden sie wohl mitbekommen.

Er ist kurz davor, mich zu treffen, und ich weiß immer noch nicht, was ich anders machen würde. Ich würde … ich würde …

Ich würde auf die Seite springen, um Zeit zu gewinnen.

… Der Stein schlägt genau zwischen Herrn Tulpe, Frau Dr. Gastlinger und mir ein. Und zwar in Form eines Riesen-Dodge, aus dem sich ein stark tätowierter Knochenbrecher aus dem Fenster lehnt. Die linke, totenkopfberingte Hand gestikuliert wild, während die Rechte die Hupe malträtiert und er nicht weiß, wo er seine Kraft entladen kann, da sein Parkplatz mit meinem Baumaterial verstellt ist. Er entlädt sie mit den Worten: »Sog amoi, sats es deppert wuan do olle?«

Der Obmann schließt sich dieser Frage an mit: »Wissen S' jetzt, wos i man? Na, is des angenehm? Woin Sie des? Mei Frau mocht Koibsschnitzerl, und die wean koid. Wissen S' wos i man?«

Ja, ich glaube, ich habe es verstanden. Jetzt heißt es handeln.

Wenngleich mir mehrere Zeugnisse meiner Schulzeit eine Lernschwäche bezeugen, eines kann ich. Reden!

Jetzt braucht es eine geballte Ladung an positiver Energie, um diesen gordischen Knoten zu lösen.

Ich nehme Frau Dr. Gastlinger, die nicht weiß, in welchem Film sie eben Hauptdarstellerin geworden ist, bei der Hand, und begleite sie drei Schritte zurück zu ihrem Auto.

Ich: »Frau Dr. Gastlinger, ich wollte an sich schon heute bei Ihnen zu arbeiten beginnen, doch der Obmann des Kleingartenvereins hat mich gebeten, ihm zu helfen, da irgendjemand illegal Baumaterial am Parkplatz gelagert hat und sich somit die Kleingärtner beschweren. Ich denke, das ist auch in Ihrem Interesse?«

Frau Gastlinger fährt bereitwillig ab und bedankt sich überschwänglich bei mir, dass ich mich um diese unangenehme Angelegenheit kümmere. Es tue ihr ausnehmend leid, dass ihre Baustelle solche Umstände bereitet.

Na, wunderbar, Herr Seidl!

Was für ein gelungener Schachzug!

Somit ist meine zukünftige Zusammenarbeit mit Frau Dr. Gastlinger auf einer Lüge aufgebaut. Einer Notlüge, aber trotzdem: Das Wort Lüge kommt darin vor.

Den hupenden Gorilla zu besänftigen ist schwieriger, als Herrn Tulpe zur Umkehr zu bewegen, da sich sonst sein Kalbsschnitzerl erkälten würde.

Mit Herrn Tulpe vereinbare ich einen Termin nach seinem Mittagsschläfchen, und mit Dragi räume ich den heiligen Asphalt, sodass der Bemalte zur Landung ansetzen kann.

Es kehrt Ruhe ein.

Dragi versuche ich zu erklären, dass wir erst am Montag weiterarbeiten können. Ich glaube, er hat mich verstanden, und meint, er macht sich auf den Weg nach Novigrad.

Es tut mir gerade schrecklich leid, dass ich mir das Rauchen abgewöhnt habe. Jetzt würde eine Zigarette passen wie kaum je zuvor. Ein Genuss.

Ich suche die Lasche. Ziehe das dünne Zellophanpapier von der Packung. Öffne den Karton. Entferne das Stanniolpapier, und spätestens jetzt steigt mir der Geruch in die Nase, der sagt: »Rauche mich, bitte!«

Aber gerne! Stets mit Zündern bewaffnet, schließt man das Auge, welches der Flamme am nächsten ist, und atmet genüsslich den ersten Zug bis in das Innerste der Lunge ein. Danach folgt ein kurzes Innenhalten und dann ein umso genüsslicheres Ausatmen. Aaaaahhhhhhhhh ... herrlich ... Marlboro. Damals gab es noch keine Packungen, wo der Krebs schon aufgemalt war.

An dieser Stelle frage ich mich, wann sie es schaffen, über dem Kühlregal im Supermarkt Bilder zu zeigen, wie denn meine Pute um € 4,20 gelebt hat, bevor man sie enthauptete, entkernte und luftdicht verpackte. Dass die Pute um den Preis voraussichtlich gebrochene Beine hatte, da die Stelzen das Mastgewicht nicht mehr stemmen konnten, sieht man nicht, da die Beine bereits mit der Geflügelschere abgetrennt worden sind. Würde man alle Sorten von Antibiotika auflisten, die in diesem Fleisch stecken, bräuchte man für das Tier einen eigenen Beipackzettel. Das gibt es aber alles nicht.

»Und weil es das nicht gibt, darum gibt es das auch nicht.« So weit ist der Mensch.

Nein, die Pute war glücklich. Die hat auf einer riesigen Wiese mit ihren Freunden gelebt und wurde von Charon zärtlich über den Acheron gebracht, um sich selbst ihren letzten Wunsch zu erfüllen, als

Trägermasse für drei Blatt Schinken und zwei Blatt Käse auf meinem Mittagsteller in einem Brösel-, Ei- und Mehlgemisch zu landen. So ist es gut, und so schmeckt es auch. Dass das ganze Tier billiger ist als eine Dose Hundefutter stimmt, muss aber nicht verstanden werden. Wird nicht angepriesen.

ABER die Raucher! Warum klebt nicht auf jedem Auto »Achtung, dieser Wagen kann blitzartig ihr Leben beenden!« Warum? Weil es keinen interessiert. Damals nicht und heute nicht.

Der alte Barabek

So rauche ich eben nicht, sondern nutze die Zeit, in der sich Herr Tulpe in sein Beet, korrigiere: in sein Bett zurückzieht, anders und gehe essen. Dorthin, wo ich immer hingehe. Ins »Schutzhaus am Eck«. Das mit den großen Kastanienbäumen. Ich esse wie immer ein Puten-Cordon von der glücklichen Pute mit Pommes und Ketchup und trinke dazu ein großes Bier. Ein Schremser. Bier geht immer. Herrlich!

Freundschaftlich begrüßt mich der Seniorchef des Hauses. In den nächsten Jahren werde ich noch viele Stunden hier verbringen. Während sein Sohn und seine Schwiegertochter in der Küche und hinter der Theke kaum noch wissen, wie sie das Mittagsgeschäft bewältigen, sitzt er, der alte Barabek, gemütlich im Schatten und sorgt für das emotionale Wohl seiner Gäste. Was er noch macht? Er nimmt Bestellungen auf. Anfangs habe ich es nicht bemerkt, doch dann habe ich erkannt, was passiert ist und warum der alte Barabek plötzlich so laut schnauft. Das Telefon hat geläutet.

Da sitzt er gemütlich in seinem Ratansessel mit weißem Ziegenfell. Zu seinen Füßen sein Hund Satan, eine strohnige Dachsbracke. Und dann das. Das Telefon läutet. Ein Umstand, der ihn nicht dazu zwingt, seinen Thron verlassen zu müssen. Nichts dergleichen. Er muss lediglich den linken Arm um 10 cm nach vorne bewegen, abheben und voraussichtlich eine Reservierung entgegennehmen. Hier möchte ich folgende Barabek-Weisheit verewigen:

Vor dem Abheben immer mindestens fünf Mal läuten lassen. Dann glauben alle, es ist viel los.

Wichtig! Muss man sich merken – und auch anwenden. Ich probiere es seit dieser Zeit, und es stimmt. Wer es eilig hat, legt vorzeitig auf.

Wenn wir schon dabei sind, möchte ich Ihnen auch die zweite kluge Erkenntnis dieses weisen Mannes nicht vorenthalten:

»Mach deine Arbeit nie ganz fertig, sonst kommt der Tag, an dem du nichts mehr zu tun hast.«

So läutet es fünf Mal. Nein, vier Mal und aus! Mit einem entspannten »Na, siagst as« zieht der alte Barabek die Hand wieder zurück und nutzt die Gelegenheit, den in seinem Bewegungsradius befindlichen Tabakbeutel gleich zu erfassen und sich in gekonnter Handarbeit eine Zigarette zu drehen.

»Viel los heute, Herr Barabek?«, frage ich mit einem zugegeben leicht frechen Unterton.

»No, wos glaubst«, kontert der Papa.

Den Ruf seines Sohnes: »Papa, kannst du bitte den 17er- und 22er-Tisch abräumen«, nimmt er kopfschüttelnd wahr.

»Und wer hebt o, wenn ana oruaft? De hom oft a Vuastöllung, de Jungen. I hob des vierzig Joa alloa gmocht. Oba se woin jo gressa und gressa und gressa. Jo. **Wenn wos gressa is, muaßt mehr renna.**«

Könnte man fast als dritte Weisheit gelten lassen. Da kann man über den alten Barabek sagen, was man will, doch Ruhe strahlt er aus, beinahe mehr als sein Hund. Der Strohnige liegt ruhig, doch in seinem Fell tummelt es sich. Da wohnt sämtliches Getier, das sonst keine Bleibe findet. Dieses Tier ist eine Mischung aus allem! Ich bin mir sicher, bei der Zeugung war ein Schneepflug dabei, da er einen so langen Radstand aufweist. Satan hat das Lokal geprägt. Optisch und olfaktorisch. Der animalische Waageriss in RAL7000 fellgrau oder auch dreckig, wie der Volksmund sagt. Wenn sich der gute Satan so aus dem strömenden Regen mit 12 l Wasser im Fell ins Gastzimmer geschleppt und sich dann abgebeutelt hat, hätte man glauben können, die Sprinkleranlage sei losgegangen. Danach hat er sich auf deine Füße unter dem Tisch gelegt. Angenehm, wenn das beim Essen so nach oben pökelt. Das muss man wollen. Dafür muss man sich bewusst entscheiden.

Ich fühle mich in meiner Meinung bestätigt: »Meine Liebe zum Haustier endet bei der Haustür und wächst mit zunehmender Distanz.«

So war der alte Barabek das Wahrzeichen des Schutzhauses wie der Calafati vom Prater. Der alte Barabek und sein Hund. Wahrscheinlich ist er mittlerweile schon gestorben. Und wenn er nicht gestorben ist, dann sitzt er voraussichtlich immer noch unter dem alten, knorrigen Kastanienbaum. Dachte ich mir.

Als ich vor einem Monat zufällig in die Gasse einbiegen wollte, traute ich meinen Augen nicht. Das alte Wirtshaus gibt es schon längst nicht mehr. Es ist einer Lidl-Filiale gewichen. Die Kastanienbäume haben mit Sicherheit großen Widerstand geleistet, als man ihre Wurzeln aus der Erde fräste. Vergeblich. Doch der Wille zählt.

Auf dem viel zu großen, schattenfreien Lidl-Parkplatz kann man sich jetzt vom mobilen »Kebab Dragan« ein selbiges kaufen. Fein! Fast so gemütlich wie damals. Nur anders.

Ich höre heute noch die Geschichten vom Alten, die er nie einem allein erzählt hat, sondern immer allen, ohne jemanden jemals dabei in die Augen zu sehen.

»Vierzig Joa hob i des Schutzhaus gfiad. A schene Zeit. Vüle Veranstoitungan. Mitn oidn Hodena Koal, wia der no jung woa. Da Ostbahnkurti hot do gspüd, do hom eam no ned vü kennt. Kabarett homma a vü ghobt. Da Dings woa oft do, da .... Na, hüf ma, da ..., na, der mit den Huad. Woa eh überoi. Der wos die Stimmen nachmachen tuat. Da ...«

»Alexander Bisenz«, werfe ich ein.

»Da Bisenz, sehr richtig! Da Bisenz, de Schmidinger, oba a de Jungen, jetzt erst da ... na ... da ... na, i merk ma kane Namen mehr. Oba richtige Kabarettisten. Waßt? Ned wia heit, des Comedy vo de Piefke. Des brauch i ned. Do drah i o. Kabarett, wast, wos i man? A lustige Gschicht mit ana Point, wo i säuba was, wann i loch. ... Gibts nimma, des findst heit nimma.«

»Jaja, Kabarett«, sage ich.

Mein Essen kommt, und exakt zum richtigen Zeitpunkt läutet mein Handy. Eins, zwei, drei, vier, fünf ... Shit, legt nicht auf – sechs ... ich hebe ab: »Seidl!«

Es ist der Chef mit der Frage, ob beim Bauvorhaben Gastlinger alles passt. Es hätte jemand in der Firma angerufen, Grabarbeiten finden am Samstag im Kleingarten statt.

Ich besänftige ihn und bestätige, dass ich alles geklärt hätte. »Grabarbeiten finden selbstverständlich keine statt. Wo kämen wir da hin! Am Samstag im Kleingarten mit dem Bagger, Herr Chef!«

Ich esse fertig. Die Frage, ob ich mir noch eine Esterhazy-Schnitte mit Schlag gönnen sollte, stellt sich mir nicht, da sich ein laut brüllender Tulpenobmann nähert.

»Sog amoi, sats es olle deppert wuan? I man, red i in a Sackl?«

Was ist los, denke ich mir. War der Mittagsschlaf zu kurz oder stößt ihm das Kalbsschnitzerl der Frau Tulpe auf? Weit gefehlt. Es ist etwas Ärgeres. Es ist eine Mischung aus Cholera und Pest. Es ist die angesagte Apokalypse. Armageddon. Es ist die Endzeitschlacht in der Offenbarung des Johannes. Jetzt höre ich es auch: Es wird gebaggert!

Und zwar nicht von irgendjemandem irgendwo. Nein. Dragi baggert auf Parzelle 258 einen Keller aus. Aaaaaahhhhhhhh!

Ich bleibe meine Rechnung beim alten Barabek schuldig und laufe gemeinsam mit Herrn Obmann Tulpe – also ich laufe, der Obmann schleppt sich nach – zurück zum Parkplatz, durch das Kleingartentor, den schmalen Blumenweg entlang, der nach Dragis Kahlschlag eher aussieht wie Dresden 1945, und sehe schon den rauchenden, schwarz schnaubenden Hitatchi-Minibagger im Garten von Frau – NEIN! – im Garten neben dem von Frau Dr. Gastlinger den Kirschenbaum entwurzeln.

»DRAAAAAAAAAAAAGGGGGGGGGGGIIIIIIIIIIIII!!!!«

Er stellt den Bagger ab.

Ich: *»Dragi! Sie haben gesagt, Sie fahren nach Novigrad!«*
Dragi: *»Nix Novigrad. Skoda streikt. Benzinpumpe is kaputt. Ich warten auf meine Cousin Bego, der reparieren und dann vielleicht Abend fahren oder morgen oder nächste Woche. Kein Problem.«*
Ich: *»Groooo ßes Problem.«*
Dragi: *»Wo Problem?«*
Ich: *»Dass Sie hier baggern ist ein Problem. Sie waren doch dabei, wie sich der Obmann Tulpe beschwert hat. Sie sind doch neben mir gestanden, als er geschrien hat.«*
Dragi: *»Tulpe schreit immer!«*
Von hinten nähert sich der Obmann. Ich weiß nicht, ob er die letzten Meter zu uns ohne Infusionen schaffen wird, doch ich kann schon von Weitem an seinem Gesichtsausdruck erkennen, was er ungefähr sagen wird, wenn er dann da ist, so er die Kraft noch aufbringen kann.
Wette gewonnen.
Obmann: *»Sog amoi, sats es olle deppert wuan?«*

Wer gemeint ist, weiß ich diesmal ganz genau. Was nun folgt, läuft vor meinen Augen ab wie ein Film. Der hochrote Kopf von Obmann Tulpe fällt ihm nach einem kurzen Ausschnaufen in den Nacken. Er wackelt noch einmal hin und her, bevor er mit zwei halben Schritten wortlos nach vorne zu Boden fällt.

Jetzt erst ist es ganz still!

Der tote Tulpe

Die Tulpe ist gelandet. Seitwärts liegend mit verdrehten Augen. Regungslos. Die Tulpe schreit nicht mehr. Dragi und ich erkennen sofort das Problem, doch habe ich keine Ahnung, was jetzt zu tun ist. Dragi geht es ebenso. Ein länderübergreifender Umstand. Wir stehen da wie angewurzelt.

Ist er tot? Wenn ja, ist Dragi der Mörder oder ich? War es das letzte Schnitzel oder die tausenden davor? War es vergiftet oder ist generell der Blutdruck zu hoch? Wenn er tot ist und wir ihn hier unter dem Kirschenbaum gleich begraben, muss man die Parzelle dann auf »Ruhestätte« umwidmen? Wer weiß so etwas? Der Obmann. Der ist aber tot. Oder doch nicht? Wie leistet man erste Hilfe, wenn er noch nicht tot ist? Gibt es auch die Möglichkeit einer zweiten Hilfe, wenn man erst einmal gar nichts tut? Ist das strafbar? JA! Was tun? Mund zu Mund beatmen! Das ist die Lösung.

Leider ist der Obmann oder war der Obmann Kettenraucher und hat mindestens vier Brücken alleine im Oberkiefer. Eine 25-jährige Schwedin, die eben noch ein Pfefferminzzuckerl gelutscht hat, würde ich lieber beatmen, aber doch nicht den Obmann Tulpe. Das ist Folter. Sieben echte Zähne, der Rest künstlich und ungereinigt, mit einer Fahne, dass man glaubt, man lutscht einen Aschenbecher aus, den man zuvor mit Bier eingeweicht hat. Das ist gegen die Menschenrechte. Frau Tulpe hat das jeden Tag, vielleicht hat sie deshalb aufgehört zu blühen.

Ganz regungslos liegt er da. Sekunden werden zu Minuten, Minuten zu Stunden, Stunden zu Tagen, Tage zu Wochen … Sie wissen, was ich meine.

Es ist eine geradezu beschissene Situation. Ach Gott. Das kommt ja auch noch dazu. Wenn wer sein Leben aushaucht, dann kann es passieren, dass das hintere Ventil … ich will nicht daran denken.

Ich schau auf seine verkrusteten Beine. Vielleicht bewegt sich die Zehe. Nein. Das tut sie nicht. Sie ragt völlig regungslos aus dem Birkenstockschlapfen. Der Nagelpilz hat seinen Nährboden verloren. ER ist ihm sozusagen unter dem Nagel weggestorben. Unmöglich kann ich ihn beatmen, soviel steht fest. Vielleicht stabile Seitenlage? Bringt die stabile Seitenlage etwas, wenn man jemanden eigentlich beatmen sollte. Wäre es besser, eine Herzmassage zu machen? Wie geht das, und wo ist das Herz überhaupt? Ach ja. Links. Ok. Links von oben ist rechts von mir aus.

Ich kann doch keine Herzmassage machen! Wenn ich den im falschen Rhythmus erwische, dann läuft der für den Rest seines Lebens neben der Spur. Immer auf EINS UND –, wie Musiker sagen.

Er wird nach meiner Herzmassage nie wieder sprechen können. Nicht einmal seinen Namen wird er richtig sagen können. »Ich heiße Tu-Tu-Tulpe.« Und ich bin schuld. Shit!

Warum kann ich mich eigentlich an nichts mehr erinnern, was ich in dem Rot-Kreuz-Kurs gelernt habe? Dabei hat uns der Zivildiener alles so nett erklärt. Der mit dem schütteren roten Rauschebart, der immer gelacht hat. Immer lustig, vielleicht auch ein wenig beschränkt. Für einen Menschen viel zu groß und für einen so großen Menschen viel zu dünn. Aber er wüsste jetzt sehr wohl, was zu tun wäre. Der würde nicht so blöd hier stehen und schauen wie ein Hammel. Ich hätte damals aufmerksamer sein müssen. Besser aufpassen. Mitmachen. Doch es ging nicht, wegen ihr.

Sie hatte zu lange Haare, zu große Brüste, einen zu knackigen Hintern, einen zu kurzen Rock, eine zu enge Bluse, zu strahlende Augen, zu weiße Zähne, ein zu süßes Lächeln und blöderweise einen zu starken Freund, und sie saßen beide oberblöderweise im Rot-Kreuz-Kurs vor mir.

Nicht nur die Anwesenheit beider war unerträglich. Es war auch die Art und Weise, wie sie dieser Grobian bei jeder nur möglichen und unmöglichen Gelegenheit angegriffen, gekrault und geküsst hat. Man möchte sterben.

Apropos. Wer sagt Frau Tulpe, dass der Gatte tot ist?

An dieser Stelle ein Witz:

Auf einer Baustelle ist der Fassadenarbeiter Fritz Meier ums Leben gekommen. Tot. Der Polier nimmt davon Kenntnis und leitet alles in die Wege. Wer aber geht zu Frau Meier und berichtet ihr den tragischen Unfall. Sie losen aus. Miro zieht das Unglückslos. Miro muss also zu Frau Meier gehen und ihr sagen, dass ihr Mann heute auf der Baustelle tödlich verunglückt ist. Er geht. Gut eine Stunde später kommt Miro strahlend zurück mit einer Kiste Bier. Alle anderen fragen ihn, wie es denn sein kann, dass er so gut aufgelegt ist, und warum er eine Kiste Bier mit hat. Miro sagt, er hat sie gewonnen. Wie gewonnen?

Darauf Miro: »Ich gehe zu Frau Meier und sage, grüß Gott, sind Sie die Witwe Meier?«

Sagt sie: »Nein!«

Sage ich: »Was wetten wir? Eine Kiste Bier!«

Sehr witzig! Wer aber sagt es wirklich der Witwe, und, wenn ich es sein muss, wie? Ist die Idee mit der Wette eine gute Idee?

Eine Million Fragen!!!!!

Vielleicht ist sie ja sogar ein bisschen froh? Aber darf man so etwas überhaupt denken? Jetzt steht der Begegnung mit dem freundlichen

Dr. Schusser vom Magnolienweg nichts mehr im Wege, und sie muss nicht mehr jeden Tag kochen. Sie kann auch einmal auf Urlaub fahren. Sie muss sich nicht mehr jedes Rapid-Match ansehen und auch nicht mehr seine Socken stopfen, die der Nagelpilz im Großzehenbereich förmlich zerrieben hat. Sie muss den Rauch nicht mehr ertragen und die ewigen Anspielungen auf ihr erschlaffendes Bindegewebe. Mit Herrn Dr. Schusser würde sie sicher ins Theater gehen. Vielleicht hat er ein Abo für die Vereinigten Bühnen Wien oder führt sie gar zu den Salzburger Festspielen aus. Dort sitzt sie dann ganz stolz in der ersten Reihe am Domplatz und fühlt sich wie die Buhlschaft. Schön ist das. Danach gehen sie fein essen mit Übernachtung. Außerhalb von Salzburg-Stadt. Ein wenig auf dem Land in ein gepflegtes Landhaus mit Wellnessbereich.

Der Beautybereich ist ungefähr so groß wie die halbe Kleingartensiedlung. Was bis jetzt ihr Lebensraum war, ist hier ein Marmorbad mit Schwallbrause.

Man fährt auch nicht einen übertragenen Nissan Primera mit Matsch- und Schneebereifung auch im Sommer, da es rechnerisch billiger ist, in Bezug auf die zurückgelegten Kilometer und die kalkulierte Abnutzung durch Lagerung die Reifen lieber nicht zu tauschen. Nein, Herr Dr. Schusser fährt einen Mercedes SLK Cabrio in Kaminrot. Das ist seine große Liebe. Gleich nach ihr. Rechts vorne sitzt Frau Tulpe und blüht wie noch nie in ihrem Leben. Der Wind weht ihr durchs Haar. Fragte man sie, was sie gerade so glücklich macht, ich bin mir sicher, sie könnte es mit Worten kaum beschreiben.

Die mit Nut und Feder verbretterte Gartenlaube ist dem uneingeschränkten Blick auf den noch am Gipfel verschneiten Großvenediger gewichen. Das viel zu laute »Stammtischpolitallesindtrottelngequatsche« zwischen ihrem Mann und dessen bestem Freund, dem Pongraz, ist dem Schusser-Vortrag ausgesuchter Rilke-Gedichte gewichen

Der Schusser weiß so viel. Er kennt die Sage von Kain und Abel.

Er weiß, wann man die Rosen am besten schneidet, dass sie nächstes Jahr mehr tragen. Er besucht seit 17 Jahren jeden Mittwoch einen Kochkurs, und am liebsten würde er für sie kochen.

Sie ist wieder ein Frau. Sechzig. Aber wie! Ein Leuchten in ihren Augen verdeckt jede Beule in ihrem Oberschenkel, und sie weiß nicht mehr, wie lange es schon her ist, dass sie Bauchschmerzen hatte, weil sie vor Lachen so viel weinen musste.

»Für Sie noch einen Aperol Spritz, Frau Dr. Schusser?«
»Aber gerne, danke schön!«
»Ihre Massage ist für 14.30 Uhr eingetragen, wenn das so für Sie passt?«
»Selbstverständlich. Danke schön.«
»Wenn Sie sonst noch etwas benötigen, bitte einfach nur rufen.«
»Danke schön, das ist sehr liebenswert von Ihnen.«

Ich beschließe, es ihr zu sagen. Ich gehe zu ihr und sage:

»Frau Tulpe, es tut mir leid, aber ihr Mann ist eben neben mir tot zusammengebrochen. Seine berühmten letzten Worte waren: ›Sog amoi, sats es olle deppert.‹«

Ich sage es ihr. Kurz und schmerzlos. Was soll's. Einer muss es tun. Ich habe die Kraft. An einem Tag wie heute, wo man glaubt, dass es keine Steigerung mehr gibt. Genau an so einem Tag hat man ungeahnte Kräfte. Wie Mütter bei der Geburt.

Ich weiß, dass ich das kann. Ich werde tröstende Worte finden, warten, bis eine liebe Freundin kommt oder eventuell eine Nachbarin oder nahe Verwandte, und werde mich dann dezent zurückziehen. Wie ein Held, der darauf Bedacht nimmt, nicht in der Presse erwähnt zu werden.

Mein Blick richtet sich auf Dragi. Er nimmt seinen Tabakbeutel aus der Tasche und dreht sich eine Zigarette. Er streckt mir den Beutel entgegen. Wie lange ist es her, dass ich noch selber Zigaretten gedreht habe? Es war, glaube ich, 1992. Wir waren alle gemeinsam in Lackenhof Skifahren. Damals gab es auf den großen Ötscher hinauf noch einen Einser-Sessellift. Das kann sich heute kein Mensch mehr vorstellen, wo geheizte Achterkabinen gebaut werden, in denen gerade noch ein vollbusiges Bordservice fehlt. Ein Einser-Sessellift. An einem kalten Tag musstest du oben nach 25 Fahrminuten für deine Hämorrhoiden eine zweite Tageskarte lösen. Da lernt man, Zigaretten zu drehen. Mit gefrorenen Händen. Es war die einzige Ablenkung. Man konnte noch nicht telefonieren oder im Internet surfen. Im Nachhinein betrachtet – herrlich. Als Steigerung der Kunst habe ich später versucht, mit meiner Freundin auch die Schleppliftfahrt für die Erzeugung der »Tschick«, wie wir sagten, zu verwenden. Das war dann so richtig cool.

Mit zittrigen Händen nehme ich den Tabakbeutel entgegen und beginne, mir eine Zigarette zu drehen. Alles so wie früher. Jetzt ist es so weit. Der erste Zug, und ich glaube, ich huste meine Lunge aus meinem Körper. Waaaahhh. Wenn man das nicht mehr gewohnt ist. Was raucht der für einen Dreck? Es muss sich um einen Selbstanbau handeln. Bist du deppert. Das räumt dir das komplette Innenleben aus. Und das soll Krebs erzeugen? Ich kann mir nicht vorstellen, dass sich hier ein Krebs wohlfühlt. Da stirbt man schon ohne Krebs.

Dragi macht sich Sorgen und schlägt mir sanft auf den Rücken. Ich schnippe die Zigarette wie in alten Zeiten lässig von mir weg. Doch auch das sollte, wie alles, stets geübt werden. Die Flugbahn der glühenden Zigarettenkippe verläuft diametral zu meiner Vermutung und landet somit direkt in der Achsel von Herrn Tulpe, der nach wie vor regungslos auf dem Boden liegt. Bis zu diesem Zeitpunkt! Wie von einem Blitz durchbohrt, biegt sich sein Körper Richtung Himmel. Er bäumt sich auf wie ein Wal, der seinen Schlächtern noch einmal beweisen will, dass er den Kampf zwar verlieren wird, sie jedoch merken sollen, dass sie sich mit dem Größten angelegt haben.

Der Tulpe lebt. Noch. Oder wieder.

»Herr Tulpe!«, rufe ich. »Hallo! Können Sie mich hören? Geht es Ihnen gut? Können Sie mich sehen? Hallo, Herr Tulpe? Hier, über Ihnen. Ist alles ok mit Ihnen? Es ist alles gut. Bleiben Sie noch liegen, bis Sie wieder ein bisschen durchgeatmet haben.«

Ich beuge mich zum Tulpe, der mit der Hand die Brandwunde in der Achsel heilt und versucht, sich irgendwie zu orientieren. Schön langsam wird sein Blick wieder klarer, und er richtet sich auf. Ich gebe ihm die Hand und ziehe ihn in die Vertikale. Dragi schiebt von hinten. Die Tulpe steht. Sorry. Der Tulpe steht.

Er richtet sich seine »Kleidung« zurecht, schaut mich an und sagt: »Sog amoi, sats es olle deppert?«

»Ich verstehe Ihre Frage, Herr Obmann«, kontere ich kleinlaut. »Ich kann Ihnen alles erklären!« Mit dem durchaus angeschlagenen Kleingartenhäuptling begebe ich mich Arm in Arm auf den Weg zum Schutzhaus am Eck.

Dragi borge ich mein Auto für seine Reise nach Novigrad. Das ist es mir wert, zu wissen, dass er hier keinen Schaden mehr anrichten kann. Im Augenwinkel sehe ich Frau Tulpe mit Herrn Dr. Schusser am Magnolienweg über den Zaun plaudern. Wenn die wüsste. Komischer Tag.

Nach sieben großen Bieren habe ich aufgehört zu zählen. Auf jeden Fall konnte ich ab jetzt mit der vollen Unterstützung des Obmannes rechnen, wenn ich irgendein Problem im Kleingarten hätte, außerdem darf ich seit dieser Zeit Johann zu ihm sagen. Dass ich ihm das Leben gerettet habe, würde er mir nie vergessen, dass ich es ihm beinahe genommen hätte, davon haben wir nie mehr gesprochen.

Ich bin dankbar und habe ihm Theaterkarten geschenkt. Der Domplatz in Salzburg ist es nicht geworden, aber dafür die Sommerspiele in Stockerau. Dritte Reihe Mitte. »Die lustige Witwe«.

Für alle weiteren Kleingärten wusste ich ab jetzt, dass eine Flasche Wein zur rechten Zeit durchaus Tür und Tor öffnen kann, wo man es nicht vermutet hätte.

Der Parzellentausch von Frau Dr. Gastlinger mit ihrer Nachbarin war nicht ganz emotionslos, doch möglich, da die Grundstücke gleich groß waren, beide unbebaut, und die Kirschen in Nachbars Garten sowieso immer besser schmeckten.

In Bezug auf Emotionen habe ich hier erstmals erkannt, dass es beim Thema Bauen nicht nur um die Errichtung eines Gebäudes geht. Da geht es um mehr! So wohnt jedem Anfang ein Chaos inne, um einen ganz Großen falsch zu zitieren. Bauleiter gehen nicht arbeiten. Nein. Sie ziehen in den Krieg! Sie folgen einer Mission.

Es geht immer um Projekte. Eine Baumarktkette hat das erkannt und weiß, wie man Herzen höher schlagen lässt. Es steckt in uns, Projekte zu verwirklichen. Wenn Bagger ihre Motoren starten und Kräne sich bewegen. Der Bauleiter hat es zu seinem Beruf gemacht. Wer dieses Glück nicht hat, muss warten, bis der Feierabend kommt. Bis er aus seinem Buchhalterbüro darf, sich in sein Auto setzt, zum nächsten Baumarkt fährt und sich seine Drogen für den Abend holt.

Kapitel 7

Der Handwerker und der Heimwerker

Der genaue Unterschied zwischen Hand- und Heimwerker ist ein wesentlicher, hat doch der eine eine fundierte Ausbildung, um fachgerecht zu werken, wo der andere in weiterem Sinne nur bastelt und probiert. Rund 300.000 Heimwerker brauchen nach ihrer Tätigkeit einen Arzt, doch ganz gleich, wie man sie nennt, eines ist fix:

Die meisten Unfälle passieren im Haushalt, und die schlimmsten, bis das Haus einmal da ist.

Wenn sich heute eine Familie entschließt, das Eigenheim selber zu errichten, ist das eine Entscheidung, die ich als unvergleichlich bezeichnen möchte. Ich meine den Begriff unvergleichlich tatsächlich wörtlich.

Selbst die Anschaffung eines Autos kann schon eine kleine Beziehungskrise auslösen, da die Gattin einen kleinen Spritzigen am besten mit elektrischem Verdeck und beigen Ledersitzen haben möchte, und er einen ziemlich großen Fetten am besten mit Ladefläche und Anhängevorrichtung. So weit so gut, bis zu dem Zeitpunkt, da man sich entschließen würde, eigentlich nur ein Auto zu brauchen. Spätestens hier bräuchte es einen Mediator, um das Versprechen »Bis dass der Tod euch scheidet« einzulösen, ohne strafbare Gedanken zu hegen.

Er passt einfach nicht in den Mini Cooper. Freunde würden ihn verspotten, würden sie ihn sehen, noch dazu wo kaum zwei Kisten Bier Platz darin finden, außer man öffnet die Gebinde und schüttet die Flüssigkeit in das Wageninnere. Sie kann wiederum unmöglich mit dem Landrover einkaufen fahren. Zu lang, zu breit, zu hoch und zu laut. Gut. Dann eben jeder einen eigenen Wagen. Sie ihren kleinen Spritzigen und er seinen Monstertruck.

Sämtliche Diskussionen über den nächsten Urlaubsort sind weiters kein Vergleich. Nicht im Ansatz vergleichbar sind mögliche Streitpunkte über das Aussehen der Kinder am Weg zum großmütterlichen Weihnachtsfest, Zubereitungsunterschiede eines richtig gegrillten Steaks, ganz zu schweigen von dem richtig gekochten Frühstücksei. All diese möglichen Streitpunkte sind eine Lapalie gegen das große Thema Hausbau.

Warum ist das so? Weil es um die Existenz geht. Da geht es ums Ganze. Der Zeitpunkt des Herumlavierens ist vorbei, wenn die Entscheidung Hausbau gefallen ist. Eine Steigerung jedoch will ich Ihnen nicht vorenthalten. Das ist die Entscheidung, ein bestehendes, an sich bewohnbares Objekt zu entfernen, um es durch ein neues zu ersetzen. Das ist noch einmal eins drauf. Schon in der ersten Sekunde, wenn der Bagger die Abrissbirne – nur bildlich gesprochen – ins Gemäuer sausen lässt, kommt blitzartig der Gedanke, ob es nicht doch noch für die nächsten 20 Jahre gehalten hätte. In Sekundenschnelle kreuzen Überlegungen von diversen Errungenschaften, die man um das Geld hätte erwerben können. Welche Länder hätte man nicht im Luxus bereisen können. Sorglosigkeit ob der Nichtverschuldung. All diese Sachen denkt man. Doch es ist zu spät.

Eine Rauchwolke, begleitet von ohrenbetäubendem Lärm, steigt auf. Nach 20 Minuten lassen sich ehemalige Umrisse des Hauses kaum noch vermuten. Ein Stück Geschichte geht zu Boden. Kaum zu glauben, dass das alles einmal neu war. Menschen standen davor und haben sich gefreut, als sie ihre Möbel zum ersten Mal in die Räume getragen haben. Einen Krieg hat das alte Haus überlebt, und jetzt hat es gegen den CAT Drehkranz Kettenbagger mit 40 t Einsatzgewicht verloren. So war der Plan. Die Abschiedsparty mit Freunden im alten Haus ist schon fast vergessen, verdrängt durch die enorme Strapaze, die der Umzug verursacht hat.

Doch langsam. So weit sind wir noch nicht. Lassen Sie es uns ganz langsam angehen. Welche Punkte sind wichtig, wenn es darum geht, Wohnraum zu schaffen?

Punkte des Hausbaus:

1. Die Finanzierung
2. Wo wollen wir wohnen?
   Wo gehen die Kinder zur Schule?
   Stadt/Land mit Vor- und Nachteilen.
3. Wie baut man? Mit Holz, Ziegeln …?
4. Baut man selber oder mit einem Baumeister oder nimmt man sich ein Fertighaus?
5. Was kann man alles selber machen?
6. Was kostet eine Scheidung?
7. Der Umzug

Wir dürfen jetzt einen möglichen Ablauf mit Familie Kropsch erleben. Ein junges Ehepaar mit zwei Kindern und dem Wunsch, ein Eigenheim zu schaffen.

Kapitel 8

Die Kropschs

1. Die Finanzierung oder besser: Der Canossagang

Wer kein Geld hat, muss sich eines leihen. Bauen wie zu Zeiten unserer Eltern und Großeltern ist heute kaum noch möglich, vor allem macht es keiner mehr. Ich kenne wenige, die jedes Jahr ein weiteres Zimmer verputzen, Estrich legen, um dann für das vierte Kind ein eigenes Zimmer zu schaffen, zumal es das vierte Kind kaum noch gibt. Bauzeiten von 20 Jahren und mehr gehören der Vergangenheit an.

Es muss schnell gehen. Am besten man unterschreibt, wartet sechs Wochen und zieht ein. Das ist, zugegeben, eine Alice-im-Wunderland-Idee, doch wäre das mit Sicherheit der Wunsch jedes Häuslbauers.

Noch allerdings haben die Kropschs kein Geld. Was also tun?

Da wäre die Großmutter mit ihrem Grundstück nahe Wien, in dem alten, feuchten, ebenerdigen Haus. Den Gedanken, in ein Heim zu wechseln, hat sie so noch nie geäußert, doch vielleicht hat man sie nur noch nicht auf die Idee gebracht. Mit Kaffee und Kuchen machen sie sich auf den Weg nach Ursprungneusiedl.

Wer genau sind die Kropschs?

Da ist einmal die kleine Marie-Therese Kropsch. Gerade neun Monate alt, gesund, glücklich und stets gut gelaunt, außer:

- Sie hat Hunger,
- sie hat Durst,
- es ist ihr zu heiß,
- es ist ihr zu kalt,
- sie ist müde,
- das Hasi (Stofftier) wurde vergessen,
- ihr Bruder will sie kämmen, oder es ist sonst noch was.

Jedenfalls beschäftigt sie ihre Mama ohne Ende.

Dann hätten wir noch den kleinen Kevin Kropsch. Mit seinen acht Jahren ist er so schlau wie zwei Erwachsene und tut das auch kund. Pausenlos. Kennt man ihn näher, findet man auch sympathische Wesenszüge. Was ihn wirklich interessiert, kommt aus den USA und hat einen Apfel als Logo.

Die Mutter dieser beiden Juwele ist Anna Kropsch, geborene Neighart. Hat sie sich beim ersten Kind noch zu jung gefühlt, fühlt sie sich beim zweiten fast schon zu alt. Irgendwie passt immer alles. Einst hat sie in einem Reisebüro gearbeitet, wurde jedoch im Zuge der Rationalisierung durch ein Onlineportal ersetzt, und so kam der kleine Kevin gerade recht. Ihren jetzigen Mann kennt sie schon seit ihrer Kindheit, weshalb wir bei Papa wären.

Clemens Kropsch. Einer von den Wilden war er nie. Eher ein ruhiger, der nach seiner HAK-Matura Autoverkäufer bei Fiat wurde. Seine wahre Liebe gilt dem Autotuning. Das ist auch in erster Linie sein Antrieb, endlich aus der Stadt aufs Land zu ziehen, wo er dann in seiner eigenen Doppelgarage nach Dienstschluss arbeiten kann.

Hoch motiviert kommt es zum Antrittsbesuch bei Oma Neighart, auch Urli genannt, im Sinne von Uroma oder Pipi-Urli, wie die Kinder sagen, da sie vier Hühner hat und ihre Uroma ist. Mit dem Firmenauto geht es hinaus nach Ursprungneusiedl. Wer die Gegend noch nicht kennt, muss sie lieben lernen, denn irgendetwas macht sie ganz besonders. Vielleicht sind es die Stromautobahnen und die enormen Windparks. Aber auch der Flugverkehr ist nicht zu verachten. Praktisch, hier zu landen, denn grundsätzlich ist es hier flach. Flach, trocken und ruhig, wenn kein Wind geht und keine Maschine startet oder landet, was so gut wie nie vorkommt. In Anbetracht der fehlenden Alternativen ist es hier großartig. Nicht in der Stadt, und man ist ganz schnell am Flughafen und auf der Autobahn. Der Zuzug von jungen Leuten ist enorm, da die Grundstücke noch leistbar sind.

Der groooooße Vorteil, den die Kropschs haben, ist der Altbestand an Bäumen im Garten von Pipi-Urli. Dieser Vorteil überwiegt, da man oft den ausgewachsenen Nussbaum erst in der nächsten Generation erlebt, am neu erschlossenen Bauplatz, sofern man überhaupt einen so großen Baum pflanzen darf.

Pipi-Urli ist von dem Besuch sehr überrascht, obwohl Anna – oder auch liebevoll »Bauchi«, wie sie von ihrem Gatten nach der Geburt von Kevin genannt wird – angerufen hat. Das hat sie leider vergessen. Es kommen nicht viele Anrufe am Festnetz, doch die, die kommen, vergisst sie meist. Dementsprechend ist auch nichts hergerichtet. Wie gut, dass die Kropschs noch auf dem Weg eine Mehlspeise gekauft haben. Kaffee zuzubereiten macht der Pipi-Urli kein Problem, steht doch stets eine Kanne mit schwarzem Kaffee bereit.

Marie-Therese müsste einmal schnell gewickelt werden. Wo? Am Wickeltisch. Wo sonst? Ist das die Möglichkeit!? Steht hier tatsächlich noch der alte Wickeltisch, auf dem bereits Annas Mama gewickelt wurde. Der Tisch muss ja mindestens 70 Jahre alt sein. Ist er auch. Wenn man die Faschen und Fußcremen zur Seite schiebt, erkennt man auch noch das Winnie-Pooh-Bild. Fast schon komplett ausgebleicht, aber noch gut wahrnehmbar. Im Badezimmer hat man nicht nur das Gefühl, man möchte das viel zu kleine Fenster öffnen, sondern am liebsten komplett die ganze Wand wegreißen, um hier einmal gute Luft in diese Schimmelhöhle zu bekommen.

Dass es im ganzen Haus kein WLAN gibt, macht Kevin fassungslos. Wie kann man so leben? Dass Urli auch nicht weiß, was WLAN ist, öffnet für den kleinen Jungen eine Türe in eine Welt, die er nicht kennt. Genauso wenig kennt er den großen Apparat mit dem Hörer und der Wählscheibe oder den abgegriffenen, x-fach geklebten, handbeschriebenen Karton daneben mit den wichtigsten Telefonnummern, die Aufschrift C+M+B über der Türe, den angenagelten nackten Mann mit Lendenschurz über der Sitzecke, den Umstand, dass man mit Holz Essen wärmt und erst einheizen muss, wenn man sich ein Bad einlassen will, den Brunnen im Vorgarten, die Bibel am Nachtkästchen und die brüchigen Fensterpolster zwischen den Fenstern. Das ist eine andere Welt.

Als das Haus gebaut wurde, war Wien gefühlt so weit entfernt wie Venedig, gab es noch keine Windräder, keine Strommasten, und von einer Autobahn oder einem Flughafen war noch nicht einmal die Rede.

So hat Anna ihre Tochter Marie-Therese gewickelt und mit einer Unzahl von Feuchttüchern, die eine gelernte Mutter erkennbar machen, beinahe keimfrei wieder in ihren Strampler verzurrt.

Clemens versucht ein Gespräch mit der wirklich sehr schlecht hörenden Schwiegerurli und begutachtet dabei unauffällig die marode Bausubstanz. Obwohl er keine Ahnung vom Bau hat, so viel kann er erkennen und alle anderen auch: Dieses Gebäude ist abbruchreif. Selbst wenn man die Grundmauern trockenlegen würde, könnte man nach dem Einbau eines Estrichs kaum noch aufrecht stehen. Dieses Haus kann man nur noch abreißen. Einziges Problem: Urli und die Hühner. Die Hühner würde möglicherweise der Bauer übernehmen, doch mit Urli wird das nicht gehen. In ein Heim?

Mit 92 Jahren wäre es auch keine Schande, in ein Heim zu gehen. Dort ist es nett. Lauter Gleichaltrige. Man kann plaudern. Kartenspielen. Man braucht nicht mehr zu kochen, Garten gießen, Wäsche waschen, zusammenräumen und alles, was einen sonst noch vom Chillen abhält, wenngleich die Generation nicht weiß, was das heißt.

Genial ist, dass man die eigenen Möbel mitnehmen kann. Also vielleicht nicht alle, aber zumindest die eine Kommode oder den Wickeltisch von damals. Nur so zur Erinnerung. Auch die eigenen Bilder mitzubringen ist doch eine gute Idee.

Finanziell schlau ist jedoch, wenn einem zuvor am besten nichts mehr gehört, da sonst das Heim darauf zugreift. Ein weiterer großer Vorteil im Heim ist die sofortige Hilfeleistung bei einem möglichen Sturz. Im eigenen Haus ist das etwas ganz anderes. Da liegen oft alte Menschen tagelang im Bad oder im Flur, und keiner hört sie. Die meisten stehen oft nie mehr auf und werden eins mit ihrem Parkett.

Das hat sich Urli auch gewünscht. Damals 1948. Als klar war, dass ihr Mann nicht mehr aus dem Krieg zurückkommt und sie sich mit den drei Kindern alleine durchschlagen musste. Genau da hat sie auf dem Boden gelegen. Genau da, wo jetzt der feine Clemens steht und Pläne schmiedet, wie er sie aus dem Haus bringt. Genau da hat sie sich gewünscht, dass sie der liebe Gott abholt, da rund um sie alles zu grau, zu traurig und zu schwer wurde. Letztendlich hat es sie stark gemacht, und sie hat es gut gemeistert. Dass ihr drittes Kind eigentlich von einem Russen ist, darüber wurde damals nicht gesprochen. Heute auch noch nicht.

Die Frage, ob Kaffee nachgeschenkt werden soll, wird einstimmig dankend abgelehnt. Anna kann vor lauter Herzrasen kaum noch atmen. Zumal die Situation sehr angespannt ist. Wie soll man sie denn fragen, die alte Dame im Hauskleid mit den wunderschönen schneeweißen Haaren, ohne dass es in die falsche Kehle kommt? Gibt es überhaupt ein richtige Kehle für so eine Frage?

Anna fragt. Das zeichnet Anna, gerufene Bauchi, aus. Sie kann Fragen formulieren. Sie findet die richtigen Worte. Clemens nützt die Gelegenheit, den Raum zu verlassen, schreitet mit großen Schritten den Bauplatz ab und steckt abgebrochene Nussbaumästchen an die Außenecken der zukünftigen Doppelgarage mit Montagegrube und Ölabscheider. Das wird wunderbar! Ein Sektionaltor mit Funksensor. Innen alles verfliest in Manhattan-Grau. Eine richtige Werkbank und eventuell eine Absaugung für mögliche Lackierarbeiten.

Wie alt werden Menschen heutzutage eigentlich? Plötzlich fährt ihm ein schrecklicher Gedanke ein. Er, Bauchi und die Kinder stehen in der Erbfolge eigentlich ziemlich weit hinten.

Da sind zuvor noch die drei Kinder von Urli und deren Kinder. Da bleibt nichts über. Jetzt heißt es rasch handeln. Planänderung!

Wieso hat er bis jetzt nicht daran gedacht. Verdammt! Grübelnd geht er durch den Garten. Scheiße! Richtig. Direkt in die Hühnerkacke. Shit! Jetzt auch noch Hühnerkacke am Schuh. Doch plötzlich die zündende Idee. Wir bauen ein Haus für Urli und uns, und zwar so, dass wenn die liebe Urli dann doch einmal von ihrem Kaffee niedergestreckt wird, das Haus einzig und allein in unseren Besitz kommt, und das Urli-Zimmer wird zum Billardzimmer umgebaut.

Mit dieser fantastischen Idee stürmt Clemens ins Haus und präsentiert es den beiden Damen ungefragt, wobei er die Idee mit dem Billardzimmer auslässt.

Der Zeitpunkt hätte schlechter nicht gewählt werden können, hat doch Urli Anna gerade erzählt, dass ihre einstige Nachbarin, die Frau Kössner, von den Enkelkindern so gedrängt wurde, das Haus abzureißen und mit ihnen ein Neues zu bauen, dass sie einen Schlaganfall erlitten habe und gestern verstorben sei.

Ruhe im Raum. Jeder sieht den anderen an oder besser durch ihn hindurch. Keiner wagt es, sich zu bewegen oder auch nur ein Wort zu sagen.

Kevin löst die Spannung mit der Frage: »Pipi-Oma, stinkt es bei dir immer so?« Ein Versuchsballon. Anna möchte mit »Haha … Kindermund!« die Lage entschärfen, doch es ist zu spät.

Urli sucht in den riesigen Taschen ihrer Kleiderschürze nach ihrem Stofftaschentuch. Das einstige bunte Blumenmuster der Kleiderschürze ist schon längst verwaschen, und die Form ist schon lange nicht mehr kleidsam. Sie trocknet ihre wässrigen Augen.

Urli: *»Dein Großvater – Gott hab ihn selig – hat immer davon geträumt, einmal zu bauen. Gleich wenn er aus dem Krieg zurückkommt. Er wollte groß bauen. Der Grund hat damals nichts gekostet. Eine große Garage hat er sich gewünscht, wo alle seine Traktoren Platz finden. Für seine Mutter wollte er ein Extrazimmer dazu planen. Ausgedinge, hat man früher gesagt. Mir hat die Idee nicht gefallen.«*
Clemens (scheinheilig): *»Warum?«*
Urli: *»Weil sie eine Böse war. Sie war Schuldirektorin. Hat alles besser gewusst. Immer. Bis zu ihrem Tod hätte ich die neben mir gehabt. Des Luder ist alt geworden, mein lieber Schwan. Alt und grantig. Ich wollt immer schon bauen. Aber dann war keine Zeit. Vielleicht ist jetzt der richtige Zeitpunkt. Ihr habt's mich auf eine Idee gebracht.«*

Man hätte können eine Stecknadel auf den Boden fallen hören. Selbst die kleine Marie-Therese hat die Luft angehalten. Eine eigene Spannung hat den Raum erfüllt. Urli stand plötzlich nicht mehr krumm da. Sie stand aufrecht im Raum und hat gestrahlt. Ihre Augen haben begonnen zu leuchten, als sie der aufmerksamen Runde ihre Eingebung präsentierte.

»Ich reiß die alte Hütte weg und bau mir ums ganze Geld etwas Neues her. Das ist eine geniale Idee. Wie schön, wenn man mit jungen Menschen zusammen ist, da kommt man wieder auf junge Ideen. Ihr habt völlig recht. Soll ich da blöd herumsitzen im stickigen, alten, feuchten Haus, und meine Kinder reiben sich die Hände und warten auf die Erbschaft. Nein! Das habe ich lange genug gemacht. Das wird die Pipi-Oma nicht mehr machen. Ich baue mir ein schönes Haus. Mit Küche, Bad und Klo. Mit einem riesigen Küchentisch für die Mittwoch-Kartenrunde und einem riesigen großen Schlafzimmer mit einem großen Fenster nach Osten, weil ich den Sonnenaufgang sehen will. Eine kleine Garage mit einem Mopedauto und einem neuen Hühnerstall für meine Pipis. Was sagt ihr dazu?«

Eine unglaubliche Energie strömt aus den Augen der alten Dame. Selten war sie so glücklich. Die Verwandtschaft schweigt. Wieder ist es der kleine Kevin, der das Schweigen bricht.

Kevin: »*Und hast du dann auch WLAN, Urli?*«
Urli: »*Na sicher, mein kleiner Engel. Und dann können wir auch skypen, wenn du möchtest. Oder noch besser …*«
Und jetzt kommt's. Die ganze Situation ist schon ziemlich abgefahren, doch damit hätte wirklich niemand gerechnet:
»*… wenn ihr mir dabei helft, dann könnt ihr euch jeder ein kleines Zimmer im Obergeschoß einrichten. Was sagt ihr dazu?*«
Erstaunte Gesichter.
»*Will noch wer einen Kaffee?*«

Alle wollen noch einen Kaffee. Oder ein Bier. Oder einen Schnaps. Am besten alle drei Getränke in ein Glas und einmal kurz schütteln. Nicht rühren. Nein. Schütteln. Das geht direkt ins Rückenmark und befreit dich schmerzlos von der Realität.

Eine völlig überforderte Familie Kropsch verlässt Ursprungneusiedl. Eine völlig motivierte Urli würde am liebsten morgen zum Baumeister ihres Vertrauens fahren.

Viel gesprochen wurde nicht mehr bei den Kropschs an diesem Abend. Auch das Einschlafritual blieb aus. Niemand wollte wirklich kuscheln. Er hat, wie immer, schon geschlafen, bis sie aus dem Bad kam. Da kommt kein Kind mehr dazu. Demnach müsste sich eine Wohneinheit im Obergeschoß eigentlich ausgehen. Das Musikzimmer von Anna wird in den Keller verlegt, und was die Garage angeht, so müsste Clemens Urli nur begreiflich machen, dass es bedeutend schlauer ist, eine Garage zu errichten, in der sie mit ihrem Mopedauto auch gleich umdrehen kann. Vielleicht ist das alles nicht so schlecht!

2. Wo soll gewohnt werden?

Clemens wachte motiviert auf. Mit Frühstücksei und Lachs verwöhnte er seine Lieben beim morgendlichen Mahl. Dass er schon mit dem Rad beim Bäcker war, hat niemand in der Familie gehört, und umso größer war die Überraschung, als es frische Semmeln gab. Nicht wie sonst saß Clemens im Feinripp bei Tisch. Lässig war er gekleidet. Was genau stimmte nicht? Er hatte einen Plan, und den wollte er der Familie präsentieren.

Clemens: *»Ihr Lieben, guten Morgen!«*
Anna: *»Geht es dir gut?«*
Clemens: *»Es geht mir hervorragend. Ich möchte euch gerne einen Plan präsentieren. I had a dream.«*
Anna: *»Einen was?«*
Clemens: *»Einen Traum. Einen Plan. Ich habe einen Plan geträumt.* (Zu Kevin) *Bitte, Kevin, gib die Finger aus dem Müsli. Das hat nichts mit Essen zu tun. Anna, kannst du vielleicht einmal schauen, was Kevin mit den Fingern …?«*

Anna: »*Wenn du die Kleine nimmst, was aber gerade ungünstig ist, da sie getrunken hat.*«
Clemens: »*Ich kann mich jetzt unmöglich … das geht nicht, weil ich euch eben einen Plan … Gib schon her!*«
Er nimmt die Kleine in den Arm. Diese nutzt die Gelegenheit, ihren Vater anzulächeln und ihm eine gewaltige Portion ihres Milupa-Trinkbreis über die Sonntagswäsche zu kotzen.
Clemens (ruft und hält das tropfende Kind mit ausgestreckten Armen weit von sich weg): »*Marie-Therese! Was soll denn das? Anna, bitte nimm sie doch, wenn du siehst … genau heute, wo ich dieses Hemd … Kevin! Was genau ist da lustig? Gib bitte die Finger aus dem Essen.*«

Es erfolgt eine Kinderrochade. Mindestens eine Küchenrolle ist erforderlich, um aus dem Frühstückstisch wieder einen solchen zu machen. Der Kaffee ist kalt, und die Temperatur der Eier zieht mit. Nach gut 20 Minuten haben sich die Wogen wieder geglättet, und Clemens setzt zum zweiten Versuch an. Kleidungstechnisch ist er unten sonntäglich, oben wie gewohnt im ärmellosen Feinripp.

Clemens: »*So, also ich möchte euch gerne einen Plan präsentieren. Ich konnte heute Nacht nicht schlafen …*«
Anna: »*Du hast schon geschlafen, als ich aus dem Bad kam.*«
Clemens: »*Das stimmt doch nicht.*«
Anna: »*Na, und ob das stimmt. Ich warte eigentlich nur noch auf den Tag, an dem es dir gelingt, schon zu schlafen, bevor noch der zweite Fuß im Bett ist.*«
Clemens: »*Also was ist denn das für ein Blödsinn!*«
Kevin: »*Der Papi ist schon bei meiner Gute-Nacht-Geschichte eingeschlafen.*«
Clemens: »*Gib die Finger aus dem Essen!*«

Kevin: *»Ist das WLAN aufgedreht?«*
Anna (zu Kevin): *»No, der Papi ist halt ein bisschen müde. Kommt auch schon in die Jahre …«*
Clemens: *»Könntest du bitte …?«*
Marie-Therese: *»Blablablalalalalalblablalalalal – gaggi.«*
Clemens: *»Könnten wir jetzt bitte … ich möchte euch meinen Plan vorstellen. Ich konnte, wie schon gesagt, heute Nacht nicht schlafen.«*
Kevin: *»Du bist doch schon bei mir eingeschlafen, Papi.«*
Clemens: *»WLAN ist gestrichen!!!«*
Anna (zu Kevin): *»Da, du kannst mein Handy haben.«*
Clemens (entrüstet): *»Warum kann er dein Handy haben, wenn ich sage, dass das WLAN gestrichen ist.«*
Anna: *»Weil mein Handy kein WLAN braucht.«*
Clemens: *»Darum geht es doch nicht. Was sollen die Kinder von mir denken, wenn ich NEIN sage und du JA sagst.«*
Anna: *»Dasselbe, wie sie sich denken, wenn du glaubst, du bist wach, obwohl du schläfst. Kevin möchte sich nur noch kurz das Video anschauen, wie man einen Slime baut. Aber sag uns doch endlich den Plan, den du in deinem Wachtraum hattest. Wir können es kaum erwarten.«*
Clemens: *»Ich hatte keinen Wachtraum, sondern ich war wach. Komplett.«*
Anna: *»Hast du Beweise?«*
Clemens: *»Drei leere Bierflaschen!«*
Anna: *»Ich wusste, in dir steckt ein Held!«*
Clemens: *»Sehr witzig«*
Marie-Therese: *»Gaggi!«*
Kevin: *»Mami. Wenn ich das App runterlade, brauche ich dein Passwort.«*
Clemens: *»Ich dachte, ein Video, und außerdem heißt es die App, und Passwort gibt es keines, um irgendeinen Blödsinn runterzuladen.«*

Anna: *»Das Passwort lautet ENDE 1662006.«*

Clemens: *»16 6 2006? Am 16.6.2006 haben wir geheiratet!«*

Anna: *»Eben!«*

Kevin: *»Gibt es noch einen Lachs?«*

Clemens: *»Wenn der weg ist – leider nicht.«*

Anna: *»Wir müssen sparen!«*

Clemens: *»Warum?«*

Anna: *»Wir wollen ein Haus bauen. Das ist doch dein Plan.«*

Clemens (erstaunt): *»Wieso weißt du das?«*

Anna: *»Weil du in deiner Bierlaune laut vor dich hin geplappert hast im Schlaf.«*

Clemens: *»Blödsinn, aber du hast recht. Ich habe einen Plan. Wir bauen ein Haus.«*

Anna: *»Wo? In Döbling?«*

Clemens: *»Nein. In Ursprungneusiedl am Holzweg 4.«*

Anna: *»Dort steht schon ein Haus.«*

Clemens: *»Ich weiß!«*

Anna: *»Dort wohnt auch wer drin.«*

Clemens: *»Ich weiß!«*

Anna: *»Und du weißt auch, dass meine Oma zwar schon alt ist, aber noch nicht tot und den Entschluss gefasst hat, selber ein Haus zu bauen?«*

Clemens: *»Ja.«*

Anna: *»Das heißt, du willst mit ihr ein Haus bauen?«*

Clemens: *»Ja, genau. Das ist der Plan.«*

Anna: *»Du bist verrückt. Ich lasse mich scheiden.«*

Clemens: *»Das macht die Sache nicht einfacher.* (Er lächelt.) *Was hast du gegen meinen Plan. Der ist genial. Ich checke alles mit ihr gemeinsam. Wir bauen. Dann* (kann wegen der Kinder nur verschlüsselt sprechen) *… lalalala knacks – du weißt schon, was ich meine … dingst, -was bereits errichtet ist, gehört uns.«*

Anna: *»Du bist ein Mörder.«*
Clemens: *»Warum?«*
Anna: *»Weil das Errichten eines Hauses schon für einen jungen Menschen beinahe tödlich ist, und erst recht für eine 95-jährige alte Frau.«*
Clemens: *»Sie will ja bauen.«*
Anna: *»Weil du es ihr eingeredet hast.«*
Clemens: *»Ich habe ihr doch nicht eingeredet, dass sie bauen soll.«*
Kevin: *»Krieg ich dann ein eigenes Zimmer?«*
Clemens: *»Ja, sicherlich.«*
Kevin: *»Mit WLAN und einem Tablet?«*
Clemens: *»Geh jetzt schlafen!«*
Anna: *»Wir frühstücken gerade.«*
Clemens: *»Ach ja, richtig. Dann geh in den Garten. Blödsinn. Haben wir nicht. Siehst du. Dann aber hätten wir einen Garten.«*
Anna: *»In Ursprungneusiedl am Holzweg 4, Ecke Hintaus 9. Dort will ich nicht einmal tot über einem Gartenzaun hängen. Dort ist nichts. Man müsste einen Fuchs mitnehmen, wenn man dem Hasen gute Nacht sagen möchte. Das nächste Schuhgeschäft ist ewig weit weg. Ohne Auto ist man dort verloren. Wenn da was passiert? Da hört dich niemand. Da könnte jede Straße Opferweg heißen. Ich bleibe dort nicht alleine mit den Kindern.«*
Clemens: *»Urli wohnt auch dort.«*
Anna: *»Wie beruhigend. Urli hört kaum noch etwas, wenn man sie aus einer 10-cm-Distanz anschreit. Die verschläft mit Garantie jeden Einbruch.«*
Clemens: *»Bis jetzt hat dort auch keiner eingebrochen.«*
Anna: *»Vielleicht weil – feuchte Mauerziegel – am Schwarzmarkt kaum was einbringen.«*
Clemens: *»Ich wohne auch dort, du bist nicht alleine.«*
Anna: *»Wenn wir geschieden sind?«*

Clemens: *»Wir sind nicht geschieden!«*

Anna: *»Wir haben auch noch nicht gebaut. Maria und Robert. Gebaut, geschieden. Peter und Angelika. Gebaut, geschieden.«*

Clemens: *»Christian und Gabi. NICHT gebaut. Geschieden.«*

Anna: *»Was für ein Argument!«*

Clemens (mitfühlend): *»Anna. Wir schaffen das. Wir sind anders. Und das mit dem Auto … wenn wir den Kreditrahmen ein bisschen ausweiten, dann wird das Cabrio auch noch drin sein.«*

Anna: *»Du meinst ein eigenes Auto für mich.«*

Clemens: *»Na sicher!«*

Anna: *»Gut. Ein Haus ist immer eine Wertanlage.«*

Clemens: *»Na sicher.«*

Anna: *»Jetzt, wo man eh nicht weiß, wie es mit dem Geld weitergeht.«*

Clemens: *»Na sicher.«*

Anna: *»Da ist es besser, alles in Grund und Boden zu stecken.«*

Clemens: *»Na sicher.«*

Anna: *»Für die Kinder wäre der Garten schon genial.«*

Clemens: *»Na sicher.«*

Anna: *»Und Urli wäre auch nicht alleine.«*

Clemens: *»Ich glaube nicht, dass sie den Bau überleben wird.«*

Kevin: *»Urli ist tot?«*

Anna: *»Nein! Kevin, bitte!* (Zu Clemens) *Clemens. Bitte!«*

Clemens: *»Du kannst mein Handy haben. Lade dir runter, was du glaubst.«*

Kevin: *»Danke!«*

Anna (flüstert, während sich Kevin in sein Zimmer verzieht): *»Sprich bitte nicht so vor den Kindern. Wenn mit Urli irgendetwas passiert, dann werden alle in der Familie sagen, wir haben sie umgebracht, weil wir sie genötigt haben, mit uns ein Haus zu bauen.«*

Clemens: *»Na, sicher nicht! Das habe ich mir schon überlegt. Es* *wird das Gegenteil der Fall sein. Wir werden Urli bei ihrem Plan beschützen, denn alleine würde sie es nicht überleben. Schau. Sie will bauen! Und wir helfen ihr dabei.«*

Kevin: *»Wie ist dein Passwort?«*

Clemens: *»12.8.73Fix!«*

Anna: *»Das ist der Geburtstag meiner Schwester.«*

Clemens (verlegen): *»Das habe ich schon ganz lang, das Passwort. Da war ich damals noch mit ihr zusammen.«*

Anna: *»Das gibt es doch nicht! Du kannst doch nicht immer noch ihr Geburtsdatum als Passwort haben.«*

Kevin: *»Der Papa war einmal mit der Iris zusammen?«*

Clemens: *»Nur ganz kurz.«*

Anna: *»Sieben Jahre.«*

Kevin: *»Und wann?«*

Anna: *»Bis ungefähr ein halbes Jahr vor deiner Geburt.«*

Clemens (leise zu Anna): *»Anna. Das ist doch jetzt … Ich weiß nicht, wie man das Passwort ändert.«*

Kevin: *»Soll ich das machen?«*

Clemens: *»Ja, bitte. Nimm der Mami ihren Geburtstag. 23.9.1972Love«*

Anna: *»24.«*

Clemens: *»Sorry, 23 ist ja meine Mutter.«*

Anna: *»Ich will weg!«*

Clemens: *»Anna, du wirst sehen, das Haus ist eine geniale Sache. Es ist unser gemeinsames Projekt, das uns für immer verbindet. Wir fahren morgen zur Urli und besprechen es mit ihr.«*

Anna: *»Mir ist schlecht.«*

Am nächsten Tag macht sich Clemens auf, um mit Urli den Plan zu besprechen. Besser zu beschreien. Zu aller Überraschung hat sie schon mit einem Hausverkäufer einen Termin für nächsten Mittwoch ausgemacht, der ihr ein schlüsselfertiges Schloss, so wie im Prospekt dargestellt, anbieten wird. Komplett. Erdaushub, Fundamentplatte, Keller, Erdgeschoß, Obergeschoß mit Dachausbau, mit Terrasse und Schönbrunngeländer, mit Garteneinfriedung und Schönbrunnzaun, mit Rollrasen und Kanalanschluss und … Auf die Frage, was das kosten soll, gab es noch keine Antwort. Die Idee, Clemens würde sie dabei tatkräftig unterstützen, sowohl bei der Finanzierung als auch bei der Umsetzung, und dafür mit seiner Familie das Obergeschoß bewohnen, dieser Plan hat der alten Dame gut gefallen. An ihrem schnippischen Lächeln war beinahe zu erkennen, dass sie damit gerechnet hatte.

Der Termin mit dem Hausverkäufer dauerte nicht allzu lang, war aber dafür mehr als intensiv.

Seine Hochglanzprospekte beanspruchten weit mehr Platz, als der Küchentisch hergab, und einen anderen Tisch gab es nicht. Es war eine Reise durch die Architektur eines Kontinents. Es gab Häuser in allen Größen und Variationen. Angefangen vom Modell »Snörre«, welches er vorwiegend in Schweden und Dänemark verkauft, sicher nicht zuletzt aufgrund der bunten Fassaden. Über das Modell Honecker für die eher flachere Börse, bis hin zum Modell Schönbrunn mit Reiter im Garten und Wappen über der Eingangstüre. Über Geschmack lässt sich ja, wie man weiß, streiten. Diese Prospekte hätten allerdings das Potenzial für eine handfeste Schlägerei. Dass man alle Modelle bis ins letzte Detail natürlich noch variieren kann, in Bezug auf Innenwände, Fenster, Türen, mit oder ohne Keller, Flachdach, Satteldach, Walmdach mit Krüppel oder ohne, Tonnendach oder Gründach, ist klar. Alles ist möglich. Modell Schönbrunn mit begrüntem Tonnendach hätte dann allerdings gar nichts mehr mit Architektur zu tun, doch dürfen wir nicht vergessen, dass wir uns in Ursprungneusiedl am Holzweg 4, Ecke Hintaus 9 befinden und nicht in Wien 14. Der Schöne Brunnen, der Schönbrunn seinen Namen gab, wird hier durch den Sumpfbach vertreten, und eine Gloriette im Hintergrund ist wirklich nicht zwingend erforderlich, wenn man die Möglichkeit hat, sie durch ein Spargelfeld zu ersetzen.

Der Hausverkäufer geht und hat ordentlich Staub aufgewirbelt. Nicht nur mit seinem Porsche Panamera. Nein, auch emotional in der Urli. Plötzlich wird ihr alles zu klein. Sie ist Feuer und Flamme. Am liebsten morgen mit dem Abbruch beginnen. Trotz ihres grünen Stars im linken Auge sieht sie plötzlich die losgelöste Tapetenecke umso deutlicher. Kleine Risse im Eichenholzboden erscheinen ihr wie unüberwindbare Gräben, die den Weg ins Schlafzimmer schier unmöglich machen. Erst recht das Schlafzimmer. Drei Kinder sind hier geboren, und ihre Mutter hier verstorben. Rundbau-Möbel haben heute einen Verkaufswert in der Höhe einer gebrochenen Spanplatte, und auch sonst gibt es kaum bis nichts, was man nicht schon gesehen oder irgendwann verschrottet hätte. Es ist ihr zu klein, zu feucht, zu alt. Lange genug hat sie gewartet.

Mit geschwollener Brust und einer Rückbank voller Prospektmaterial macht sich Clemens zurück auf den Weg, um Anna zu berichten, dass sein Plan voll aufgegangen ist. Dass Urli, um Gerechtigkeit walten zu lassen, Annas Schwester den Nachbargrund schenken will, hat Clemens nicht erwähnt. Das ist keine Lüge. Man muss nicht immer alles erzählen. Außerdem ist die Geschichte mit Iris längst gegessen. Sie hat selber schon zwei Kinder. Ist zwar geschieden, aber hat jetzt wieder jemanden. Zugegeben ist sie nach wie vor sehr attraktiv, doch nie in einem Ausmaß wie Anna. Natürlich, und das versteht Clemens, kann man oft lustiger und unbedarfter unterwegs sein, wenn man das Leben so nimmt, wie es kommt, und sich nicht immer nach einem Partner richten muss, und unbeschwert war Iris schon immer. Sie war immer der Wirbelwind in ihrer Familie. Anna die eher Komplizierte. Iris hat auch nach den beiden Kindern ziemlich schnell ziemlich alles wieder abgenommen, aber da ist jede Frau anders. Iris war schon immer ein

Boxenluder. Die wollten schon in der Schule alle haben. Ich glaube, es hatten sie auch alle.

Clemens überlegt. Besser er erwähnt das mit dem Grund für Iris nicht. Sicherlich wird sie niemals den Grund nehmen und dort hinziehen. Lächerlich. Der Grund ist auf ihren Namen geschrieben und bleibt lediglich als Wertanlage erhalten, was bei einem Grundpreis von zwei Euro und 40 Cent keinen Größenwahn zulässt. Auch für seine Beziehung ist es sicherlich besser, wenn der Abstand zu Iris ein größerer bleibt.

Anna freut sich überraschenderweise, als Clemens abends nach Hause kommt. Bevor er noch ansetzen kann zu erzählen, startet Anna los.

Anna: »Ich weiß alles. Iris hat mich eben angerufen. Sie hat mit Urli gesprochen und findet die Idee mit dem Doppelhaus genial. Das spart Geld und Platz. Wir haben einen großen Garten. Wir können Carsharing betreiben, und die Kinder können zusammen spielen. Schon das Thema mit dem Babysitten, wenn wir einmal abends weggehen, ist somit Geschichte. Wir können uns gemeinsam einen Pool bauen, und ich habe auch keine Angst, wenn ich weiß, dass daneben gleich jemand wohnt. Clemens, du wirst es nicht glauben, ich bin im Boot. Wann beginnen wir zu bauen?«

Clemens steht in der Türe wie ein schlechter Geruch und kann es kaum glauben. Seine Magensäure steigt in Richtung Kehlkopf, während seine Knie kurz davor sind, ihre Stützarbeit einzustellen. Er muss sich setzen.

Der zu Hilfe gerufene Arzt verordnet Clemens zwei Tage Bettruhe und verlässt die eheliche Bleibe. Anna ist überrascht ob seiner Reaktion. Selten oder besser noch nie hat sie erlebt, dass jemand vor Freude in Ohnmacht fällt. Kevin ist außer sich, da der lässige Tim, der amerikanische Freund von Iris, jetzt neben ihnen wohnen wird. Tim ist einfach cool. Nicht nur weil er ein schwarzer Basketballer ist. Nein.

Er ist auch ein absoluter Technikfreak mit einem Dodge, so groß wie ein Haus, und einem Oberarm wie Hulk Hogan, wer sich an den noch erinnern kann. Alles ist gut!

Clemens entspannt sich schön langsam wieder so weit, dass er klare Gedanken fassen kann, und rechnet fix damit, dass das Projekt nicht zu finanzieren sei. Hoffentlich. »Die Vorstellungen von Urli sind zu hoch geschraubt«, versucht er zu argumentieren. »Maximal das Modell ›Honecker‹ ohne Keller, ohne Zaun mit Flachdach, ohne Vordach und Carport statt Garage wird sich ausgehen, und da wäre es doch völlig schwachsinnig, sein ganzes Geld in so ein Objekt zu pumpen, wenn man doch in Wien so eine schöne Wohnung hat.«

Was er jedoch vergessen hat ist die Energie seiner Frau, wenn sie einmal losgelassen.

»Wenn wir sagen, wir schaffen das, dann schaffen wir das auch!«, kontert Anna und nimmt exakt ab diesem Zeitpunkt das Ruder in die Hand.

Es war nicht nur der andere Haarschnitt. Das neue Kleid. Ihre lässige Umhängetasche und der Mogel-BH, der ihre Brüste wie noch nie in Szene setzte. Es war einfach alles. Clemens hatte sich am Nachmittag zwei Stunden freigeschaufelt im Autohaus, um den Termin bei der Bank, den Anna am nächsten Tag vereinbart hatte, mit ihr gemeinsam wahrzunehmen. In der Hoffnung, wenig bis fast keinen Kredit zu bekommen, ging er frühmorgens aus dem Haus. Vor der Bank traf er seine Frau, die er kaum wieder erkannte. War das tatsächlich Anna? Doch, das war Anna!

Genau so hat sie ausgesehen, als er Iris wegen ihr verließ. Genau so ist sie gestanden und hat mit einem »Erobere mich, du Feigling«-Blick schelmisch über den oberen Ray-Ban-Brillenrand geschaut. Das war das Ende einer Beziehung und der Anfang einer Ehe. Jetzt, gerade in diesem Augenblick, weiß er wieder, warum. Hier ist sie wieder, seine

Anna. Die, die immer alle haben wollten, doch keiner bekommen hat, weil sie sich die Zähne an ihr ausgebissen haben. Hier ist sie! Begleitet mit Pauken und Trompeten, ziehen die beiden ein in die Arena, die Geld verleiht. Verdis Triumphmarsch ebnet ihnen den Weg. Vorbei am kleinen Schalterbeamten schwebt er neben Aida – sorry Anna –, seiner Ehegöttin, direkt in das Büro des Filialleiters.

»Wir sind angemeldet«, lügt sie und schließt hinter ihnen die Türe. »Mir bitte einen kleinen Schwarzen ohne Zucker und für meinen Mann eine Melange mit einem Würfelzucker. Danke.« Ich wusste bis zu diesem Zeitpunkt nicht, dass der Filialleiter auch selber serviert.

Finanzierung steht. Zwar in einem Ausmaß, in dem nicht mehr viel an Nebengeräuschen passieren darf, doch sie steht. Das Vermögen von Urli-Oma soll als Puffer dienen, doch darf der Aufprall bei 25.000 Euro nicht allzu heftig sein. Macht nix. Schließlich bringt sie den Grund mit und die Wahrscheinlichkeit, sich nicht neu zu verlieben und zu vermehren. Sie selber ist bei dem Projekt schon genug.

Clemens kann es kaum glauben. Ist doch alles in gerade einmal zwei Wochen passiert. Sämtliche Überlegungen, ob Stadt oder Land, ob die Kinder in die Schule gehen und wenn ja, wo die Kinder in die Schule gehen. Zugegeben, das Ob kann man sich leider nicht aussuchen, doch das Wo allemal.

Plötzlich ist alles auf Schiene. Sie werden Landeier. Einen Kindergarten gibt es im Ort. Eine Schule in der Nachbarortschaft. Mit dem Bus ca. 15 Minuten entfernt. Besagter Bus fährt zweimal am Tag. Leider zu Zeiten, an denen ein Kind weder rechtzeitig in die Schule kommen noch ihn erreichen würde, wenn es den Unterricht ordnungsgemäß verließe. Öfter fährt der Bus nicht, da er eine Bezirksgrenze überfährt und dadurch die Finanzierung der Linie auf vollkommen wackeligen Beinen steht bzw. eigentlich unmöglich ist, weil sich zwei Parteien einigen müssten.

Der Slogan »Wir sind Europa« wird an dieser Bezirksgrenze gebührlich strapaziert. Die Grünen können halt leider nicht überall sein, obwohl sie dort eigentlich sind. Dann bringt man die Kinder eben mit dem Auto zur Schule. Wenn das nicht alle machen, ist auch kein Stau. Anders formuliert, wenn das nicht alle machen würden, wäre dort auch kein Stau. Es machen aber alle.

Macht nix. Immerhin, es gibt eine Schule. Es gibt einen Kindergarten. Es gibt ein Lebensmittelgeschäft und eine Trafik, und vor allem: Es gibt eine Tankstelle, und somit gibt es ALLES, 24 Stunden lang. Alles. Wir sind Europa. Hier passt es wieder.

Die kleine Kaffeenische der Tankstelle wird nur leider besetzt von drei stets alkoholisierten Kettenrauchern im 10-Jahres-Rhythmus von 70 abwärts, die dem Begriff Passivrauchen eine neue Dimension verleihen. Wenn man jedoch etwas wissen will, dann erfährt man es dort. Immer vor Ort fragen.

Kommunikation ist alles! … Wieder so eine Weisheit.

Ohne sich vorzustellen, gesellt sich Clemens zu dem Trio und bestellt ebenso ein Dosenbier. Man will ja schließlich nicht auffallen.

Schon nach wenigen Minuten kommt es zu einer Annäherung mit einem Einheimischen.

Der Einheimische: *»No? Neich?«*

Clemens: *»Bitte?«*

Der Einheimische: *»Du bist oba ned von do?«*

Clemens: *»Nein. Ich komme aus Wien, doch wir werden hier bauen.«*

Der Einheimische wendet sich wieder ab. Die drei bleiben unter sich. Sie spendieren sich gegenseitig Zigaretten und machen sich lustig über die Motive, die ihnen das Rauchen eigentlich abgewöhnen sollen:

Der Einheimische: *»Bin gspannt, wos eana ois nextas eifoid. Vielleicht a Tschickpackl in Form von an Grobstan!«*

Der andere Einheimische: *»Trottln.«*

Der dritte Einheimische: *»Der Boiger Sepp hod sei Lebtog graucht und is 95 wuan.«*
Clemens möchte sich am Gespräch beteiligen. Er nutzt die Sprechpause der drei Herrn.
Clemens: *»Vielleicht wäre er hundert geworden, wenn er nicht geraucht hätte. Hihihih.«*

Größtmögliche Verwunderung in den verwitterten Gesichtern der drei Herrn von der Tankstelle. Hat da tatsächlich jemand mitgesprochen?!

Alle drei drehen sich zu Clemens um. Der Tankwart hinter dem Tresen beobachtet die Szene. Es liegt ein Knistern in der Luft.

Der Einheimische: *»Wer?«*
Clemens: *»Was wer?«*
Der Einheimische (bemüht sich, schön zu sprechen): *»Wer wäre vielleicht hundert geworden?«*
Clemens: *»Na, der … Boiger Sepp. Der wäre vielleicht hundert geworden, wenn …«*
Der Einheimische: *»Wenn wos?«*
Clemens (kleinlaut): *»… na, wenn er nicht geraucht hätte.«*
Der andere Einheimische: *»Sei Bua warat vielleicht a hundert wuan!«*
Clemens: *»Ach so?«*
Der Einheimische: *»Jo. Ach so!«*
Clemens: *»Ist sein Sohn nicht hundert gewo… »*
Der Einheimische: *»Na. Wäu eam sei Votta daschlogn hod.«*
Clemens: *»Uups.«*
Der dritte Einheimische: *»Host du den Boiger Sepp überhaupt kennt?«*
Clemens: *»Nein.«*
Der dritte Einheimische: *»Wiaso hoidst dann ned de Pappn?«*

Clemens zahlt und verlässt die Tankstelle. Das ist doch gut gelungen. Erste Annäherungsversuche an die Bevölkerung. Das ist ein Nährboden für Wohlbefinden.

Zurück zum Projekt. Wir befinden uns in der Planungsphase.

Die Finanzierung sollte stehen. Dank Anna, die seitdem ca. einen Anruf am Tag vom Filialleiter erhält, ob eh alles passt. Der Mann zeigt sich wahnsinnig engagiert. Wir haben bereits eine Haushaltsversicherung für das neue Eigenheim und eine Baustellenversicherung abgeschlossen. Für jedes Familienmitglied eine Unfallversicherung und eine Sturmschadenversicherung. Eine Reisekostenversicherung, die die Kopschs in den nächsten 20 Jahren voraussichtlich aufgrund völliger Überschuldung nicht brauchen werden, und eine zusätzliche Versicherung gegen Orkan und Vulkanausbrüche, die man nicht verstehen muss. Die Kropschs werden gut betreut.

Die Entscheidung der Kropschs geht in Richtung Baumeisterhaus, da sich Urli glücklicherweise vom Herrn Porsche-Fertighaus trennen konnte und erkannt hat, dass die Schönbrunngeländer mit Herrscherwappen und Hendlstall im Gloriettenachbau vielleicht doch ein wenig zu viel sind für den Holzweg 4. Der Baumeister des Vertrauens heißt Kolaritsch.

Ing. Bmst. Ernst Kolaritsch. Ein Platzhirsch. Ein alter Hase, der seit 40 Jahren das Gleiche baut, und zwar in Ursprungneusiedl und Umgebung, und das mit Ziegeln. Was uns zu einer wichtigen Frage bringt. Ziegel oder Holz oder andere Baustoffe.

3. Welches Material kann man verwenden?

Für den Baumeister gilt immer noch der Spruch: »Ein Ziegel ist ein Ziegel.« Das hört sich einfach an und für jedermann verständlich. Ein guter Ziegel – vom Preis und der Dicke mit oder ohne Wärmedämmblock gibt es nach oben fast keine Grenzen –, außen und innen verputzt. Innen mit Kalk-Zement oder Kalk-Gips, außen eventuell mit einem Thermoputz oder mit einer Vollwärmeschutzfassade. Die Vorteile des Ziegels liegen in der vorhandenen Speichermasse. Die alte Weisheit: »Wasser und Sand verdeckt den Maurer sei Schand« findet heute kaum noch Anwendung, da es zum Ersten kaum noch Maurer gibt und zum Zweiten auch der Ziegel bereits mit Nut/Feder ausgestattet ist, sprich, die Verarbeitung der Produktes bedeutend einfacher wurde und weniger handwerkliches Geschick erfordert.

Für den Keller gilt: Dichtbeton. Ob er es letztlich ist oder nicht, wird sich nach dem ersten richtigen Regenguss weisen, entstehen doch immer wieder Missverständnisse zu den Begriffen Dichte- und Feuchtigkeitsisolierung. Bei Hangwasser oder einem steigenden Grundwasser lässt die Feuchtigkeitsisolierung leider aus, da es sich um eine Wassersäule handelt, der sie nicht standhält.

Derlei Begrifflichkeiten sind dem Fertighausverkäufer, der meist so viel Ahnung vom Bauen hat wie ein Blinder vom Farbfernsehen, oftmals unbekannt. Weiters sind sie keine Leckerbissen für ein Verkaufsgespräch mit einem ahnungslosen Kunden, der das Wort »Dichtbetonkeller« vor sich her trägt wie der Prälat seine Monstranz. Zu viele Zeitschriften hat der Häuslbauer schon in Händen gehalten, wo Feuchtigkeitsschäden in Form von Aussalzungen oder Schwammerln deutlich zu sehen sind. Dass das natürlich bei der Firma, die letztendlich den Zuschlag bekommt, sicher nicht sein wird, versteht sich von selber.

Ich hatte jahrelang das Vergnügen, einem Fertighausverkäufer über die Schulter sehen zu dürfen. Die Bauherrnfrage: »Und Sie garantieren uns, dass unser Keller auch sicher dicht ist, nicht so wie bei den Grubers von nebenan, die einmal im Jahr im Keller schwimmen?!«, wurde mit einem »In unserem Keller schwimmt keiner, gnädige Frau, außerdem haben wir ein Ziegeldach!« beiseite gewischt. Und schon waren die Gedanken der Kundin damit beim Dach. Weg von der Erde. Von den Problemen, die ein Keller und dessen Errichtung mit sich bringt. Bei diesem Thema können wir gerne kurz verweilen.

Wer braucht den Keller wirklich, und wo sind die Tücken?

Kellerbefürworter sprechen vom Schaffen einer Wohnnutzfläche, deren Nicht-Errichtung fahrlässig ist. Unwiederbringlicher Raum für diverse Nutzungsmöglichkeiten, auf welche wir später noch eingehen werden.

Die Argumente derer, die meinen, eine Fundamentplatte würde ebenso genügen, gehen meist in Richtung:

- Kostenfaktor,
- Klumpertlager,
- feucht und Probleme mit dem Erdaushub.

Letzteres kann tatsächlich zu einem Problem führen, da es Projekte im verbauten Raum gibt, bei denen man nicht einfach ein Loch graben kann, in das man dann das Haus stellt. Es kann passieren, dass sich in beschriebenes Loch bereits zu einem deutlich früheren Zeitpunkt ein Haus begibt, und zwar das des Nachbarn. Baugruben muss man sichern. Man spricht hier von Baugrubensicherung oder Pölzung.

Die Spielarten sind mannigfaltig und teilweise sauteuer. Es besteht die Möglichkeit, sogenannte Larsen zu schlagen, das sind lange, gefalzte Stahlprofile, die mit schwerem Gerät, in dem Fall mit einem Rammbären, nebeneinander in die Erde getrieben werden. Wenn diese Wände in der Erde verschwunden sind, kann mit dem Aushub der Baugrube begonnen werden. Bei Baustellen im innerstädtischen Bereich haben Sie so etwas sicherlich schon gesehen. Als möglicher Anrainer, sprich Nachbar einer solchen Baustelle haben sie es zusätzlich auch gespürt. Die Erschütterungen sind enorm, und so auch teilweise die Schäden, die am Nachbarobjekt dabei entstehen. Dann gibt es die

Möglichkeit der Bohrpfähle. Selbige werden ebenfalls mit schwerem Gerät durch einen riesigen Erdbohrer in den Boden gebohrt, wobei das Erdreich, welches der Bohrer zutage fördert, durch Beton ersetzt wird. Eine Baugrubensicherung, die im Einfamilienhaus kaum angewendet wird, da sie mit Sicherheit teurer ist als das Haus selber. Gleiches gilt auch für die Errichtung einer Schlitzwand. Nähere Details erspare ich Ihnen.

All die Punkte bringen uns zum Thema Kosten.

Der Kellerraum ist oft der teuerste, wenn man bedenkt, was es alles braucht, um ihn zu erschaffen, dafür dass er dann oft lediglich altes Geschirr, Wandergewand und -schuhe, Ski, Snowboard und die Fahrräder beherbergt. Oftmals dient er auch der Heizungsanlage als Heimat. Anders, wenn man plant, einen nahen Verwandten darin wohnen zu lassen oder das klassische Stüberl oder Fitnesskammerl einzurichten. Sowohl der Fitnessraum als auch die gemütliche Ecke, in der man alle fünf Jahre unter Ausschluss von direkter Sonneneinstrahlung ein Fest begeht, sind besser nicht auf den Quadratmeterpreis ihrer Errichtung zurückzurechnen.

Weiters ist der Keller als Garage nutzbar. Bitte hier größtes Augenmerk auf die Steilheit und Beschaffenheit der Abfahrtsrampe – speziell im Winter – richten! Nicht selten, dass man bereits unten parkt, noch bevor das Tor seinen endgültigen geöffneten Zustand erreicht hat.

Oftmals wird beim Einfamilienhaus, wo links und rechts genug Platz ist, die Erdwand geböscht, um ein Abrutschen und eine tödliche Gefahr für die Arbeiter zu verhindern. Nicht selten ist ein steiler, und daher gefährlicher Böschungswinkel mit einem »Wird scho nix sein« verknüpft, was oft ins Auge gehen kann. Auch über den Umgang mit Grundwasser in der Bauphase möchte ich Sie verschonen.

Also, Familie Kropsch! Keller ja oder nein? – Sie wissen es nicht.

Für Urli war ein Keller stets ein Obst- und Gemüselager. Doch das ist ein trockener, geheizter Keller niemals. Außer man baut einen Pfusch, was jedoch keiner will. Die Entscheidung über die Errichtung des Kellers wird bis zum Zeitpunkt der detaillierten Gesamtsumme verschoben.

Jetzt wieder zum Baumaterial.

Ziegel haben wir bereits kennengelernt. Was gibt es noch?

Holz. Natürlich Holz. DER Naturbaustoff in den verschiedenen Variationen. Vom naturbelassenen Baumstamm, der ziemlich rustikal anmutet, über die Mehrschicht-verleimte Platte, die im Nachhinein ohnehin verkleidet wird, bis zum Holzriegelhaus, welches die billigste Variante darstellt. Das klassische Fachwerkhaus, dessen Hohlräume ausgeziegelt werden, macht kaum noch jemand, der nicht bewusst die daraus entstehende Optik schätzt.

Speichermasse und Raumklima werden argumentativ ersetzt durch schnelle Aufheizzeit und »eh« nicht messbaren Wert. Zumal nach wie vor die Mär umgeht, bei einer integrierten Wohnraumlüftung sei das Öffnen von Fenstern verboten.

Hier an dieser Stelle:

Auch bei der Inbetriebnahme der integrierten Wohnraumlüftung darf ich die Fenster öffnen! Sie wird dadurch ineffizient bis sinnlos, doch keiner muss sich davor fürchten, in einem luftdichten Käfig wohnen zu müssen.

Für alle, die es nicht so genau wissen, versuche ich, in einer extrem kurzen und vereinfachten Erklärung zu erläutern, warum man bei einem Neubau eine Wohnraumlüftung machen sollte.

Wenn wir von Neubau sprechen, dann sprechen wir meist von energiesparenden Bauweisen. Die Luftdichtheit der einzelnen Bauteile ist dafür eine wichtige Voraussetzung. Luftdicht heißt aber bitte nicht, man lebt in einem Plastiksackerl. Wer in einem Plastiksackerl leben möchte, muss sein Haus auch in eines einpacken. Ich empfehle Ihnen hier, sich Christo zum Vorbild zu nehmen. Was er mit Tüchern geschafft hat, wird Ihnen auch mit Sackerln gelingen.

Luftdicht ist etwas ganz anderes. Im Vergleich zu alten Häusern, in denen ein ständiger Luftwechsel erfolgte, da die Anschlüsse nicht luftdicht waren.

Wurde bei einem alten Kastenfenster der Stock gleich mit eingemauert, so ließ man später die Öffnung aus und setzte das Fenster erst kurz vor dem Verputz ein oder überbrückte die Zeit mit einem sogenannten Blindstock. Oftmals wurde die Einbaufuge mit Steinwolle ausgestopft, später durch PU-Schaum ersetzt, wo man heute ein Kompriband einbaut und zusätzlich die Fuge noch mit einem Dichtband verklebt, um Wasserdampfdiffusion zu reduzieren oder zu verhindern.

Das ist wichtig. Eine luftdichte Konstruktion in Verbindung mit einer warmen Wandoberfläche im Rauminneren vermeidet Schimmelpilzbildung. Lüften muss man selber, denn auch durch einen Ziegel kann kein Mensch atmen.

Man bekommt die Idee der Luftdichtheit veranschaulicht, wenn man sich überlegt, man würde im Winter mit einem grob gestrickten, sprich sehr grobmaschigen Wollpullover spazieren gehen. Wenn nicht absolute Windstille herrscht, wird der Pullover nicht wirklich wärmen, da es durch die Löcher bis auf die Haut zieht. Trägt man allerdings über dem Wollpullover eine noch so dünne Windjacke, hat man die Zugluft in den Griff bekommen, und der Pullover wärmt.

Das ist sehr einfach erklärt, und ich möchte gleich allen Technikern, die dieses Buch in Händen halten, sagen, dass mir sehr wohl bewusst ist, dass man dieses Thema noch viel umfangreicher und genauer beleuchten müsste, doch wird es einem Nichttechniker bald einmal zu viel, da es oftmals mehrere Lösungen gibt und einen irgendwann die Entscheidungsfindung erschlägt.

Somit möchte ich über den Taupunkt erst gar nicht sprechen und merke …, ich merke …, es gelingt mir nicht.

Also in Kürze:

Den Taupunkt gibt es. Er ist teilweise sagenumwobener als der G-Punkt, und wenn er von jemandem erklärt wird, der einen Abschluss in »Wohnbaumesse besuchen« hat, kann man das Gefühl bekommen, die Damenstrickrunde Sieghartskirchen erklärt unisono die Abseitsregel.

Weil er es wert ist, hier eine ganz einfache Definition vom Taupunkt:

> Der Taupunkt, auch die Taupunkttemperatur, ist jenes Temperaturniveau, welches bei konstantem Druck unterschritten werden muss, damit sich Wasserdampf als Tau oder Nebel aus feuchter Luft abscheiden kann. Am Taupunkt beträgt die relative Luftfeuchtigkeit 100 % bzw. die Luft ist mit Wasserdampf gesättigt. Je mehr absoluten Wasserdampfgehalt die Luft enthält, desto höher liegt deren Taupunkttemperatur.

Was genau ist damit gemeint? Gemeint ist, dass man es schaffen muss, mit dem Taupunkt immer unterhalb des Temperaturverlaufes zu liegen, damit kein Tauwasser ausfällt und es zu keiner Schädigung der Konstruktion kommt. Punkt.

Dass es sich hierbei um eine vereinfachte Erklärung handelt, ist mir bewusst, da es unmöglich ist, eine einzige richtige Bauart zu fixieren. Richtig ist stets, was technisch physikalisch richtig ist. Da versucht man, etwas zu erklären, und gerät nur in einen weiteren Strudel.

Was ist nun technisch-physikalisch richtig?

Die Baustoffindustrie erzeugt Baustoffe für deren gezielte Anwendung. Wie schon zu Beginn des Buches beschrieben, fasziniert mich stets die Zusammenarbeit. So hat eben die Industrie eine ganz klare Vorstellung, wie die von ihr erzeugten Produkte zu verarbeiten sind, doch verarbeitet werden sie anschließend von Menschen, die oftmals all der Vorstellungen der Industrie nicht kundig oder auch einfach nur nicht willens sind, sie umzusetzen.

Wie muss beispielsweise der Untergrund beschaffen sein, damit der Baustoff auch die Werte erzielt, die man ihm im Labor in die Wiege gelegt hat? Wie erfolgte der Transport bis zur Baustelle, und wie wird er bis zu seiner Verarbeitung gelagert?

Vielleicht ein Beispiel:

Der Bauherr wünscht sich den perfekten Dachgeschoßausbau. Warm und behaglich, stand im Prospekt, und darum hatte er sich entschieden, die Sparrenzwischenräume mit einer Steinwolledämmung der Fa. XY ausfüllen zu lassen. Entgegen der Abmachung wurde die Wärmedämmung einen Tag zu früh angeliefert. Am Freitag. Kein Problem, wäre es nicht ein kurzer Freitag. Sprich einer, an dem keiner auf der Baustelle ist.

Dass es diese kurzen und langen Wochen noch gibt, ist größtenteils die Ausnahme, da die meisten Firmen im wahrsten Sinne des Wortes durcharbeiten. Somit ist an einem kurzen Freitag auch nicht niemand auf der Baustelle, da der Elektriker sehr wohl arbeitet.

Es schiebt also jetzt ein dreiachsiger LKW voll mit Steinwolledämmrollen in die schmale Einfahrt zu dem Einfamilienhaus. Da die Anlieferung zu dieser einen Kundschaft nicht sein einziges Tagewerk ist, hat es der Fahrer eilig. Der Anruf der Nummer auf dem Auftragsschreiben verläuft sich leider in einer Mailbox, und auch bei lautem Rufen meldet sich niemand.

Was macht der getriebene Fahrer? Er ruft in der Firma an. Dort hebt – Freitag – eine mindermotivierte Sekretärin ab, die mit einem »Ich weiß jetzt auch nicht, der Chef is nicht da ...« reagiert und den Fahrer in einem Gefühlsbad zwischen verzweifelt und wütend zurücklässt.

Es passt alles zusammen. Sein inneres Bild deckt sich mit dem, was er erleben muss. ER alleine ist es, der WIE IMMER die Sachen regeln muss. Alle anderen sind TROTTELN. Genau mit dieser Laune öffnet er die Hydraulikbordwand, um die Ware zu entladen. Wohin? Genau hinter seinen Lastwagen. Der Untergrund dort ist feucht und uneben, der Baustoff ungeschützt der Witterung ausgesetzt und jedem, der die Baustelle betritt oder verlassen möchte, fürchterlich im Weg. All diese äußeren Umständen werden ignoriert, damit der Fahrer endlich zur nächsten Kundschaft fahren kann, bei der ihm voraussichtlich dasselbe passieren wird.

Die auf Paletten gestapelten Dämmrollen konnten mit der Schräglage des Lieferwagens und der Aggression dessen, der sie manipulierte, wenig anfangen und entschlossen sich, der Schwerkraft gehorchend, haltlos zu werden und sich selbstständig aus dem Laster zu begeben. Begleitet von einer mehrsprachigen Schimpftirade entlud sich das Lieferauto demnach fast wie von selber. Der Fahrer konnte mit einem geübten Fußtritt auch noch der letzten Rolle zu ihrer vorläufigen Lagerung verhelfen. Er versuchte, dem Elektriker, welcher mit etwas ganz anderem beschäftigt war, eine Unterschrift auf dem Lieferschein abzuringen. Die Reaktion erspare ich ihnen. Der Lieferant stieg schnaubend in seinen Laster und fuhr fort.

Welches Bild haben wir jetzt vor uns? In dem Demonstrationsvideo auf der Homepage des Wärmedämmungerzeugers lieferte ein fescher, mit neuer Latzhose bekleideter Inländer die Rolle persönlich, nicht unerotisch geschultert im »Coca-Cola-Mann«-Stil, auf die Baustelle. Die Baufrau verliebte sich neu, blieb jedoch mit dem Bauherrn für die Dauer des Videos ein Paar. Es schien die Sonne. Die Nachbarn winkten, und der weiß behelmte Bauleiter erklärte auf einem großen Plan genau, wo der Einbau dieses Dämmstoffjuwels denn stattfinden solle. Die vier Jahreszeiten von Vivaldi wurden den Bildern unterlegt und trugen letztendlich sicher zur Entscheidungsfindung bei.

Zurück zu unserem Bild: Da liegen die Juwelen eher wie Abfall im Gatsch. Große Gewitterwolken ziehen am Himmel auf, und der

Elektriker, der in seinen wohlverdienten Feierabend stapft, kann nicht anders, als die eine oder andere Rolle beim Rückwärtsschieben einfach zu überfahren.

Wenn man jetzt, um auf unser Hauptthema zurückzukommen, beschriebene Wärmedämmung am Montag einbaut, ist eine Schimmelbildung garantiert. Wenn dann auch noch das Nachfolgegewerk die ebenfalls im Video pathetisch verlegte Dampfbremse durchsiebt, dass sie letztendlich aussieht wie ein Netzstrumpf, dann hat man zwar einen ausgebauten Dachraum mit weißen Gipskartonwänden, doch wird es ihn SO nicht sehr lange geben. Feuchte Flecken werden zu schimmeln beginnen, und der Streit, wer daran Schuld trägt, wird kein friedliches Ende finden.

Mit diesem sicherlich NICHT überzeichneten Beispiel will ich Ihnen ganz bestimmt keine Angst machen!!!! Ich will nur darauf hinweisen, dass es nicht das Produkt alleine ist, welches am Gelingen einer technisch richtigen Konstruktion Schuld trägt.

Die Aufzählung ähnlicher Beispiele würde hunderte Bücher füllen.

Steckdosen, aus denen das Wasser läuft, da die Lehrverrohrung im kalten Fassadenbereich erfolgt. Gefälledämmungen, welche das Wasser vom Abfallrohr wegleiten, da sie exakt um 180 ° falsch verlegt wurden, Türen und Fenster, die sich nicht öffnen lassen, da man die Stiege vergessen hat … usw.

Alles mögliche Mängel, womit wir bei einem großen Wort angekommen sind:

Was ist ein Mangel?

Generell spricht man von einem Mangel, ist die erhaltene Ware nicht in dem Zustand, in dem sie in der Werbung oder im Vertrag beschrieben wurde bzw. laut den Garantierichtlinien sein müsste.

Grob gesprochen, unterscheiden wir

- den »schweren Mangel« und den »leichten Mangel«,
- den »wesentlichen« und »unwesentlichen Mangel« sowie den
- »behebbaren« oder »unbehebbaren Mangel«.

Die Materie klingt möglicherweise trocken, kann jedoch vor Ort sehr lebhafte Situationen provozieren. Ein Fenster, welches man technisch richtig in eine Wand eingebaut hat, jedoch nicht öffnen kann, da die Innentreppe ins erste Obergeschoß direkt an dem Fenster vorbeiführt, ist ein »wesentlicher, behebbarer Mangel«.

Warum ist das so, und wie kann es dazu kommen?

Kein Mensch plant ein Fenster hinter einer Stiegenwange. Einen planerisch ausgefeilten Kunstgriff schließen wir aus und kommen zu dem Schluss: Es ist eben passiert. Vor Ort stehen alle Beteiligten vor dem eingebauten Fenster und blicken ratlos in die Runde. Der Maurer misst zum wiederholten Mal seine Maueröffnung. Es stimmt. Der Fensterlieferant beruft sich ebenso auf seinen Plan, bleibt nur noch der Architekt. In einem dicken Aktenordner findet er den Schriftverkehr zwischen der Baufrau und ihm, in der die Dame den Wunsch äußert: »Das Stiegenhaus doch bitte durch den Einbau eines Fensters etwas heller werden zu lassen.«

Gesagt. Getan. Der Plan wird umgezeichnet. Und jetzt haben wir den Salat. Wer hat nun Schuld? Wer hätte die Baufrau darauf aufmerksam machen müssen, dass die Stiegenwange ziemlich genau die Hälfte des Fensters abdeckt? Weiters wäre eine billigere Fixverglasung ein Lösungsansatz gewesen, zumal man auch die Lage des Fensters überdenken hätte können. Alle wissen, wer zahlt.

Ganz andere Fälle lassen Gerichte arbeiten. Zuhauf.

Ein wesentlicher Mangel – leicht zu merken – verhindert den Gebrauch der Sache. Ein Beispiel:

Eine WC-Muschel, die 10 cm neben dem Kanalanschluss steht.

Würde man die Muschel genau über den Kanalstutzen stellen, könnte man auf der Muschel nicht mehr Platz nehmen. Stellt man die Muschel so, dass ein angenehmes Sitzen möglich ist, darf man dabei keine Notdurft verrichten. Also. Der Gebrauch der Sache ist verhindert.

Ein schönes Beispiel dafür, dass selbst das teuerste Kanalrohr und die exklusivsten Sanitärgegenstände völlig an Wert verlieren, wenn das Zusammenspiel nicht funktioniert.

Schön, wieder einen Punkt gefunden zu haben, der das Thema »Bauen« so spannend macht.

Die Bewertung, ob der Mangel nun »schwer, leicht, behebbar oder unbehebbar« ist, macht die Sache schon etwas würziger.

Behebbar ist er auf jeden Fall, da es eine leichte Übung ist, das Kanalrohr zu verziehen oder die WC-Wand zu verschieben.

An dieser Stelle: Mein Optimismus, es sei eine leichte Übung, ist auf meine Blauäugigkeit und meinen grenzenlosen Optimismus zurückzuführen. Dass es natürlich KEINE leichte Übung ist, hat mir das Leben nur allzu oft bewiesen.

Würde man die Wand verschieben, würden dem Kinderzimmer daneben die 20 cm fehlen. Würde man das Rohr verlegen, hätte man an der Decke im Geschoß darunter einen sichtbaren Bogen, den man verkleiden müsste. All das sind schlüssige Argumente bei der Lösungsfindung. Argumentative Auswüchse wie: »Wie viel Platz brauchst du zum Kacken« oder »Na, bei dem Hintern«, machen es oft nicht leichter, doch auf jeden Fall sehr persönlich.

Wieder werden Pläne verglichen und Schuldige gesucht.

Käme die WC-Schale noch über dem Kanalrohr zum Stehen, ein gemütliches Sitzen wäre jedoch nicht in dem vorgestellten Ausmaß möglich, dann hätten wir einen unwesentlichen Mangel. Bürgerlich gesprochen: »Es geht, oba ned wirklich guad.«

Wie immer habe ich mich im Buch verlaufen und suche den Punkt, von dem wir ausgegangen sind. Ah ja, wir waren doch bei den Kropschs.

Wir kommen zum vierten und natürlich wichtigsten Punkt:

4. Baut man selber, mit Architekt, mit einem Baumeister, oder nimmt man sich ein Fertighaus?

Dieser Punkt ist sehr leicht entschieden, da sich die Möglichkeiten in einem sehr großen Ausmaß unterscheiden.

A: Du baust selber

Beim Selberbauen hat man kaum etwas gespart, so man die eigene Zeit in Rechnung stellt, was kaum jemand macht. Der unwiederbringliche Verschleiß der Bandscheiben, Gelenke und Kniescheiben ist hier nicht einkalkuliert. Das Aufstellen eines Finanzplans nimmt einem deshalb noch niemand ab, auch wenn man Zement und Sand in Kleinstmengen kauft und wochenendweise verarbeitet.

Eigenbauzeiten enden in einem garantierten Beziehungsarmageddon. Das äußere Erscheinungsbild der Gemahlin nähert sich nicht selten dem des besten Freundes an, und spätestens dann, wenn die Frau das Bier mit den Zähnen öffnen kann, sollte man schleunigst die Baustelle für mindestens eine Woche verlassen, um sich in einer neutralen Umgebung mit Sprudelbecken, Massage und gutem Essen wieder zu erden und wie Mann und Frau zu fühlen.

Achtung, Weisheit: **Ein Haus mit Garten ist ohnehin NIE fertig, auch wenn man es fertig kauft.**

Also, nicht selber bauen und selber planen, sondern Punkt B in Anspruch nehmen!

B: Du baust mit einem Architekten

Entgegen der Volksmeinung, nur reiche Leute würden mit einem Architekten bauen, gibt es zig gelungene Beispiele für Häuser, die hier zu moderaten Kosten entstehen können. Es gibt allerdings auch das Gegenteil. Wie immer wäre es sehr hilfreich, vorher zu wissen, ob es gelingt oder nicht, was dem Projekt allerdings die Spannung nimmt. Wer will das schon?

Der gute Architekt erstellt mit dir eine Bedarfsermittlung, welche beim Mann schnell erledigt ist … Doppelgarage – Weinkeller – Klo – Technikraum – Kühlschrank und Billardzimmer mit Couch.

… So man jedoch willens ist, mit seiner Familie die Bedürfnisse aller zu befrieden, gibt es auch noch andere Anforderungen:

Klassisch weibliche Bedürfnisse, welche zu oft als »Luxus« verstanden werden, sind beispielsweise das Ankleidezimmer. Ebenso der begehbare Schrank mit mindestens einem schwenkbaren lebensgroßen Spiegel und Hintergrundbeleuchtung. Es schadet nicht, wenn der Spiegel ein wenig konvex ist und dem sich darin spiegelnden Teint eine natürliche Bräune verleiht. Das hebt die Stimmung und kostet keinen Cent mehr. Hintergrundlicht beim Spiegel also bitte wohlwollend.

Badezimmer nach Geschlechtern getrennt erspart die tägliche Diskussion zum Thema Zahnpastatube.

Auch der stille Ort für sie und ihn in getrennter Form verschönert der Damenwelt die oft einzigen ruhigen Minuten alleine in gewohnter Sauberkeit, da der Sitzpinkler nach wie vor eine Minderheit darstellt.

Die Zimmer für die Kinder müssen nicht zu groß sein, da sie ab einem gewissen Zeitpunkt ohnehin nur noch der Aufbewahrung von nicht deklariertem Sperrmüll dienen. Dafür aber das Schlafzimmer. Der Spiegel über dem Bett wird erst montiert, nachdem Eltern und Großeltern das Schlafgemach besichtigt haben – zu sehr haben einschlägige Filme seinen Ruf ruiniert. Die spätere Montage gilt auch für den Flatscreen in Maximaldiagonale an der Wand, welcher den Spiegel an der Decke eigentlich unnötig macht.

An dieser Stelle bitte ich alle Frauen, das Zepter in die Hand zu nehmen, auch wenn ihr Gatte der Meinung ist, das Schlafzimmer würde kaum Platz beanspruchen, da man eh nur schläft. Setzen Sie sich durch. Es braucht einen geräumigen Bereich mit eigener Nasszelle. Am besten noch mit einem Zugang zu einem Balkon oder einer Terrasse und der Möglichkeit, das Licht zu dimmen.

Wie die Küche kommt ist klar, da lediglich die Funktion der Dunstabzugshaube hier oft den Technikverliebten auf den Plan ruft. Umluft alleine ist sicherlich zu wenig, wenn man Fisch- und Fleischgerichte mit intensiver Würzung bevorzugt. Ohne einer anständigen Abluft hängt das Szegediner Gulasch olfaktorisch auch drei Tage nach dem Verzehr noch in Vorhängen und Teppichböden.

Was den Preis einer neuen Küche betrifft, braucht es nicht allzu viel Geschick, den Wert eines Kleinwagens zu »verbraten«. Sie können sich schon in der Planungsphase auf die Diskussion mit dem Partner vorbereiten, »wie oft man um das Geld hätte essen gehen können«. Da ist der mit dem Fuß bedienbare Mülleimer unter der Abwasch gar nicht mehr extra anzuführen.

Bei diesen alltäglichen bodenständigen Gedanken und der Gesamtplanung ihres neuen Heimes lässt sie der Architekt nicht alleine. Er ist der Overhead des Projektes. Er wird ihr Mediator und Freund. Es spricht also vieles für den Architekten.

Oder C: Du nimmst dir einen Baumeister

Der Baumeister hat den Ruf des Bodenständigen, Hemdsärmeligen, welcher keinen Schnick-Schnack baut, der nur gut aussieht und unpraktisch ist.

Weiters sieht man ihn als einen, der für jeden baut, nicht nur für Reiche, einer, mit dem man sich etwas ausmachen kann, wo ein Handschlag zählt und nicht jeder Euro offiziell überwiesen werden muss. Der Baumeister ist oftmals ein HTL-Absolvent, hat sich danach im elterlichen Betrieb alle noch ausstehenden Praxiserfahrungen geholt, fährt selber seit seinem 5. Lebensjahr mit Leidenschaft Bagger und konnte schon mit dem LKW zurückschieben, bevor er fehlerfrei Schubraupe sagen konnte. Kinder sagen Bob zu ihm, und der ehemalige Präsident der Vereinigten Staaten hat sich sein Motto angeeignet: »Yes, we can!«

Schaffen wir das tatsächlich? Mit unserem Baumeister Kolaritsch? Was passiert, wenn sich die Kopschs für einen anderen Baumeister entscheiden? Gibt es so etwas wie ein Baumeisterrevier?

Der Nachteil an der mündlichen Überlieferung eines Bauplanes und einer fehlenden ausgefeilten 3D-Visualisierung ist, dass sich 90 % der Kunden nicht vorstellen können, wie denn das beschriebene Objekt nachher aussieht. Wenn auch schon Männchen, Bäume, Autos und Tiere in die Ansichtspläne gezeichnet werden, bleibt es trotzdem schwer, für die meisten eine Entscheidung zu treffen, mit der sie auch einschlafen können. Genau hier tritt Punkt D ein.

D: Das Fertighaus

Was vor Jahren damit begonnen hat, den Verschnitt einer Großbaustelle zu einem Haus zusammenzuzimmern, welches man als Bauhütte mit auf die nächste Baustelle transportieren konnte, wurde eine riesige Industrie. Die Fertighausbranche ist aus unserer Zeit nicht mehr wegzudenken, da sie komplett unserem Zeitgeist entspricht. Manche Ehen halten heute nicht einmal mehr so lange wie es gebraucht hat, die Räume im Erdgeschoß nacheinander fertigzustellen.

Das Fertighaus hat den Ruf:

- schnell,
- kostengünstig,
- sauber.

Mit dem riesengroßen Vorteil, sich vorher genau ansehen zu können, was man bekommt. Längst ist die Zeit vorbei, in der es nur drei Typen von Häusern gab. Völlig flexible Planung ist heute kein Sonderanspruch mehr. Es werden alle Wünsche erfüllt und auf den Stichtag genau geliefert. Was also spricht gegen ein Fertighaus? Eben, dass es ein Fertighaus ist. Klingt blöd. Ist aber so. Was spricht gegen einen Skoda? Auch nur, dass es ein Skoda ist.

Ein Fertighaus wird mit dem LKW angeliefert. Da hängen beinahe schon die Bilder an der Wand. Wenn nicht, der Seifenspender im Badezimmer hängt sicher. Es ist alles wie im Legoland. Es staubt nicht. Es riecht nicht. Handwerker kennen jeden Handgriff, da sie ihn jeden Tag brauchen. Immer anderswo, aber immer denselben. Es geht zu schnell. Es ist wie Sex in einem Riesenkondom, in dem man zwar dabei ist, aber nichts spürt. Das spricht gegen ein Fertighaus.

Es ist wie eine App. Man lädt sie runter. Sie funktioniert. Keiner weiß, warum. Jeder kann sie haben, und nach spätestens einer Woche hat man bereits vergessen, dass man sie überhaupt mit sich in der Tasche trägt. Das alles spricht gegen ein Fertighaus.

Beim Vorbeigehen spüre ich, ob es sich um ein Fertighaus handelt oder ob hier gebaut wurde. Ganze Siedlungen entstehen aus diesen Gebilden. Quadratische oder rechteckige Fundamentplatten pflanzt man auf längst ausgelaugte Böden am Stadtrand, die noch nie einen Baum gesehen haben. Am Reißbrett werden Kanalanlagen und Stromautobahnen, Glasfaserleitungen, Fernwärme und Fernkälte verlegt.

Diese maximal 500 qm großen Parzellen, nicht zu verwechseln mit

Parzillen, werden dann an Jungfamilien verkauft, die mindestens zwei Autos haben müssen, da das einstige Brachland nur mit einem Bus erreichbar ist, der genau immer dann fährt, wenn ihn keiner braucht.

Der erst zu errichtende Baumbestand wird frühestens drei Generationen später ein angenehmer Schattenspender. Oft noch Jahre nach der Errichtung der Baulichkeit kann man genau die Arbeitsfuge zwischen Bauherr/frau und Fertighausfirma erkennen. Mitbetonierte Sonnenterrassen, die nie einen Belag sehen. Einfriedungsmauern, deren Bewehrungseisen längst mit einer Installation im MAK konkurrieren oder an frühere Griechenland-Urlaube erinnern. Nie fertig angeschüttete Grasflächen, die ein Teletubby-Land abbilden. Der oftmals selbst errichtete Keller, dessen Baustopp bei der Lieferung der Obergeschoße stattgefunden hat. Es wächst, und es verwächst. An dieser Stelle einen großen Dank an die Natur.

Zur Rettung der Fertighäuser muss ich allerdings sagen, dass sie puncto »leistbare Wohnhülle« mit einer oft bemerkenswerten Energiekennzahl durchaus meinen Respekt verdienen. Der Umstand, durch »mein« Haus spazieren zu können, bevor ich mich bis ins kleinste Detail entscheiden kann, wie ich es gerne hätte, sucht Seinesgleichen. Zumal es jedem freisteht, NICHT zu basteln. Sich NICHT verletzen zu wollen, sondern sich einfach auf die Finanzierung zu beschränken und seelenruhig andere das tun zu lassen, was sie gerne – und gut tun, wenn wir vom Optimalfall ausgehen. Es gibt EINEN Ansprechpartner mit vereinbarten Teilzahlungen. Mit einer Schlussbegehung und einer Schlussrechnung inkl. Skonto und Haftrücklass. Zugegeben. Auch Sex mit einem Kondom kann erfreuen.

Keimfrei auf der Parzille – Sorry. Parzelle.

Somit befindet sich das Fertighaus auch im Zeitgeist. Für Menschen von heute gemacht. Ankreuzen, bestellen und schon fertig.

Längst lernen Menschen einander kennen, indem sie sich im Internet auf Befruchtungsplattformen finden. Alles kann man bestimmen. Herkunft, Haarfarbe, Typ, Hobby, Größe, Sprachkenntnis. Es gibt kaum etwas, das man nicht ankreuzen könnte, um sich selber in ein gutes Licht zu rücken.

Ich selber habe vor Jahren einmal dieses Medium ausprobiert. Zum Glück erfolglos.

www.love.at

Ich war damals mit Renate liiert. Doch mit Renate hat es nicht geklappt, da sie höchstgradig pedantisch war. Sie hat die Schmutzwäsche gebügelt, bevor sie sie gewaschen hat. Eine Trennung war die Folge.

Dann lernte ich Sigrid kennen. Ein Boxenluder. Eine Figur wie die Sünde. Für sie haben ich oft gesungen: »Sigrid, die zarteste Versuchung, seit es Implantate gibt.« Das waren Berge! Herrliche Berge. Leider war die Almhütte völlig unbewirtschaftet. Weiters musste ich erkennen, es greift sich mit der Zeit ab.

Trotzdem habe ich mich ohne Sigrid anfangs einsam gefühlt und begonnen, im www.love.at herumzusurfen. Damals war das ganz etwas Neues. Was heißt überhaupt »www«? Ich komme aus der Generation, die mit dem Kassettenrekorder aufgewachsen ist. Man musste auf Eject drücken, um die Kassette aus dem Gerät zu bekommen, und konnte dann mit einem Bleistift vor- und zurückspulen, um Batterien zu schonen. Das ist heute längst Schnee von gestern. Alles zu langsam.

Schnell und kurz ist die Devise.

Die meisten Botschaften verstehe ich heute gar nicht. Meine Frau schreibt mir eine Facebook-Nachricht: »IHDL!« IHDL heißt: Ich hab dich lieb. 42 Freundinnen bewerten das mit »gefällt mir«. Ich war der Einzige, der glaubte, er muss ein Packerl von der Post abholen.

Wer kommt denn auf so was?

Generell hat sich die Sprache geändert. Was hätte man sich vor zehn Jahren gedacht, wenn jemand gesagt hätte: »Ich muss meinen Rechner neu aufsetzen«? – Wieso? Wie hast du ihn denn jetzt auf?

Vor kurzer Zeit hatte ich eine Konversation mit einem Neunjährigen. Genau genommen war es ein Monolog, da er nichts gesagt hat. Sage ich zu ihm: »Mein Kassettenrekorder« – da hat er mich zum ersten Mal angesehen, als hätte ich nur ein Auge in der Mitte –, »mein Kassettenrekorder frisst nur 90er-Bandln.« Das ist eine wertlose Botschaft für den Knaben. Der glaubt, der macht eine Trennkost, der Herr Kassette.

Meine Frau ist da sehr streng. Zu Hause darf ich sehr viel nicht mehr sagen. Darum schreibe ich vielleicht auch dieses Buch. Da kann ich sagen, was ich will. Zu Hause darf ich beispielsweise »Eskimo« nicht mehr sagen.

Jetzt stehe ich mit meiner Tochter im Supermarkt und frage sie: »Möchtest du ein Schöller-Eis oder ein Inuit?« Man kann es auch übertreiben.

Eine ganz neue Sprache.

Wussten Sie, dass mit »Entenparker« die Gänsehaut gemeint ist, und dass man sich lieber einen »Business Döner« bestellt, also einen Döner ohne Zwiebel und Knoblauch, um nicht »Analhusten« zu haben.

Wer heute noch glaubt, dass er cool ist, wenn er »cool« sagt, der ist eigentlich total uncool. Ein sogenannter Teletubby-Zurückwinker. Das ist einer von den ganz Naiven, der gar nichts mehr mitkriegt. Also ich.

Sprechen junge Menschen anders? Hallo!!! Dann bin ich aber auch noch dabei. Ich bin Baujahr 1975. Was habe ich mit 18 gemacht? Auf Business Döner sind wir nicht gekommen, der war zu dem Zeitpunkt noch lange kein Importartikel. Mit 18 hatte ich zwei Probleme. Nummer 1 war, wie schaffe ich zum zweiten Mal die dritte Klasse, ohne dass man es zu Hause merkt. Wo ich die zweite schon zwei Mal gemacht habe. Und die zweite Sache war der Führerschein. Das war wichtig, um endlich von zu Hause wegzukommen. Das ist heute nicht mehr so. Das Auto ist bei den 18-Jährigen schon längst kein Statussymbol mehr. Die arbeiten eher auf den Bachelor hin. Auch gut. Wir brauchen ohnehin mehr Taxifahrer. Und die Mädels sparen lieber auf ein Brustimplantat, die hat es dafür bei uns damals noch nicht gegeben. Leider.

Mit 18 Jahren musste ein Auto her, und zwar ein cooles. Das war 1993.

93 gab es die schärfsten Partys. Tage zuvor wurde vereinbart, wir treffen einander am Freitag um 22.30 Uhr vor dem U4. Wer es nicht weiß: Das U4 war so ziemlich die angesagteste Disco in ganz Wien. Dort waren alle. Und wir!

Damals haben wir schon gewusst: Helden tanzen anders! Das waren damals noch Partys! 110 Dezibel. Wir standen stets neben der Tanzfläche. Helden tanzen nicht. Helden schauen. Kapuzenpulli, Jeansjacke, Lederjacke und das NAF NAF-Gilet. »Sche haß.«

In der Hand ein Cola rot im Halblitergebinde. Das war ganz wichtig, um den Schwerpunkt zu finden, weil man sonst in den Cowboystiefeln nach hinten gekippt wäre, da die Absätze so steil angeschliffen waren.

Damals hat man sich die Mädls noch ganz genau angesehen, ohne vorher das Profil des anderen zu kennen. Zu fortgeschrittener Stunde, als sie das Palästinensertuch und den mörderdicken Wollpulli abgelegt hat, gab es eine genauere Analyse: Also, Frisur eigentlich lässig, Dings passt, sehr sportlich, vielleicht Popscherl, Fussi gut. Also im Großen und Ganzen … heute sagt man Checkerbraut.

So standen wir zu fünft im Hormonstau. Und dann ging's ums Anbraten. Einer musste hingehen, wobei gehen so nicht stimmt. Da man die Cowboystiefel aufgrund ihrer Enge nur mit einem Plastiksackerl besteigen konnte, waren die Schuhe völlig atmungsunaktiv. So hat sich der ganze Schweiß des Körper gesammelt, ist der Schwerkraft gehorchend nach unten geronnen, hat sich einmal beim Ritzerl gegabelt um letztendlich im Stiefel zu landen. Es war also eher ein Watscheln.

»Hallo, du süße Maus. Ich heiße Gery.« Ich glaube, den zweiten Satz hat sie schon nicht mehr gehört. So gingen wir alleine nach Hause. Immer. Das wussten wir allerdings schon auf dem Weg zur Disco, doch keiner hätte sich getraut es anzusprechen. Das war ein Gentlemen's Agreement.

Zurück zum Internet.

Da begann ich also zu surfen und habe eine gewisse Patrizia kennengelernt. Mit Bild. Also oben herum nicht so wie die Sigrid, aber dann doch. Genug zum Hingehen. Kost' ja nix.

Ich hab mich mit ihr bei einem Blind Date klassisch mit roter Rose im Knopfloch in Wien beim Kirchenwirt, also im Haas-Haus getroffen. Magic Moments. Ich saß schon dort, als sie damals erschien, und ich muss Ihnen sagen, hätte sie die Rose nicht im Knopfloch getragen, ich hätte geglaubt, dem Kutscher ist ein Ross entsprungen. Die Dame hat ausgesehen wie ein UHU nach einem Waldbrand. Auch wie ein Boxenluder, allerdings vom Trabrennverein. Ich habe instinktiv mit zwei Bissen meine Rose verschlungen. Offensichtlich eine Schutzfunktion meines Körpers, doch es gab kein Entkommen. Sie hat mich erkannt, weil ich war ja ehrlich. Ich Trottl habe ja mein Bild ins Internet gestellt. So hat sie sich zu mir gesetzt. Aperol-Spritzer hat sie im Übermaß bestellt. Ich weiß nicht, warum, doch die Dame hat dieses Kontrastmittel getrunken, als würde sie sich auf eine Operation vorbereiten.

Kennen Sie diese alternativen Frauen, die man ein bisschen riecht, bevor man sie sieht? Eine Alternative in einem Ausmaß, wo du dir in der Sekunde eine Alternative wünschst. Achselhaare, dass ich anfangs gedacht habe, sie hat jeweils einen Pudel unterm Arm. Links die Tina Turner und rechts den Bob Marley – triefend nass. Beim Zahlen hatte ich die Angst, dass mir der Kellner statt der Rechnung ein Beileidschreiben der Belegschaft übergibt. Ich möchte sie als erotisches Vakuum bezeichnen.

Irgendwann war uns beiden aber klar, dass wir uns den Immobilien-Standard nicht besorgen werden, und sie meinte, ich brauche mir da jetzt nix einbilden, es gäbe noch andere Interessenten. Morgen hat sie schon wieder ein Rendezvous »ausn Internetz«. Sag ich: »Toi, toi, toi!«

Dann stand sie auf und sagte: »Danke und baba für alles.«

Am Nachhauseweg habe ich beschlossen, sofort das komplette Internet zu löschen … www.löschen.at. Wir werden wieder lesen lernen. Das ist alles eine einzige Lüge.

Also Fertighaus.

Wie gesagt, im Zeitgeist. Wenigstens die Zeit hat noch Geist. Schnell, unproblematisch und sicher. Wenn Probleme auftreten, Überweisung stoppen. Schon sind wir auf unserer Reise bei Punkt fünf angekommen.

5. Was kann man alles selber machen?

Zum Beispiel Überweisung stoppen … Jedenfalls grundsätzlich alles – wie wir wissen und immer wieder erkennen müssen. Allzu oft sehe ich mich konfrontiert mit der Aussage eines stolzen Handwerkers: »Des hob i ollas säuba gmocht«, und es bleibt mir nur mit einem nüchternen: »Des siecht ma!« zu kontern.

Oftmals sind es fehlende finanzielle Mittel, oft aber auch schlichtweg der Übermut. Eine völlig unrealistische Einschätzung der eigenen Fähigkeiten oder ein Wettbewerb im Freundeskreis. Der Freund, der alles kann und für alles jemanden kennt. Der, der alle Preise im Kopf hat und weiß, wo es die günstigsten und besten Baustoffe gibt. Alles

Überlegungen, die dazu führen, dem Fertighaus-Lieferanten ziemlich alle Ausbaugewerke aus dem Vertrag zu streichen. Was nach solch einer Aktion bleibt, ist eine gelieferte und montierte regendichte Hülle. Den Rest muss sich der Kunde selber organisieren.

Was gibt es jetzt zu tun?

Geliefert wurde ein Holzriegelhaus, sprich eine Konstruktion aus einem 10/10-Staffelholz, meist Fichte unimprägniert. Darauf eine difussionsoffene Spanplatte als Trägermasse für die Vollwärmeschutzfassade in der Stärke 5–10 cm. Der Außenputz ist ein Silikatputz in einer Farbe nach Wahl, selten ansprechend. Für »Architekturliebhaber« besteht die Möglichkeit, für einen kleinen Aufpreis die Fensterumrahmung in 10-cm-Stärke mit einer feineren Körnung extra herausgearbeitet zu bekommen. Fensterbänke, auch in allen Farben, sind selbstverständlich schon montiert. Die Dachrinne endet an der Fundamentplattenoberkante für meist sehr lange Zeit.

Die Bauherrschaft ist froh. Der Liefertermin wurde eingehalten. Fast kein Bürger der Ortschaft hat das Eintreffen der Sattelschlepper verpasst. Überfahrene Kreisverkehre und abgeknickte Baum-Äste bleiben längere Zeitzeugen. Staunende Gesichter bewundern den Kranfahrer, der die Fertigwände punktgenau zwischen den Strom- und Telefonleitungen auf die Platte stellt, obwohl ihm die rauchende Marlboro im Mundwinkel nur für lediglich ein Auge freie Sicht bietet. Ein phonetischer Applaus begleitet den Jüngsten des Bautrupps zum First, an welchem er den Gleichbaum montiert und den Gleichenspruch aufsagt.

(Gleichenspruch siehe am Ende des Buches.)

Danach zieht der Bautrupp ab, und der Bauherr beginnt zum ersten Mal, das Innere des Raumes nach der gelungenen Gleichenfeier zu kehren.

»Alles mein Besitz«, denkt er sich. Schön, wenn dann auch die Stiege geliefert wird, und gleichzeitig ein Riesenglück, dass sich nicht im Zuge der Feierlichkeit einer der Freunde den Hals gebrochen hat, als er über die steile und viel zu kurze Aluleiter musste, um das Palais auch im Obergeschoß zu besichtigen. Von dort aus hat man einen uneingeschränkten Blick in das Bad der Nachbarin, welcher jedoch spätestens nach dem zweiten Mal Hinsehen die Attraktivität verliert.

Weil es eben passt: NACHBARN!

Nachbarn würden es grundsätzlich verdienen, ein eigenes Kapitel zu bekommen. Ganze Bücher müsste man ihnen widmen, können sie doch Himmel, aber auch Hölle auf Erden verkörpern. Sich mit seinem Nachbarn zu verstehen, aber den Zaun nicht niederzureißen, ist eine sehr weise Erkenntnis, und bevor man seinen Nachbarn kritisiert, sollte man sich einmal in seine Lage versetzen, wie es denn wäre, neben einem selber zu wohnen.

Selten sind es große Sachen, welche das Wohlwollen am gemeinsamen Rhein versiegen lassen. Es ist die drei Mal in der Woche um zwei Uhr Nachts zugeschlagene Autotüre, die dich an einen Weiterschlaf nicht denken lässt. Es sind die ausgelassenen Grillpartys mit selbsternannten Nachteulen, deren Gesang mit jedem Viertel Wein lauter und intensiver wird. Es ist der Bastlertrieb, der die Trennscheibe auch samstags nicht zum Stillstand kommen lässt. Oft ist es zu lang, zu staubig und zu laut.

Es kann aber auch der Kirschbaum sein, der jedes Jahr mehr trägt als der eigene. Der Rollrasen, der ein selten schönes Grün in den Garten zaubert, oder letztendlich der Neid um die völlig digitalisierte Hi-Tech-Gartenanlage, die zur richtigen Zeit die exakt richtige Menge Wasser liefert. Der Roboter, der den Rasen auf exakt 6,5 cm Höhe hält und nicht nur schneidet, sondern auch düngt, und als Draufgabe der Pool, der den Garten im Sommer zu einer Oase werden lässt.

Wie Sie sehen, gibt es mannigfaltig Zündstoff, der Menschen in die Höhe gehen lässt. Große Themen in der Nachbarschaft, wie verschobene Einfriedungsmauern oder Senkgruben, welche nicht mehr komplett dicht sind, werden meist von Gerichten geklärt oder am Feld im Zweikampf erledigt. Allerdings eine Lösungsart, die später auch einmal zu Gericht kommt.

Um jedoch auch ein positives Nachbarschafts-Bild zu zeichnen, möchte ich an dieser Stelle sehr wohl auch den lieben Menschen von nebenan beleuchten. Der, der selber einmal jung war und diesen Umstand nicht verdrängt hat. Der Verständnisvolle, der auch mit der Bastelleidenschaft zurechtkommt, wobei ihm seine Schwerhörigkeit sehr hilft. Der es nicht auslässt, mit einem noch so kleinen bemalten Ei an Ostern zu erinnern, am 6. Dezember einen Nikolaus für die Kinder besorgt hat, und dessen jährlicher Weihnachtsstern selten länger als eine Woche im Vorzimmer überlebt. Der gute Nachbar. Der nie auffällt, wäre da nicht sein Kofferradio. Ein Uralt-Gerät, an welchem er den Lautstärkeregler zum Maximalen zwingt, begleitet ihn mit dem ersten Sonnenstrahl ins Freie. Dort sitzt er dann bis in den Oktober hinein. Ist immer da. Macht nie Urlaub. Er hört einfach immer nur Radio. Leider nie den Sender, den man in seinem eigenen Radio ebenso eingespeichert hätte. Was tun?

All die beleuchteten Beispiele beziehen sich nicht lediglich auf Hausbesitzer. Ganz und gar nicht. In Wohnungen sind die Herausforderungen oft noch viel größer, da man sich näher kaum sein kann.

Ich erinnere mich noch genau an den Geruch des Szegediner Gulaschs vom Hausmeister Milan, der seine fensterlose Küche in der Hausmeisterwohnung stets ins Stiegenhaus entlüftet hat. Es ist unmöglich, NICHT in den Genuss dieser köstlichen Speise zu gelangen, es sei denn, man schäumt seine Eingangstüre mit PU-Schaum zu und verlässt und betritt seine Wohnung nur noch über die Fassade.

Auch der junge Liebhaber in der Wohnung von Frau Prem leistet allabendlich beinahe Übermenschliches. Ihr gefällt es hörbar, und die Federn ihres nostalgischen Himmelbetts singen dazu. Nicht dass man in ihrer Haut stecken möchte, doch ein wenig Neid schwingt sicherlich auch bei dem einen oder anderen mit. Es sind die Heizungsrohre, die den Schall ungedämpft in die Nachbarwohnung befördern, wenn man mit einem Eisenbügel die Wäsche dort zum Trocknen aufhängt. Kleinigkeiten, zugegeben, doch sie sind da. Das junge Pärchen unterhalb grillt sehr gerne auf der Terrasse, was einen Verbleib auf der eigenen Terrasse unmöglich macht, ohne in Besitz einer ABC-Schutzmaske zu sein. Oder der Sportler neben dir, der mindestens vier Stunden am Tag auf seinem Heimtrainer sitzt und fürchterliche Hochtöner erzeugt, die jeden Hund in die Ecke zwingen.

Alle sind sie Nachbarn von irgendjemandem, der auch Nachbar ist. Ein riesiges Thema, so ein Zusammenleben. Alle unter einem Dach. Alle in einer Ortschaft. Alle in einem Bundesland. Alle in einem Land. Alle auf einem Kontinent. Alle auf unserem wunderschönen Planeten. Und dann noch getrennt in Männchen und Weibchen.

Gänzlich andere Wahrnehmungen: Was IHN noch lange nicht stört, zieht IHR den Nerv. Was darauf SIE dazu veranlasst, IHN auf die Reise zu schicken, um das Problem zu lösen.

So steht ER des Nachts vor der Türe von Frau Prem. Er muss anläuten, obwohl es ihn gar nicht gestört hat, dass Frau Prem in ihrer Ekstase den ganzen Bezirk zusammenschreit. Es öffnet ihm ein beinahe gleichaltriger, verschwitzter Mann die Türe und besänftigt ihn mitleidig.

Das ist für einen Mann eine Niederlage, eine Schmach. Als reflektierendes Wesen fühlt man sich in der Sekunde als Querulant. Mit hängenden Schultern und allem, was sonst noch hängen kann, tritt der arme Kerl wieder die Heimreise ins eigene Schlafzimmer an. Ruhig ist es bei ihnen, während man einen Stock höher Gelächter hört und Sektkorken knallen.

Es gibt offensichtlich kein RICHTIG für ein Zusammenleben. Eines, welches für alle passt.

Den Grundsatz, generell so zu leben, dass man niemanden andern behindert, finde ich löblich, doch können Sachen, spontan in der Gemeinschaft erlebt, auch anregend sein.

Der Vorschlag unseres geknickten Querulanten im Bademantel, der eben von seiner nächtlichen Stiegenwanderung zurückkommt, an seine Frau, es doch Frau Prem und ihrem Fruchtzwerg gleichzutun, fand null Anklang. Auch das gemischte Doppel, welches er rhetorisch als Draufgabe vorbereitet hatte, konnte diese Nacht nicht mehr zu etwas Besonderem machen. So lebt man eben nebeneinander und bekommt mehr vom andern mit als einem oft lieb ist. Jedoch auf eines sei geachtet. Es ist oft der Nachbar, der in der Not deine erste Adresse ist. Der es riecht, wenn es unter deinem Türschlitz heraus raucht, oder dir Unterschlupf gewährt, bis der Schlüsseldienst kommt. Der zufällig am Sonntag noch ein Packerl Butter in Reserve im Kühlschrank hat. Der tragen hilft, wenn die Einkaufstaschen schwer sind und das Auto in zweiter Spur steht. Es ist auch der Nachbar, der bemerkt, dass Frau Penzinger im 3. OG seit zwei Tagen die Gardinen nicht mehr geöffnet hat, und sie anruft. Wie gesagt, ganze Bücher könnte man füllen.

Die Kropschs haben Glück mit ihrem Nachbarn.

Es ist Herr Eder. Nicht zwingend verhaltensauffällig. Ein kinderloser Frührentner mit einer Garteneisenbahn Spurweite 184, auf der er, mit einer Fahrdienstleitermütze bekappt, im Garten im Kreis fährt und Kohle schaufelt. Einer von denen, wo man nicht genau weiß, ob man nicht vielleicht in ein paar Jahren einem Zeitungsredakteur sagt: »Er war ein Ruhiger. Sehr unauffällig. Das hätten wir nie gedacht, dass er Kinder im Keller versteckt hält. In der Öffentlichkeit hat man ihn kaum gesehen. Er hat immer freundlich gegrüßt, und zu Weihnachten hat er frohe Weihnachten gewünscht. Sicher hat man sich gedacht, warum er die Jalousien nicht nach oben gibt, doch das ist doch, bitte, das Recht jedes Einzelnen, seine Jalousien nach oben zu geben oder nicht. Wo kommen wir denn da hin, wenn ich die Polizei rufe, wenn mein Nachbar die Jalousien nicht nach oben gibt?«

Die Entscheidung

So stehen die Kropschs mit Urli im Garten und wägen die Optionen ab, während Herr Eder auf seiner BR-24-Dampflokomotive dumm grinsend durch den Garten dampft. Er pfeift bei jedem Bahnschranken, und dererlei hat er genug auf seinem Grundstück, während sich Urli Kropsch in den Fassadenfarben »Schönbrunngelb oder Olivgrün« verliert. Noch immer wissen sie nicht, ob sie sich für die Fertighausfirma entscheiden sollen.

Anna Kropsch hat ein bisschen ein Problem mit dem Baumeister. Vielleicht ist es gar nicht so sehr seine Person als eher sein Auftreten.

Motorisiert mit einem Jaguar E-Type Cabrio, erscheint er nicht nur in genau dem Auto, welches sie gerne hätte, sondern es drängt sich auch der Gedanke bei ihr auf, ob er ihnen wirklich einen guten Preis machen würde, muss man doch auch so ein Auto finanzieren. Die genagelten, handgemachten Lederschuhe schinden bei ihr wenig Eindruck, wie auch der mit Gel nach oben gezwirbelte Oberlippenbart und das stets andersfarbige Stecktuch im Zweireiher. Übergewicht ist ein Hilfsausdruck, stellt er doch sonst eine sehr stattliche Figur dar. Weiters ist er ihr zu forsch. Wenn es nach ihm ginge, könnten wir morgen mit dem Erdaushub beginnen. Eine weitere Facette, welche Anna stutzig werden lässt. Die Auftragslage muss doch eine sehr bescheidene sein, wenn er in der Sekunde mit dem Bau beginnen kann. Die Frage, ob ein Haus einen Keller braucht oder nicht, stellt sich für Herrn Kolaritsch nicht.

Kolaritsch: *»A Haus braucht an Kölla.«*
Anna: *»Und glauben Sie, Herr Baumeister, ist es vernünftig, einen Keller zu bauen?«*
Kolaritsch: *»Ah, hob i do richtig ghead? Des is überhaupt ka Froge.«*
Anna: *»Wie jetzt?«*

Kolaritsch: *»Natürlich an Kölla. Wo wohnen denn sonst die Kinda?«*

Diese überaus originelle Pointe hat der Baumeister mit ca. 180 dB rausgelassen und mit einem schallenden Gelächter begleitet. Prompt in diesem Moment hat Herr Eder seine Dampflokomotive verlassen und ist ins Haus gehuscht. Kann auch ein Zufall sein.

Kolaritsch: *»Na, Spaß ohne. An Kölla bau ma auf jeden Foi. Wenn i scho amoi do bin mit dera ganzn Scholung und den Beton, is der Kölla in drei Tog baut, und es hobts vü mehr Plotz. Fia de Woschmaschin, den Trockner und denare ganzn Sochn.«*
Auch Clemens Kropsch bringt sich ein und ist völlig auf der Linie des Baumeisters.
Clemens: *»... und eventuell eine kleine Werkstätte ...«*
Kolaritsch: *»Na kloa. Won ma des wissn, dann moch ma glei a gscheite Abfahrt, mit ana Hebebühne und ana Gruam.«*

Das war zu viel für Clemens. Eine Hebebühne und eine Montagegrube im eigenen Haus ist das Paradies für jeden Autobastler. Das ist der Himmel in der Erde. Clemens sieht sich bereits jeden Sonntag in seiner Garage. Verfliest im dezenten Grauton. Abriebstufe vier. Säurefest.

In der Ecke neben dem Kaffeeautomaten stehen ein Flipper und ein Kühlschrank. Darüber der Pirelli-Kalender, auf dem die für ihn Unerreichbaren abgebildet sind. Längst hat er den Bau des Kellers im Kopf beschlossen. Dem Gegenargument seiner Frau, auf die Garage zu verzichten, willigt er zur Hälfte ein und einigt sich mit ihr auf eine halb so große. Bitteschön. Auch gut. Der Baumeister hat bereits sein Auftragsbuch gezückt und versucht, in wenigen Worten festzuhalten, was er den Kropschs anbieten wird.

Kolaritsch: *»Und Einfriedungsmauer moch ma a glei?«*
Anna: *»Was ist eine Einfriedungsmauer?«*
Clemens (geniert sich für die Frage seiner Gattin und antwortet): *»Brauchen wir eigentlich nicht. Nein.«*
Anna: *»Was ist eine Einfriedungsmauer?«*
Clemens: *»Schatz, das ist die Mauer rund um unser Grundstück herum.«*
Jetzt wird auch Urli hellhörig.
Urli: *»Bitte?«*
Clemens: *»Alles ist gut, Urli. Ich habe eben nur Anna erklärt, dass mit der Einfriedungsmauer die Mauer um unser Grundstück herum gemeint ist.«*
Urli: *»Um mein Grundstück, mein lieber junger Mann. Das wollen wir nicht vergessen.«*
Anna: *»Die Frage war, ob wir diese Mauer auch gleich neu machen?«*
Kolaritsch: *»Gscheida wars, wenn i die Scholung und den Beton scho amoi do hob, und de Bagger und de Leit. Dann brauch i nur amoi Herfoan verrechnen.«*
Clemens: *»Stimmt natürlich, doch ich denke, die brauchen wir nicht. Wir haben jetzt schon mit dem Keller genug Mehrkosten in Kauf genommen ...«*
Seine Frau unterbricht ihn.
Anna: *»Kann ich mir bitte auch einmal etwas wünschen? Ich möchte die Friedhofsmauer oder wie das heißt gerne haben, bitte. Und zu diesem komischen Nachbarn mit der Eisenbahn bitte doppelt so hoch, sonst trau ich mich nicht, die Kinder alleine im Garten spielen zu lassen.«*
Kolaritsch: *»Gut. Also machen wir an drei Seiten eine Einfriedungsmauer und an der Seite zum Eder eine zwei Meter hohe Stahlbetonwand. Des wird sche. Do kennan S' dann an Efeu pflanzen oder wos ondas.«*

Urli: *»Außerdem, wenn es dadurch billiger wird, wäre es doch blöd, es nicht zu machen. Da hat unser Clemens finanziell noch nicht ganz so den Durchblick. Gell, Bubi?«*
Kolaritsch: *»No, der wird scho einewochsn in sei Bauherrnrolle. Weil mir grad dabei sein tun. Wos is mit den Kanal? War gscheit, wenn wir den a glei mit grobn, wenn ma scho olles do hom, den Bagger und de Leit …«*
Clemens: *»Kanal können wir selber machen, da habe ich einen Freund, der ist Installateur …«*
Kolaritsch: *»Oba a Gutachten brauchen Sie auch von der Gemeinde, des is Ihnan hoffentlich kloa.«*
Clemens: *»Natürlich.«*
Kolaritsch: *»Wird ned leicht werden, wenn des a Installateur von außerhoib is.«*
Clemens (leicht angesäuert): *»Und wenn Sie das machen, dann ist es kein Problem?«*
Kolaritsch: *»Schaun S'. Wenn i sog, i moch des mit, dann moch i des mit. I kenn jo meine Pappenheimer bei der Gemeinde. De san do haglich. Die woin des ganz sauber haben in der Gemeinde. De woin kan Pfusch.«*
Clemens: *»Der Installateur, den ich kenne, der ist kein Pfuscher. Das ist ein konzessionierter Fachbetrieb.«*
Kolaritsch: *»Schaun S', Herr Kropsch. Se kennan mochn, wos woin. I sog Eana nur, dass dann die Einreichung ned leicht wird.«*
Clemens: *»Aber das verstehe ich nicht. Warum soll ein konzessionierter …«*
Anna unterbricht ihn: *»Aber Clemens. Was hast du denn mit deinem Installateur! … Kevin, nein, du gehst nicht zur Dampflock! … wenn der Herr Baumeister das gleich mitmachen kann, dann soll er das doch gleich mitmachen.«*
Urli: *»Außerdem, wenn es dadurch billiger wird, wäre es doch blöd,*

es nicht zu machen. Da hat unser Clemens finanziell noch nicht ganz so den Durchblick. Gell, Bubi?«

Kolaritsch: *»Und wia schauts aus mitn Gas? Soi ma des a glei mit einleiten?«*

Clemens steckt sich eine Zigarette an und macht einen tiefen Zug. Anna kennt ihn so gar nicht und reagiert erschrocken.

Anna: *»Clemens! Seit wann rauchst du wieder?«*

Clemens: *»Seit einem Zug.«*

Kolaritsch: *»Gas ja oder nein?«*

Urli: *»Na sicher, wenn es dadurch billiger wird, wäre es doch blöd, es nicht zu machen. Gell?«*

Kolaritsch: *»Richtig. Außerdem is es gscheit, wenn ma de Bagger und ois glei do ham. Strom und Telefon?«*

Clemens (übertrieben): *»Na kloa! Wär ja deppert. Wenn alles da steht!«*

Anna: *»Du bist komisch! Wer soll denn das sonst machen?«*

Clemens: *»Na eh. Passt eh.«*

Kolaritsch: *»Wia schaut's aus mit an Pool?«*

Clemens: *»Nein!«*

Anna: *»Cool wär's schon!«*

Kolaritsch: *»Na, i frog nur, wäul wenn mir die Schalung und den Bagger …«*

Clemens: *»Na klar. Da wäre es ja deppert, wenn wir nicht auch noch gleich einen Pool einbauen.«*

Kolaritsch: *»Schauen Sie, Sie kennan mochn, wos woin. I sog nur.«*

Kevin: *»Cool!!!!! Wir kriegen einen Pool? Mit Gegenstromanlage, wie bei die Großeltern von der Mira?«*

Kolaritsch: *»Na sichst as. Der Bua hot a Freid. Der Pappa kriagt a Garage, und de Mama und de Kinda hom den Pool.«*

Anna: *»Genau. Siehst du. Du hast deine Garage und wir einen Pool.«*

Kevin: *»Und in den darf der Papa dann nicht rein?«*
Clemens: *»Na, so weit kummt's no! Wieso graben wir nicht auch gleich einen Anschluss an die U1, wenn wir die Bagger und die Schalung und alles schon da haben? Das wäre doch blöd, weil es dadurch auch viel billiger wird. Unser Banker hat uns ja gefragt, ob er die erste Kreditmilliarde gleich ausbezahlen soll, oder ob wir es gerne in kleinen Tranchen hätten.«*
Clemens steckt sich seine zweite und dritte Zigarette gleichzeitig an. Alle ignorieren ihn.
Kolaritsch: *»Gut, dann habe ich, glaube ich, alles fürs Erste. I moch Eana da ammoi a Angebot. Für Freunde, versteht sich. Mia miassn jo ned olles eineschreibn, was ma se jetzt ausgmocht hom. I man de Gstopftn mochn des ned anders. Do wa ma do deppert, womma do alles offiziell – wenn Sie wissen, was ich meine. Gut. Dann sag ich einmal auf Wiedersehen, und mia segn se nächste Woche fias Unterschreiben. I moch Eana de Pläne, de Einreichung, den Kanal. Ah ja, Wasser soit ma neich mochn, wenn ma scho olles do ham, de Bagger und ois. Des moch ma so dazua. A Zuckerl. I brauchat dann nur de Bankgarantie.«*

Der dicke Baumeister setzt sich in sein Auto und fährt weg. Zurück bleiben die Kropschs mit Urli, einem Kevin, der wahnsinnig gerne mit der Dampflokomotive durch Eders Garten fahren würde, und einer Marie-Therese, die eben in die Windeln kackt. Urli ist auf ihre Krücken gelehnt. Unter ihren dicken Fußfaschen dürfte es bei ihr zu kribbeln beginnen. Sie verspürt so etwas wie Aufbruchstimmung.

Clemens sucht sich einen Platz im Schatten. Er ist am Ende. Andererseits ist es doch genial, wenn der alles macht. Immerhin hat er dann ein Haus mit Pool, einer Garage und einem Keller mit Hebebühne und Montagegrube. Zumal sich der Bachler – sein Arbeitskollege –

so etwas auch gebaut hat, und der hat drei Kinder. Lächerlich. Warum soll er so etwas nicht zusammenbringen?

Wie schaut überhaupt das Haus aus? – So wie auf dem kleinen Foto, das der Baumeister in seiner Mappe hatte? Dieser oberirdische Führerbunker. Dieser Würfel mit Flachdach im schlichten Grau mit Aufpreis für die Fensterfaschen. Das war doch durch die Bank hässlich!

Der nächste Termin lässt nicht lange auf sich warten.

Die Fertighausfirma biedert sich an in Form einer sehr drahtigen großen Dame, die einem Fiat 500 Cabrio entsteigt. Frau DI Kranich von der Firma TOP Bau mit dem Slogan »Ihr Haus wird strahlen«.

Sie sieht aus wie eine Göttin. Keine, die man hinter eine Mischmaschine stellt, dafür eine, die dort mit Sicherheit auch noch nie gestanden hat.

Ihr Fachwissen über Fertighäuser beschränkt sich auf die richtige Schreibweise derselben und auf das Mitführen eines Musterkataloges, wie ihn auch der Baumeister hatte. Gehören die zusammen? Ist das jetzt eine Firma oder ist es generell eine Mafia, die mit ein und derselben Ware handelt?

Auf die Frage, ob es ihre Häuser auch optional mit Wandheizung zu erwerben gäbe, hat sie mit »Die Wände sind generell weiß« geantwortet. Wer dieser Dame wie zu ihrem Diplom verholfen hat, entzieht sich meiner Kenntnis, und ich bin auch nicht willens, hier ein Klischee zu groß werden zu lassen.

So saßen die Kropschs mit ihrem zweiten Termin im Nussbaumschatten, tranken Kaffee und aßen Nussstrudel, von Urli selbst gemacht. Ehrensache. Urli ist berühmt für ihren Nussstrudel, der leider im Laufe der Jahre immer mehr an Metall dazugewonnen hat, da ihr mittlerweile regelmäßig eine Haarklammer in den Teig fällt und das schwindende Augenlicht ein Erkennen dieser Ausreißerspange unmöglich macht. Familienmitglieder wussten um die Gefahr Bescheid.

Frau DI Kranich war zwar sicherlich auch ein Familienmitglied, nur nicht von den Neigharts oder Kropschs, und somit eine Unwissende. Gleich einem Lotto-Sechser hatte sie prompt das Bonusstück erhalten, hat sich aber elegant auf die Figur ausgeredet und nach dem ersten Bissen den Verzehr abgebrochen und sich auf den Kaffee beschränkt.

Der Kaffee selbst war ein klassischer Filterkaffee à la Urli. »Der Filterkaffee ist der gsindaste!« Eine Weisheit, die man einer 95-Jährigen nicht mehr so leicht ausreden kann. Der Werbeauftritt des männlichen Sexsymbols George Clooney lässt sie kalt, zumal Clooney keine Ahnung hat, was ein richtiger Kaffee ist. Der Urli-Kaffee ist ein Filterkaffee in einer längst nicht mehr durchsichtigen Glaskanne. Selbige parkt in der stets eingeschalteten Kaffeemaschine auf ihrer Heizplatte. Wie der heilige Gral steht sie auf dem großen Kühlschrank und überragt selbst den größten Besucher. Wann die Kanne zuletzt zur Gänze geleert wurde, weiß niemand, da sie durch stetes Aufgießen immer voll ist. So kann es passieren, einen Schluck zu erhalten, der bereits mehrere Tage in der Kanne verweilt und durch oftmaliges Abkühlen und Aufwärmen eine Stärke erlangt hat, die lediglich mit einem 400-fach gefaltenen Samuraischwert zu vergleichen ist. In der Eisenverarbeitung spricht man hier von Härten. Eine Tasse dieser Brühe beeinträchtigt bereits den Herzschlag. Eine weitere ist schon lebensbedrohend. Auf nüchternen Magen ist dieser Kaffee generell tödlich. Einzig ihre Blutdruckpulver dürften dafür verantwortlich sein, dass Urli noch lebt.

Auch Frau DI Kranich reagiert ungewöhnlich auf den Kaffee. Da ihr jedoch der Knigge nach dem Nichtverzehr des Metallstrudels eine Verweigerung einer zweiten Tasse Kaffee förmlich verbietet, bleibt ihr nichts anderes über. Augen zu und durch. An dem aufkeimenden Schweißausbruch konnten wir erkennen, dass der Druidentrank auch bei ihr seine Wirkung nicht verfehlte. So saßen sie letztendlich alle mit roten Köpfen und weit geöffneten Hemden im Halbschatten des Nussbaumes, atmeten schwer und blätterten durch den Hochglanzkatalog, um die passende Behausung für sich zu finden. Dass es Clemens möglicherweise stört, Frau DI Kranich in dieser Freizügigkeit zu erleben, wäre eine glatte Lüge, wenngleich er selbiges nach deren Abgang behauptete. Ganz im Gegenteil. Er war entzückt und hat diesen Zustand mit sich und sieben großen, eiskalten Bierkrügen ausgiebig gefeiert.

Abends lagen die Kropschs schweigend nebeneinander im Bett. Clemens, von den Bieren gezeichnet, im Halbtot. Für Anna war nach dieser Überdosis Koffein an ein Einschlafen nicht zu denken, als ihr aus heiterem Himmel der nicht mehr vorhandene Blusenkragen platzte.

Anna: *»Und du glaubst, ich merk das nicht?«*
Clemens: *»Was denn?«*
Anna: *»Kannst du mir ein einziges Haus aus dem Katalog beschreiben?«*
Clemens: *»Ich könnte dir alle beschreiben.«*
Anna: *»Ich bin ganz Ohr. Bitte, sprich!«*
Clemens (beginnt im Halbschlaf zu stammeln): *»Da war zum Beispiel das eine mit der rosa Fassade und den beiden Kuppeldächern.«*
Anna: *»Das habe ich zum Beispiel überhaupt nicht gesehen. Ich habe eines mit einem Flachdach gesehen.«*
Clemens: *»Ich finde nicht, dass man das als Flachdach bezeichnen könnte. Eher als Holz … also als Holzhütte vor dem Haus. Ich meine, den Ballast vor der Hütte …«*

Clemens versank in einem süßen Traum, der sehr lange anhielt. Viel länger als normal, da Clemens zum ersten Mal nicht geweckt wurde. Nicht von Anna und nicht von Kevin. Auch die kleine Marie-Therese hörte er nicht.

Als er erwacht, findet er neben sich einen Zettel:

Vielleicht möchte SIE mit dir ein Haus bauen??????
Bin mit den Kindern bei meiner Mutter.

Was ist denn das um Gottes willen? Ist Anna jetzt eifersüchtig auf Frau Kranich? Das gibt es doch nicht! Es war doch gar nichts! Wenn wenigstens etwas gewesen wäre, dann hätte sie doch einen Grund.

Clemens greift zum Telefon:

»TOP Bau Kranich, was kann ich für Sie tun?«

Er legt auf. Shit. Falsche Nummer. Warum hat er die Nummer überhaupt in seinem Handy. Er hat doch die Kranich nie angerufen, und warum sieht es im Schlafzimmer überhaupt so aus? Und warum hat er eigentlich eine Hose und ein Hemd an? Und warum kann er keine einzige Frage beantworten? Es muss der Kaffee gewesen sein.

Urli wollte ihn vergiften. Jetzt, wo er alles so wunderbar mit dem Hausbau organisiert hat. Jetzt, wo er die ganze Finanzierung aufgestellt hat. Er hat Preise verhandelt. War beinhart. Hat nicht locker gelassen. Hat diesen Palast zu einem Spott erworben. Eine Bauleitung hingelegt, als wäre es sein erlernter Beruf, und genau jetzt, wo alles vorbei ist, will ihn diese alte Hexe aus dem Weg räumen. Und was dem Fass den Boden ausschlägt, Anna steckt mit der Alten unter einer Decke. Das ist doch die Höhe! Das ist Verrat! Dafür kann man Menschen ein Leben lang hinter Gitter bringen. Geschickt haben sie das eingefädelt.

Vermutlich steckt die Kranich da auch mit drin. Kommt mit einem Push-up zur Besprechung und rückt ihre Weiblichkeit dermaßen in den Vordergrund, dass selbst das blinde Männerauge wieder zu sehen beginnt. Dadurch wird er völlig aus der Fassung gebracht und bemerkt nicht, wie ihn Urli mit ihrer Pestbrühe innerlich aushöhlt. Es ist nicht der Eiszapfen, den sich Sharon Stone in Basic Instinct hergerichtet hat. Nein. Es ist der Trank aus der Hölle. Hergestellt in Ursprungneusiedl von einer 95-jährigen weiblichen Druidin.

Doch! Und damit haben sie nicht gerechnet. Er hat es überlebt. Sein Sportlerherz kann man nicht so leicht in die Knie zwingen. Er wird ihnen die Suppe schön versalzen. Mit der langen Feuerwehrleiter wird er sich von außen auf den Zwiebelturm des Südtraktes heben lassen und am Fahnenmast die Scheidungsfahne hissen, wobei wir beim 6. Punkt angelangt sind:

6. Was kostet eine Scheidung?

Ich weiß es nicht! Dieser Punkt findet lediglich Eingang in das Buch, weil er leider allzu oft von Bedeutung ist, wenn Menschen an den Bau des Eigenheims denken. »Weil Leben is Baustelle« ist nicht nur der Untertitel des Buches, sondern auch die Überschrift so mancher Lebenswege. Von meinem Weg ist sie es allemal. Wir haben alle unsere kleineren und größeren Baustellen. Teilweise kann man sie sehr gut kaschieren. Am besten dann, wenn es lediglich um einen selber geht.

So man das Sprechen vor einer großen Menschenmenge nicht gewöhnt ist, lässt man es eben aus. Wenn man Höhenangst hat, bleibt man eben auf sicherem Terrain. Wer Flugangst hat, sollte nicht fliegen. Wer es hasst, Pilze zu sammeln, sollte es nicht tun. Endlos könnte man diese Liste fortsetzen. Wenn man aber all diese Unannehmlichkeiten auslässt, ist man gezwungen, alleine zu bleiben oder ein Ego mit eigenem Meldezettel mit sich zu führen.

Man findet also einen Partner. Man verliebt sich. Liebe macht blind, wie wir wissen, und lässt uns Zusagen treffen, welche wir im nüchternen Zustand niemals getroffen hätten. Der Partner liebt es, in die Berge zu gehen. Man geht mit. Bis zu dem gefährlichen Überhang, den lässt man aus. Der Partner liebt es, Pilze zu sammeln. Schon um 5.00 Uhr morgens wird der Wecker gestellt, um der Erste bei den schönsten Schwammerlplätzen zu sein. Man lässt den Termin aus und wartet zu Hause. Gemeinsam bereitet man die Fundstücke zu, und auch der gemeinsame Verzehr ist ein beziehungstechnisch schönes, bleibendes Erlebnis.

So weit so gut. Was aber um alles in der Welt hat das mit dem Hausbau zu tun? Das darf ich Ihnen jetzt verraten. Beim gemeinsamen Hausbau kann man sich vor dem Abgrund nicht drücken und den Marsch in den Wald nicht schwänzen, um diese beiden Beispiele noch einmal zu bedienen. Da musst du gemeinsam durch, und zwar in derselben Geschwindigkeit. Jetzt ist es für einen Mann schon der Himmel auf Erden, einen Freund zu finden, der beispielsweise in derselben Geschwindigkeit wie er Fahrrad fährt, und man somit eine gemeinsame Tour planen kann. Der in derselben Geschwindigkeit Bier trinkt oder das Zelt aufbaut.

Es kann sich doch niemand vorstellen, bei einem Herren-Campingurlaub mit einem Mann in einem Zelt zu nächtigen, der nach dem Auspacken beginnt, die Beschreibung zu lesen, und vier Stunden braucht, um sieben Heringe in den Boden zu versenken. Das ist nicht nur peinlich, sondern das ist ein absolut legitimer Grund, von den Freunden nie mehr auf eine solche Wochenendveranstaltung mitgenommen zu werden. Ich spreche noch immer davon, dass zwei Gleichgeschlechtliche etwas unternehmen.

Nun drehen wir die Schraube enger. Der Mann unternimmt etwas gemeinsam mit seiner Frau. In derselben Geschwindigkeit – dieselben Aktivitäten. Begleitet vom selben Humorniveau, in dem Wissen, dass es schon Humor ist, den anderen bei der Ausübung seiner Tätigkeit zu behindern. Merken Sie die Spannung? Gut.

Jetzt sitzen Sie aber nicht bei einem Yogaseminar neben einem Menschen, der übertrieben schwitzt und dessen Ausatmung einem

Vermoderungsprozess gleicht, in dem Bewusstsein, dass um 15.00 Uhr alles vorbei ist. Nein, sie sitzen neben einem Menschen, dessen Liebesbekundung sie einst blind gemacht hat, mit dem sie jeden Tag aufs Neue versuchen, einen Alltag zu gestalten, der nicht dem ihrer Eltern gleicht, mit dem sie nach bestem Wissen und Gewissen die Kinder behüten und dabei versuchen, Ihren eigenen Weg, Ihre Sehnsüchte und Träume nicht ganz über Bord zu werfen. Diesen Menschen haben Sie geehelicht. Ihnen gegenüber sitzen zwei kleine hungrige Mäuler, die auch während der Nahrungsaufnahme nicht schweigen. Und vor Ihnen liegt der Plan, der ihr Leben verändern wird.

Der Plan vom Eigenheim. Und über dem Ganzen schwebt der Euro. Somit kann man inhaltlich zusammenfassen: Bauen ist kein Ponyhof.

Eines darf ich Ihnen versichern. Wenn Sie davon sprechen, ein Haus zu errichten, dann geht es nicht mehr darum, ob eine Dose Silikon € 3,60 oder € 4,20 oder gar € 7 kostet, da geht es an die Tausender. Der Rest ist Kleinvieh. Summen werden genannt, mit denen man noch ein Jahr zuvor ein neues Leben begonnen hätte. Vergleiche werden angestellt, wie es der Nachbar denn schafft, der sich sowohl das Haus, die Garage, das Apartment im Süden als auch den Privatkindergarten leistet und trotzdem noch zwei Wochen im Jahr am Arlberg seine Spuren im Schnee zieht.

Neid ist ein sehr großes Wort, doch es findet hier zum Teil seine Berechtigung. Im Mann steigt an dieser Stelle der Testosteronspiegel. Er will es beweisen. Die Frau versucht, den Laden zusammenzuhalten und in Krisenzeiten zu beruhigen, wo es geht, da es den noch nicht erwähnten größten Punkt gibt, der Unbehagen erzeugt, und zwar ANGST durch Unwissenheit.

Die Leichtgläubigkeit, dass ein Handwerker sein Gewerk auf jeden Fall zeitgerecht fertigstellen würde, auch wenn man ihm jetzt schon die komplette Auftragssumme überweist, ist nur ein Beispiel.

So stehen Herr und Frau Häuslbauer vor einer großen Herausforderung. Denn in diesem Fall ist es nicht der verpatzte Urlaub, bei dem man sich leider für das falsche Hotel entschieden hat. Tut mir leid. In diesem Fall ist es mehr. Es ist ein Projekt, welches mindestens zwei Jahre dauert – auch wenn ein Haus NIE fertig ist –, und es ist ein Projekt, in dem meist das ganze Vermögen steckt, inkl. das, welches man noch nicht verdient hat. Somit ist es oft ein Projekt auf 30 oder mehr Jahre.

Warum schreibe ich das?

Weil ich es so oft mitbekommen habe, und ich aber auf der anderen Seite weiß, wie schön das Errichten des Eigenheims mit den richtigen Leuten ist. Und genau das will ich Ihnen vergönnen.

Sie finden die richtige Mannschaft und bauen mit ihnen gemeinsam Ihre Wohnhöhle, in welcher die Kinder groß werden, in der Bereiche geschaffen werden, wo sich alle treffen, wo aber auch Rückzugsorte für jeden Einzelnen Platz finden. Räume, in denen Sie sich mit Ihrer eigenen Baustelle beschäftigen können. Mit der Größe hat das oft nichts zu tun, aber mit der Planung und der Energie, die drinnen stecken.

So gehen wir mutig voran mit dem Ziel:

- Pflanze einen Baum,
- zeuge ein Kind,
- baue ein Haus UND
- HAB FREUDE DABEI !!!!!!!

Das Hausbauen ist wie das Leben selber ein ständiges Suchen und Finden. Ein Abwiegen von verschiedenen Lösungen. Ein Nichtwissen, ob die Alternative, die sich geboten hätte, nicht die Bessere gewesen wäre. Ein Fällen von Entscheidungen, und nichts gibt es umsonst. So gehen wir weiter frisch ans Werk und denken nicht daran, in Krisenzeiten unseren Partner zu verlassen. Eine Baustelle ist keine Krise, sondern eine Herausforderung zur rechten Zeit.

So findet sich auch Clemens wieder, als er im Begriff ist, die Feuerwehr von Ursprungneusiedl zu kontaktieren, um ihn auf den Südturm hochzuheben, und erkennen muss, dass es eigentlich noch gar keinen Südturm gibt.

Es gibt auch keine unterschriebenen Verträge und keine von ihm genial geleitete Preisverhandlung.

Alles nur geträumt? Nein. Der Brief neben ihm ist echt, und in der Wohnung ist es still. Ein unerträglicher Zustand, wenn die oft so gewünschte Ruhe dann tatsächlich eintritt. Wo ist das Handy? Er ruft Anna an, sie hebt nicht ab.

Warum hebt Anna nicht ab? Er muss doch wissen, was passiert ist. Vermutlich hat er schon wieder im Schlaf gesprochen. Das ist ihm schon einmal zum Verhängnis geworden.

Zusperr

Das alles passierte zu einem Zeitpunkt, als ich das Bauen im Kleingarten bereits aufgegeben hatte. Es war nicht meine Entscheidung, das zu tun. Andere haben es entschieden. In dem Fall war es der Masseverwalter Dr. Albert Zusperr.

Gerade erst hatten wir eine interne Feierlichkeit mit der Firma, in der unser Chef uns so wunderbare Zahlen präsentierte, da macht mir besagter Dr. Zusperr am nächsten Tag von innen die Bürotüre auf.

Zusperr: »Sie müssen der Herr Ing. Seidl sein. Guten Morgen! *(Streckt mir die Hand entgegen)* Mein Name ist Zusperr. Dr. Albert Zusperr. Ich bin Masseverwalter.«

Ich hatte weder die Ahnung, was in Eltern vorgeht, die ihren Sohn Albert taufen, noch wusste ich, was ein Masseverwalter ist. Hinter Dr. Zusperr saß der Rest der Belegschaft. Der Chef selbst saß in seinem

Büro, umgeben von Akten, Plänen und Ordnern. Eine Grabesruhe lag in der Luft.

Die Frage »Ob er auch Kaffee kochen kann?« fand Dr. Zusperr weniger witzig. Er wollte die von mir geleiteten Projekte begutachten, ob sie bei einer Weiterführung noch Gewinn abwerfen würden oder nicht. Wenn ja, dann werde fertig gebaut, wenn nein, dann werde dieses Projekt eben beendet.

Plötzlich verstand ich, worum es ging, und es trieb mir den Schweiß auf die Stirne. Der meint es ernst. Der will unsere Firma zusperren. Das geht aber nicht, ich bin doch gerade mitten im Tun!

Ich hatte fünf Kunden da draußen, die alle vor Weihnachten noch einziehen wollten. Ob das jetzt alles gewinnbringend war, entzog sich meiner Kenntnis. Offensichtlich hat einer generell zu viel vom möglichen errechneten Gewinn bereits abgezogen. Der, den ich meine, zu dem sagen wir Chef, und der wagt es gerade nicht, aus seinem Büro zu kommen. Was heißt zusperren?

So macht man keine Geschäfte. Ein Kunde, der sich freut, ist auch ein Gewinn. Rechnerisch nicht, aber emotional. Am liebsten hätte ich mich umgedreht und wäre sofort zu all meinen Kunden gefahren, was aber nicht ging, da ich mit dem Herrn neben mir im Maßanzug all meine Projekte durchleuchtete, um den erforderlichen Deckungsbeitrag zu eruieren. Dann gab es ein Ja oder Nein. Daumen nach unten oder nach oben. Heute sagen wir »like«. Das hat damals noch keiner gesagt. Eher hat mich das Symbol an Gladiatorenkämpfe erinnert, wo der Kaiser entschieden hat, dem Unterlegenen Gnade zu gewähren oder ihn ins sicher gemütlichere Jenseits zu befördern.

So sah ich das Bild vor mir, in dem ich, mit dem Schwert in der Hand, blutverschmiert über Frau Gastlinger stehe. Die nette alte Dame, die nach dem Missgeschick mit dem Baggerfahrer so lieb war, den Grund mit ihrer Nachbarin zu tauschen. Die mit Kaffee und Kuchen stets auf mich gewartet hat und freudestrahlend meinem Bauablaufbericht gelauscht hat. Über ihr stand ich nun und wartete auf den Daumen von Dr. Zusperr. Der weder sie noch mich, noch das, was sie und mich verband, kannte. Der Frau Gastlinger noch nie gesehen hatte. Der nicht wusste, wie sie sich darauf freute, in das neue Haus einzuziehen. Der letztendlich keine Ahnung davon hatte, was wir alle in dieser Firma taten. Er war es, der den Daumen nach oben streckte oder nicht. Der Schlächter. Der nur Zahlen vor Augen und im Kopf hatte. Es wurde ruhig im Raum, und alle warteten auf das Ergebnis, welches sein TI30 in Kürze ausspucken sollte.

»Bauvorhaben Gastlinger. NEIN. Abbrechen. Kein Gewinn in Aussicht«, sagte er, mit einem Ruhepuls wie ein Igel im Winter.
»Das geht nicht!!!!«, rutschte es mir unzensiert heraus.
Zusperr: *»Warum?«*
Ich: *»Weil … weil … weil sich diese alte Dame so darauf freut, in ihr Haus einzuziehen. Weil sie die Tage bis zur Fertigstellung schon zählt. Weil sie die Küche schon ausgemessen hat, und weil es ihr Lebenswerk ist.«*
Zusperr: *»Davon können wir aber leider nicht leben, Herr Seidl. Das werden Sie auch noch lernen.«*

Doch, genau davon leben wir, du blöder Hund, hätte ich am liebsten gesagt. Bei diesem Projekt haben weder die Handwerker gepfuscht noch wurde es zu billig verkauft, noch hat der Kunde nicht gezahlt. Das Einzige, was bei diesem Projekt passiert ist, dass der Chef für seinen eigenen Wohlstand zu viel Geld aus der Kasse genommen hat. Nur leider kann man dem nichts wegnehmen, es gehört ihm leider selbst gar nichts. Es gehört alles seiner Frau. Sorry für alle Beteiligten. Gut für ihn.

Wenn es kein Konkurs wird, dann wird es ein Ausgleich. Vielleicht mit 40 %. Hurra. Das verringert alle seine Zahlungen. Die Gläubiger schauen durch die Finger, und er kann weitermachen. Das ist fair? Das ist die Arbeit von Herrn Dr. Zusperr im feinen Zwirn? Das ist gerecht? Nein. Aber es ist rechnerisch richtig.

Normalerweise müsste man den Baumeister aus seinem Büro treiben, bewaffnet mit Kübel und Kelle, mit Hilti und Stemmeisen, und all dem, was man sonst noch braucht, und ihn all die Projekte, die er begonnen hat, selber fertigstellen lassen. Im Schweiße seines Angesichts.

Was meine nächsten Monate in der Firma betrafen, so wurde ich gebeten, die noch fertigzustellenden Tätigkeiten zu organisieren und danach in die Arbeitslosigkeit zu wechseln.

Was meine nächste Lebensstunde betraf, so fuhr ich zum alten Barabek und trank mein erstes Bier vor 11.00 Uhr. Eine herrliche Idee. Für den alten Barabek war es nicht das erste vor 11.00 Uhr, und er ließ mich nicht alleine. Danach machte ich mich auf den Weg zu Frau Dr. Gastlinger.

Wie immer standen Kaffee und Kuchen bereit, doch die Stimmung war fürchterlich. Frau Gastlinger hat geweint, und mir ging es ähnlich. Das hat der Zusperr nicht gesehen. Ich versicherte Frau Gastinger, alles in meiner Macht Stehende zu tun, damit sie wie geplant in ihr Haus einziehen kann. Was sollte mich hindern, ohne Baumeister fortzufahren? Ich war kein Baumeister, das war mir klar, doch vergab ich letztlich auch nur Aufträge an Firmen, die berechtigt waren, Rechnungen zu stellen. Wenn nicht an meinen Baumeister, dann eben an Frau Gastlinger.

So verbrachte ich meine Zeit bis zum AMS mit dieser wunderbaren alten Dame. Sie zog ein, und ich war ein bisschen stolz auf mich. Bei ihr hatte ich einen Platz neben dem Gekreuzigten selbst im Herrgottswinkel ihrer Bauernstube. Wahrscheinlich war dieses Erlebnis eines der wichtigsten in meinem Bauleben und das Fundament der Erkenntnis:

Beim Bauen geht es um MEHR!

Polen

Mich führte mein weiterer Weg nach Polen. Eine große Firma suchte einen Techniker, und ein Freund von mir arbeitete bereits dort. Nichts sprach dagegen, außer vielleicht das noch ausständige Vorstellungsgespräch bei Herrn Dipl.-Ing. Bernhard Schwarz:

Seine reservierte Sekretärin ersucht mich, auf der Ledercouch Platz zu nehmen. Herr Dipl.-Ing. würde mich in Kürze empfangen. Ich kämpfe mit aller Kraft dagegen, nicht einzuschlafen, da ich mein Bett zwischen gestern und heute kaum zwei Stunden belegen habe. Weiters fehlen mir der genaue Plan, wie ich überhaupt in mein Bett gelangt bin, und warum es, um bei der Wahrheit zu bleiben, eigentlich gar nicht mein Bett war.

Herwig

Wir hatten einen Dudelsackauftritt mit meinem Schauspiellehrer Herwig Seeböck und fanden danach den Weg nach Hause nicht mehr. Zu sehr beglückt waren wir von unserer Darbietung. Zu viele Leute haben uns auf diverse Getränke eingeladen, und zu viele Wirte waren am Weg. So zogen wir im Kilt, den verzierten Rehmagen geschultert, noch von Gaststätte zu Gaststätte. Wir spielten da und dort noch die eine oder andere Nummer, um uns nicht zuletzt den Zahlvorgang zu ersparen, und irgendwie wurde es Morgen. Kurz, glaube ich, gab es die Überlegung, den Nachhauseweg anzutreten, da ich mich doch am nächsten Tag bei der großen Firma vorstellen müsste, doch zu dem Zeitpunkt war es schon der nächste Tag. Literweise Bier ließen kaum noch Verschaltungen im Hirn zu, die mehr zustande bringen konnten, als ein neues Bier zu bestellen, oder die Frau, welche mir gegenüber saß, zu erobern. Ich meine nicht DIE EINE. Ich meine SIE ALLE.

Eine ist es geworden. Dann sind die Lichter ausgegangen.

So halte ich mich mit aller Kraft auf dem Ledersofa und nehme abwechselnd ein Aspro für meine Kopfschmerzen und ein Pfefferminzzuckerl für meine Atemluft. Die Tür geht auf, und ein ca. gleichaltriger junger Mann verlässt höflich das Chefbüro. Ich höre meinen Namen.

»Herr Ing. Seidl!«

Seidl. Das ist keine Bestellung, das bin ich, und doch werde ich eben hineinbestellt. Hinter einem riesigen Mahagonischreibtisch steht ein noch riesigerer Lederbürostuhl, und in dem sitzt ein noch riesigerer Mann mit schütterem Haupthaar und einem verschmitzten Lächeln. Es ist DI Bernhard Schwarz. Herr Schwarz bittet mich, auf dem noch verschwitzten Stuhl meines Mitbewerbers Platz zu nehmen, und ersucht mich dann, ihm meine Zeugnisse zu zeigen. Eine Frage, mit der ich hätte rechnen können, jedoch nicht gerechnet habe. Dementsprechend konnte ich auch nichts vorweisen.

Ich entschuldigte mich, nichts mitgenommen zu haben. Rechtfertigte es damit, dass jene von ihm gewünschten Zeugnisse bei Weitem keine Exemplare sind, die man gerne zeigt. Ich hätte meine HTL-Ausbildung mit einer Matura beendet, soviel müsse er mir glauben. Dass sie statt der vorgesehenen fünf bei mir sieben Jahre gedauert hätte, sollte zum gegebenen Zeitpunkt doch eigentlich nichts zur Sache tun. Weiters würden meine sämtlichen Zeugnisse zwischen meinem Schuleintritt und dem Abschluss eher an Hinrichtungsbescheide erinnern, zumal ich gar nicht wisse, ob ich noch in deren Besitz sei. Ich kann mich dunkel erinnern, dass ich damals mit zwei meiner Schulkollegen nach der erfolgreich absolvierten dritten Klasse alle Zeugnisse in einem Freudenritual verbrannt habe.

Die Reaktion von DI Schwarz hätte man sich schlimmer vorstellen können, als sie ausfiel. Er ignorierte das Fehlen meiner Schulnachweise schlichtweg. Vielleicht war es auch meine fürchterliche Bierfahne, die ihn in eine Wolke der Gemütlichkeit eingepackt hatte. Die einen Hauch von Schweizerhaus in sein nobles, aber letztlich tristes

Büro getragen hat, und das schon um 10.00 Uhr morgens. Normalerweise trifft sich die Baubranche erst so gegen 17.00 Uhr im Prater zur Besprechung.

An dieser Stelle wieder ein Tipp für alle Häuslbauer:

Wenn Sie einen Baumeister suchen, dann gehen Sie nicht ins Internet, sondern abends auf Stelze und Bier ins Schweizerhaus. Da sitzen sie, und da kann man auch am gemütlichsten Preise verhandeln.

Herr DI Schwarz schmunzelt mich an und möchte wissen, wo und was ich bisher gearbeitet hätte. Ich erzähle ihm die Geschichten aus dem Kleingarten. Ich erzähle ihm, wie ich mir vorstelle, dass man baut. Vom Masseverwalter Zusperr und von Frau Gastlinger. Von Herwig Seeböck und meinem sehnlichsten Wunsch, Kabarettist zu werden.

Irgendetwas in ihm hat sich in mir gespiegelt. War es der Rausch einer bei ihm längst vergangenen Sturm-und-Drang-Zeit? War es meine Blauäugigkeit oder schlichtweg die Frechheit meines Auftrittes, die sein Büro entstaubte?

Schwarz erhob sich aus seinem knirschenden Lederstuhl, reichte mir die Hand und sagte: »Herr Seidl, Sie sind unser Mann für Polen. Ihr Flieger geht am Montag um 6.15 Uhr. Ihr Vorgesetzter in Polen wird auch mit dieser Maschine fliegen und Sie in Warschau am Flughafen in Empfang nehmen. Meine Sekretärin gibt Ihnen seine Telefonnummer und alle erforderlichen Unterlagen. Alles Gute!«

»… Dankeschön!«

Ich erhob mich und verließ pfeifend das Büro.

Ich habe weder gefragt, wohin es genau geht, wie mein Vertrag aussieht noch was ich verdienen werde. Eine Sache, die ich bis heute nicht wirklich gelernt habe. Ich bin der Meinung, dass das Geld von alleine kommt, wenn man das Richtige macht.

An den Abflug kann ich mich noch genau erinnern, saßen doch alle schon im Businessflieger und warteten zähneknirschend auf einen

Passagier, der sein Gepäck schon abgegeben hatte, aber nicht am Gate erschienen war. Sie warteten auf mich! Zwei liebe Schauspielkollegen hatten sich die Mühe gemacht, mich am Flughafen zu überraschen, und so verplauderten wir uns und übersahen völlig die Zeit.

Ein Shuttle-Service des Flughafens bringt mich zum Flieger. Ich steige die Treppe empor und durchschreite, gefolgt von vernichtenden Blicken, den Mittelgang. Keiner der Geschäftsleute wollte im Anzug mit dem Gepäck für die nächsten zwei Wochen hier sitzen, und schon gar nicht um diese Zeit. Alle schauten sie mich an. Und einer davon war mein Chef. Welcher. Saß ich neben ihm? Hoffentlich nicht! Auch ich vertiefte mich in eine Gratiszeitung, und wir landeten schließlich alle gleichzeitig in Warschau. Dort zückte ich in der Warteschlange bei der Gepäcksausgabe mein Handy und wählte die Nummer, die mir die Sekretärin gab. Ein Herr in der Schlange daneben hob ab.

»Seidl! Guten Morgen. Ich soll Sie anrufen.«

Gemeinsam fuhren wir direkt auf die Baustelle. Riesengroß!!!! Wahnsinn!!! Ein Bürohochhaus und sieben Kinosäle. Was mach ich da?

Ich komme direkt vom Kleingarten, da war mein größtes Projekt so groß wie die Polierhütte von diesem Monstrum. Es war genial. Ich möchte meine Zeit in Polen nicht missen. Es war warm, es war schön, und die Polen haben die schönsten Parks mit den gemütlichsten Kneipen und den schönsten Frauen.

In lieber Erinnerung blieb mir ein polnischer Bauleiterkollege namens Czistof Rutschesky. Czistof hat nicht viel gesprochen, doch alleine sein Äußeres konnte eine gewisse Witzigkeit nicht verbergen. Heute bin ich mir sicher, Czistof lebt in einer anderen Welt. Stets bekleidet mit einem T-Shirt, einem Hemd, einem Pullunder und einem Sakko mit Cordmuster, ganz gleich, ob es warm oder kalt war, streifte er wie ferngesteuert über das Gelände. In der linken Hand stets ein Klappboard mit Plänen. Übersät von kleinstbeschriebenen Zettelchen, welche er mit schon teils rostigen Büroklammern an noch kleinere montierte, und einer Post-it-Sammlung in allen Farben. In der rechten Hand hielt er das Allerheiligste. Sein Handy. So groß wie eine Autobatterie und auch so schwer. Es verging kaum eine Minute, in der er es nicht betrachtete. Stets leicht nach vorne gelehnt, zwang er seine Beine, der angesteuerten Richtung zu folgen. So schritt er mit einer Mischung aus gezieltem Vorwärtskommen und Stolpern, offensichtlich GPS gesteuert, durch den Tag. Sein Oberlippenbart, der an seinem Ende das Kinn berührte, gab seinem Gesicht ein gewisses seehündisches Erscheinungsbild, und seine Columbo-Frisur tat das Ihre dazu.

Czistof hatte eine große Aufgabe. Er war für die Trockenlegung der vier Garagengeschoße unter Terrain zuständig. Zwar handelte es sich um einen Neubau, doch waren es unzählige von kleinen Haarrissen, welche immer wieder Wasser in das Rauminnere ließen, und selbige musste man verpressen.

Das Verpressen von Stahlbetonwänden ist eine sauteure Art der Trockenlegung, doch in diesem Fall die einzige. Ein extremst hochwertiges Dichtmittel wird von riesigen Kompressoren mit ca. 300 bar Druck in das Mauerwerk eingebracht. Im Vorfeld muss man genau bestimmen, an welchen Stellen das zu erfolgen hat, da die Lösung, wie gesagt, sehr kostenintensiv ist und eine ineffiziente Verwendung keinen Gefallen findet.

Czistof verbrachte Wochen im Keller. Mit Kreide wurden Risse an den Wänden markiert und Löcher für die Verpressung bestimmt. Die Aktion wurde gestartet, und mit fortlaufender Tätigkeit gab es Bereiche, in denen alles sang- und klanglos funktionierte, und dann gab es einen Bereich, an dem die Einbringung dieses Dichtgoldes scheinbar mühelos erfolgte.

Das klingt positiv, ist es aber nicht. Dieses Material verwendet man für kleine Risse und nicht, um Hohlräume auszufüllen, zumal keiner wusste, wo denn hier ein Hohlraum sein sollte. So ließ Czistof mit einem enormen Materialaufwand verpressen und verpressen, bis eines Tages die Kanalisation stockte. Man bemerkte es, da bei den bereits angeschlossenen Toiletten der Abfluss nicht mehr funktionierte. Was war passiert?

Hat doch unser lieber Czistof die Kanalisation angebohrt und kurzfristig den ganzen Block, in dem wir das Haus errichteten, von der geregelten Abwasserentsorgung vom Rest Warschaus abgetrennt! Trotz seines Bartwuchses konnte ich erkennen, dass er grinste, als wir das Problem entdeckt hatten.

»Kurva – hahahahaha, kann passieren – nix passiert, nur Geld, keine Leben.«

An diesen Satz kann ich mich noch erinnern. Der gute Czistof. Stets tiefenentspannt. Jeder Yogalehrer erscheint wie ein Nerverl neben ihm. Danke, Czistof!

Nach sechs Monaten war Polen für mich erobert, und ich flog zurück nach Wien. Da meine Arbeit offensichtlich gepasst hatte, wurde ich zum Abschnittsbauleiter erhoben und kam ebenfalls auf eine Großbaustelle, aber das ist eine andere Geschichte.

Wieder habe ich mich im Text verloren.

Zurück zu den Kropschs

Was treibt eigentlich Clemens in seiner Angst? Er geht frühstücken.

Nach den Unmengen von Urlis schwarzer Todesbrühe und dem Bieraufguss danach brauchte der Körper etwas Ordentliches. Etwas, was ihn wieder einrenken und ihm zu seiner alten Kraft verhelfen würde. Bier und Gulasch. Wer es überlebt, ist wieder fit.

In seinem Stammlokal findet er nicht nur die Ingredienzen seines Kraftfrühstücks, sondern auch alte Weggefährten, die es mittlerweile täglich in diese Spelunke verschlägt. Einer von ihnen ist Bernhard Fürst.

Fürst: *»No, wen homma denn do?«*
Clemens: *»Ah! … Servas. Der Dings … Servas.«*
Fürst: *»Bernhard. Fürscht.* (Undeutlich genuschelt) *Waßt no? Der Fürschti. Mia san mitanada in de Hauptschui gongan.«*
Clemens: *»Genau!!! Jetzt erkenne ich dich. Ich war nur irritiert wegen der Dings, der Zähne. Also ich meine … ohne Zähne schaut ein Mensch ganz anders aus.«*
Fürst: *»Meine Beißerl san in Ungarn. De kriag i am Mittwoch. De schickn des mit der Post. A ned deppert. Do foast amoi owe. Der foad da mit so an Gips in de Pappn, schleift da dann de Zänt, und drei Wochn späda host as. Dazwischen is hoid hoat. Oda bessa, jo nix Hoats. Oba waßt eh* (lacht), *a Bier san zwa Semmen. Miass ma hoid noss fiadan.«*
Clemens: *»Wie praktisch.«*
Ein Herr im feinen Zwirn, der an seinem Espresso nippt, bringt sich ein.
Herr: *»Entschuldigen Sie, dass ich mich einmenge, aber es ist halt der Tod der heimischen Wirtschaft, wenn die Leute ihr Geld nach Ungarn tragen, um wieder Zähne zu haben.«*
Schweigen im Raum, da es außer Clemens und dem Herrn mit Sicherheit niemanden gibt, der seine Zähne nicht in Ungarn gemacht hätte.
Fürst: *»Wos manan Se?«*
Herr: *»Dass es die heimische Wirtschaft schädigt, wenn man sein Geld im Ausland ausgibt.«*
Fürst (versucht, schön zu sprechen): *»Guter Herr, ich sage Ihnen einmal etwas. Wenn i des zoi, wos de Zänt bei unsan Pappnschlosser kostn, hob i zwoa Zänt, oba ka Göd mehr zum Essn. Dafür, dass der Herr Dokta si dann goidane Löffen kauft. Mit mein Göd kauft sie der kane goidanen Löffen.«*
Herr: *»Ich verstehe Sie ja.«*

Fürst: *»Des genau glaub i nämlich ned.«*
Clemens versucht zu beruhigen, da er Kopfschmerzen hat und genau zwischen den Gesprächspartnern an der Bar sitzt.
Clemens: *»Ist ja schon gut. Es kann doch jeder dort einkaufen, wo er möchte. Der Markt ist offen.* (Zum Wirten) *Ein Gulasch und ein kleines Bier, bitte!«*
Fürst: *»No, hamma gfeiert gestern.«*
Clemens: *»Es geht so … wir hatten eine Besprechung mit der Fertighausfirma.«*
Fürst: *»Do hätt i a gsoffn. Uiiuiiiuiii. Jo ned baun. Moch des jo ned. Des is des Ende vom Lebn.«*
Clemens: *»Warum?«*
Clemens: *»Wäust woascheinlich ned mit der Oidn eiziagn wiast und säuba ka Göd mehr host, dass da a eigane Bude leisten konnst.«*
Clemens: *»Das sind doch alles Vorurteile. Das ist doch ein Klischee.«*
Fürst: *»Des is mei Leben, Oida. Des is ka Schmäh.«*
Clemens: *»Klischee!«*
Fürst: *»Wie a immer. Des is oasch. Do sitzt auf da Stroßn, wenns Nocht wird.«*
Clemens: *»Aber es gibt auch tausend Beispiele, wo es gut gegangen ist.«*
Fürst: *»De kenn i ned. De miassn auf an andern Planetn baut hom. In der blauen Lagune vielleicht.* (Lacht lauthals über seinen eigenen Witz.) *Fiffi, bring ma no ans. In da blauen Lagune kannst dann eiziagn. Des is e grod modern, dass de Leit beim Ikea schlofn. Do kannst du in der blauen Lagune schlofn. Kannst glei reden mit dem Herrn do.* (Zu ihm) *Sie, Herr Kämpfer der Dentisten, sie san doch so a Häuslverdrara, oda ned? I siech si do jeden Tog do mit irgendwäuchane Pläne üba Heisa redn.«*
Der Herr dementiert die Behauptung nicht, bekommt jedoch gerade einen Anruf und muss für kurze Zeit das Beisl verlassen.

Fürst (wieder zu Clemens): *»Do, red mit eam. Der soi da so a Bude verdrahn. Oda red mit eam.* (Ein weiterer Gast, welcher schon länger kein Sonnenlicht mehr erblickt hat) *Mit eam konnst a redn. Wocht auf und find an Zedl am Kopfpoista. Zitat: ›Bin mit den Kindern zu meiner Mutter gefahren!‹ Des san Gschichtn.«*

Clemens verzichtet auf das Essen und verlässt das Beisl. Zu viel Realität für einen Morgen. Am Trottoir läuft er dem vermeintlichen Fertighausverkäufer direkt in die Hände. Jener gibt ihm sofort eine Visitenkarte.

Herr: *»Falls Sie etwas brauchen.«*
Clemens: *»Dankeschön!«* … und geht. Auf dem Weg zum Auto liest er – Scheidungsanwalt!!!

Was soll denn das????? Ist die Welt komplett verrückt. Da läuft seit Jahren nichts mehr zwischen ihm und Anna, und kaum fällt sein Blick in ein fremdes Dekolleté, dreht sich die Welt im rechten Winkel. Was soll denn das? Da ist er ein rechtschaffener Steuerzahler und erfolgreicher Autoverkäufer, der monatlich sein Soll übertrumpft, und landet in einem Beisl, in dem ihm die Apokalypse vorausgesagt wird. Nicht mit ihm!

Ein imaginärer Tomahawk öffnet seine Schädeldecke, und ein göttlicher Energiestrahl brennt direkt aus dem Universum in seine Zentrale.

Jetzt ist seine Zeit gekommen. Vorbei ist die Epoche des Befehlsempfanges. Worauf soll er warten? Auf den Eisstoß … bei DER Klimaerwärmung?

Er macht sich auf, um zu tun, was ein Mann tun muss. Er fährt mit seinem Auto in die Waschstraße.

Einmal Außenreinigung komplett mit Wachsen und Unterbodenschutz. Einmal innen aussaugen, Sitze shampoonieren und Himmelreinigung. Er selber wird sich in der Zwischenzeit die Fingernägel schneiden und eine Strategie zurechtlegen.

Wo kann Anna sein? Bei ihren Eltern, wie sie schreibt? Sicher nicht! Das wäre der letzte Ort, an dem sie Zuflucht suchen würde, zumal sie Clemens gegen den Willen ihrer Mutter geheiratet hat. Die hat immer gemeint, sie solle doch einen Zahnarzt heiraten, dann müsse sie nicht immer nach Ungarn zur Kontrolle fahren. So bleibt nur noch ihre Freundin Natascha, die gerade andere Sorgen hat, da sie im Begriff ist, jetzt endlich nach siebenjähriger Bauzeit mit ihrem Mann die eigene Bleibe zu verlassen. So kann sie nur bei Iris sein, ihrer Schwester. Clemens' erster großer Liebe.

Das ist auch der Grund für den Aufputz, da die Möglichkeit besteht, dass ihr amerikanischer Basketballgorilla gerade einmal nicht im Ausland weilt, und er somit einen gepflegten Auftritt hinlegen muss. Soll er vielleicht Blumen kaufen? Nein. Blumen wären billig und außerdem ein Schuldeingeständnis. Was soll er sagen?

»Liebe Anna, es tut mir leid wegen gestern …?«

Es tut ihm außerdem nicht leid. Alles blöde Ideen. Er muss weit vehementer auftreten. Er wird zu ihr hinfahren, sich vor der Wohnung ihrer Schwester mit quietschenden Reifen einparken, die Türe aufreißen und sagen: »Baby!« Die auf ihn zueilende Iris wird er mit den Worten »Deine Zeit war schon, Iris!« in die Schranken weisen. Er sagt: »Baby, ich bin bereit, dir noch eine Chance zu geben. Es gibt zwei Möglichkeiten. Möglichkeit eins: Wir ziehen die Sache gemeinsam durch. Baubeginn ist in zwei Wochen. Fertigstellung noch vor deinem Geburtstag. Für deinen Geburtstag habe ich mir Folgendes überlegt. Auf unserem Flachdach wird ein Helikopter landen, und wir fliegen mit dem Herzblatthubschrauber auf das Reinhard-Fendrich-Konzert nach Neusiedl. Gehen Essen, hören uns das Konzert an, und am Nachhauseflug werden wird den Stern umkreisen, der deinen Namen trägt. ODER Möglichkeit zwei: Ich gehe zurück nach Kanada, werde Holzfäller und Lachsfischer und mache eine Ausbildung zum Schamanen.«

Mit viel zu hoher Geschwindigkeit biegt Clemens in die Straße ein. Der Randstein des Kreisverkehrs gibt seinem linken Hinterrad noch einen Schlag und bringt das Auto ins Schleudern. Mit einer ungeheuren Zielsicherheit parkt Clemens direkt vor der Haustüre von Iris in einer Eiche. Verstört, doch zum Glück noch rechtzeitig, kann er das Wrack verlassen, welches Sekunden darauf Feuer fängt.

Die herbeigerufene Feuerwehr versucht, mit allem ihr zur Verfügung stehenden Material den Wagen von Clemens zu löschen, der eine gewaltige Rauchentwicklung zeigt. Hat sich der Unterbodenschutz nicht mit den heißen Bremsen vertragen, oder war es der Eichenbaum, der den kompletten Motorblock in den Fahrgastraum verschoben hat? Egal. Auf jeden Fall hätte er sich die Wäsche ersparen können.

Wie aufgescheucht, rennen im Haus alle durch den Raum. Verriegeln Fenster und Türen, um nicht zu ersticken. Der Gorilla, der offensichtlich eine panische Angst vor dem Feuer hat, flüchtet sich schreiend in den Keller. Anna, Ursi und die Kinder laufen auf die andere Straßenseite in den großen Park zum Spielplatz, der zum Glück dem Wind abgewandt ist. Nach einer halben Stunde ist das Spektakel vorbei. Rund einen halben Meter hoch steht der Löschschaum in der Gasse. Zig Schaulustige haben nicht nur die Löscharbeiten behindert, sondern sich auch gegenseitig dabei gefilmt. Ein Video allerdings hat Geschichte geschrieben:

Es ist der Blick auf die Rauchsäule, in der sich plötzlich etwas zu bewegen beginnt. Die Zuschauermassen verstummen wie auf ein Zeichen. Heraus kommt Clemens. Von den Massen unerkannt, da er eine Kappe auf dem Kopf trägt und eine große, schwarze Ray Ban sein Gesicht verdeckt. Lässig mit einer Zigarette im Mund. Er blickt sich um, richtet sich seinen Kragen und sagt: »Fuck off. It was just a car.«

Tritt die Zigarette aus, geht die Straße entlang gegen die Einbahn und verschwindet hinter den letzten Rauchschwaden seines Wagens.

Ein tosender Applaus beendet das Video. Zigtausendfach wurde es gelikt, und auch Anna »likte«. Das war es, was sie die letzten Jahre vermisst hatte. Diese Mischung aus George Clooney, Bruce Willis und Jesper Juul. Da war er wieder, ihr Clemens Kropsch. Der Coolste in der damaligen Clique, der sich im Laufe der Zeit in ein Schwammerl verwandelt hat.

Anna packt ihre Sachen und bricht auf in das eheliche Gemäuer. Es ist alles gesagt, obwohl keiner ein Wort gesprochen hat. Lediglich Kevin stellt seinem Vater die Frage: »Und, Papi? Bekommen wir jetzt einen Dodge?« Welche mit einem klaren Ja beantwortet wird.

Die Entscheidung ist gefallen. Die Kropschs werden bauen. Beschlossen mit der größtmöglichen Überzeugung.

Wer baut also nun das Haus der Kropschs? Diese Entscheidung hat selbst mich als Verfasser dieses Buches überrascht: Es war die Firma AKW-Bau, die letztendlich wieder zum Leben erwachte!

Alle sind geblieben, nur mich gibt es nicht mehr. Ing. Adam, Frau Mag. Konrad und Dipl.-Ing. Weitz. Ja, selbst das Fräulein Wurm gibt es noch, und in der Sekunde kann ich mich an wunderschöne Telefonate mit ihr erinnern. Sie hat mit dem immer gleichen Satz am Telefon abgehoben:

Wurm: *»AKG-Bau Wurm, was kann ich für Sie tun?«*
Seidl: *»Fräulein Wurm, Seidl hier, das heißt AKW-Bau. A steht für Ing. Adam, K steht für Frau Mag. Konrad und W steht für Dipl.-Ing. Weitz. Geben Sie mir den Chef, bitte!«*
Wurm: *»Welchen? Den Herrn Ing. Adam, die Frau Mag. Konrad oder den Herrn Dipl-Ing. Weitz?«*
Seidl: *»Fräulein Wurm, die Frau Mag. Konrad ist nicht DER Chef, und der Dipl.-Ing. Weitz ist seit drei Wochen in Untersuchungshaft,*

falls Ihnen das entgangen ist. Wenn ich sage den Chef, dann meine ich immer den Adam.«

Wurm (leicht pampig): *»Der kann grad nicht. Wos woin S' denn?«*

Seidl: *»Wo sind die Lüftungspläne?«*

Wurm: *»Die werden noch gezeichnet.«*

Seidl: *»Sie wissen aber schon, dass wir die heute noch einbauen sollen.«*

Wurm: *»Die Pläne?«*

Seidl: *»Die Lüftung. Bei mir steht, die Haustechnikpläne wurden uns geprüft übergeben.«*

Wurm: *»Wenn das bei Ihnen steht, dann weiß ich jetzt auch nicht.«* (Telefonat beendet)

Seidl (zu sich): *Na, is die deppert WURM – wurn? Gut, dann werden wir das verlegen, wie besprochen, und der Rest ist Regie.*

Seidl (Ruft in der Firma an)

Wurm: *»AKG-Bau Wurm, was kann ich für Sie tun?«*

Seidl (ignoriert die abermals falsche Ansage): *»Seidl hier, wer macht überhaupt die Haustechnik?«*

Wurm: *»Die Firma Kober.«*

Seidl: *»Der Kober? Mit dem hatten wir doch nur Probleme. Von denen kann doch keiner Deutsch. Wo ist der Kober überhaupt, und wann kommen unsere Leute?«*

Wurm: *»Von uns is nix eingeteilt.«*

Seidl: *»Ich kann das doch nicht mit dem Radu alleine machen! Geben Sie mir bitte sofort den Chef.«*

Wurm: *»Ein Momenterl, ich schau mal.«*

(Sie platziert ihre viel zu große Oberweite in die Körbchen und geht zum Chef. Öffnet nach dem Klopfen einen Spalt die Türe und schreckt zurück – verstohlen fragt sie durch den Türschlitz.)

Wurm: *»Tschuldigen, Herr Chef, der Seidl will wissen, wann der Kober kommt, und wann unsere Leute dort sind?«*

Chef (hat sich gerade etwas Weißes in die Nase gezogen – fühlt sich ertappt und spricht extrem schnell): *»Der Kober müsste schon dort sein, und von uns kommt niemand. Wir schicken ihm drei Leiharbeiter. Das hab ich schon geregelt. Frau Wurm, wenn ich Sie schon da habe, ich habe morgen um 8.00 Uhr die erste Besprechung in der Stadt. Um 9.00 Uhr fahr ich dann rauf am Wilhelminenberg – schau mir dort ein Projekt an, um 11.30 Uhr treffe ich Ihren Vater zum Abschlag. Ich bin um 15.00 Uhr wieder im Büro. Der Rest des Tages bleibt wie gehabt. Ich brauche Sie heute nicht mehr, außer Sie haben vielleicht noch Lust, dass wir gemeinsam ein kleines Schluckerl trinken gehen?«*
Wurm: *»Gerne, Herr Chef!* (Und schließt vorsichtig die Türe. Im Gehen) *Der Chef … wird nicht müde.«*
(Sie trippelt zurück zum Telefon.)
Wurm: *»AKG-Bau Wurm … ach so! Der Kober müsste schon dort sein, und von uns kommen drei Leiharbeiter. Die Pläne schicken wir dann. Auf Wiederhören.«* (legt auf)

Drei Leiharbeiter, der Kober macht die Haustechnik, und die Wurm schickt Pläne. Das wird nie fertig.

Seidl: *»Wondrak!* (Zu Wondrak, dem Vorarbeiter und Leibeigenen) *Sag dem Radu, wenn er auf den Lagerplatz fährt, dann soll er bei der Firma Wopfinger stehen bleiben. Den Estrichsilo kann er abbestellen. – Waaas? Silo is da!!! Na wenigstens was. Darauf kann man sich verlassen!«*

Diese Leiharbeiter haben sicher auch alle einen Ausweis. Letztens ist einer mit einem Freischwimmerausweis gekommen. Der Ausweis selber war noch nicht das Ärgste – das Foto drauf war von seiner Frau. Musste man aber ganz genau schauen. Sehen sich ziemlich ähnlich.

Die Wurm schickt die Pläne. Die schaut aus wie ein ›Wella-Dummie‹, ich glaube, diese Dame hat alle am Markt erhältlichen Farben in den Haaren. Auf jedem Finger drei Ringe und mindestens 12 Kettchen um den Hals. Die musst du erden, wenn du mit ihr ins Grüne fährst und ein Gewitter in der Luft liegt. Wenn die durchs Büro geht, scheppert sie, dass du glaubst, es ist Almabtrieb. Und eigentlich weißt jeder, warum man sie genommen hat. Sie ist die Tochter vom Amtsleiter Wurm, und das ist der beste Freund vom Bürgermeister. Die Sekretärin ist Gold wert. So deppert kann die gar nicht sein.

(Seidls Telefon läutet – Wurm ruft an.)
Seidl: *»Seidl!«*
Wurm: *»AKG-Bau Wurm.«*
Seidl: *»Fräulein Wurm, es heißt AKW-Bau. Wie oft soll ich Ihnen das noch sagen? Das ist ja peinlich.«*
Wurm: *»Wenn da etwas peinlich ist, Gery, dann ist es das, wenn man zu früh kommt oder gar nicht kommen kann. Aber sonst ist da gar nichts peinlich.«*
Seidl (schweigt – und richtet sich die Hose)
Wurm: *»So! Ist das auch geklärt. Ich ruf an wegen die Pläne. Wenn ich die eingeschrieben schick, dann kann ich sie morgen zu Mittag auf die Post bringen.«*
Seidl: *»Das soll morgen Abend fertig sein.«*
Wurm: *»Dann brauchen Sie die Pläne gar nicht mehr? Und da machen Sie ein so ein Tam-tam-tam? Ich bleib extra länger. Sag mein Solarium ab.«*
Seidl: *»Nein, ich brauche sie gleich. Legen Sie sie in ein Taxi und schicken Sie sie her.«*
Wurm (erotisch): *»Ich mich?«*
Seidl (sehr energisch): *»Nicht Sie sich. Sie die Pläne natürlich. Oder geben Sie sie einem Fahrradboten, der ist schneller. Der ist gedopt.«*

Wurm: *»No, no. Ist ja kein Grund, gleich so laut zu werden. Bitte. Weil Sie gesagt haben Taxi. Kann es auch ein Rauchertaxi sein?«*
Seidl (schweigt) ---
Wurm: *»Ich habe mir nur gedacht, weil es Lüftungspläne sind.«*
Seidl: *»Danke fürs Mitdenken. Nehmen S' einfach irgendein Taxi.«*
Wurm: *»Aja, den Bauherrnvertreter Trost sollen Sie anrufen. Is dringend. Wollte ich gestern schon sagen. Aufwiederhörnchen.«*

Wahnsinn. Gibt es die Wurm noch immer. Gut. Sie ist und bleibt die Tochter vom Amtsleiter Wurm. Bis der in Pension geht, hat sie noch Schonfrist.

Bauleiter ist schließlich der Wondrak geworden. Da kann nichts schiefgehen, und es ist auch nichts schiefgegangen. Dem Mutigen gehört die Welt.

So stehen die beiden Doppelhaushälften nebeneinander. Iris hat sich vom feigen Basketballgorilla getrennt und ist wieder solo. Sie wird mit Urli und deren neuem Freund in die andere Doppelhaushälfte einziehen. Anna ist glücklich, die Kinder sowieso, und Clemens erst recht. Letztendlich auch deswegen, weil sie endlich wo angekommen sind, zumal sich Clemens geschworen hat, NIE WIEDER zu übersiedeln. Nie!!!

7. Der Umzug

Das war ein Umzug. Da war der Auszug aus Ägypten ein Halbtageswandertag dagegen. Die Umzugskisten hat alle Anna gepackt. Das ließ sie sich nicht nehmen. Da braucht es ein System, und das hat Clemens nicht. Da packt sie jeden Tag drei Kartons, hat sie gesagt, worauf Clemens gemeint hat: »Wenn du jeden Tag drei Kartons packst, dann müssen wir den Mietvertrag der Wohnung um ein Jahr verlängern.«

Anna: *»Das muss man ja alles durchschauen. Du glaubst, das ist so einfach!«*
Clemens: *»Jo. Ist es. Ich nehme die Kiste, nehme die Bücher* (zeigt das vor) *und stelle sie, so wie sie sind, in die Kiste hinein. Voll. Nächste Kiste. Zum Durchschauen haben wir Zeit, bis uns der Tod ereilt.«*
Anna: *»Aha, der Herr Checker. Die Kerze zum Beispiel! Wo soll ich die hinstellen?«*
Clemens: *»Stell sie auf E-Bay. Vielleicht will sie dort jemand. Sei nicht so kompliziert.«*
Anna: *»Kompliziert? Ich bin auf einmal kompliziert. Soll ich dir was sagen: Ich bin dein Spiegel!«* (Zeigt die ausgestreckte flache Hand)
Clemens: *»Ja, stimmt. Darum siehst du meine Welt genau verkehrt.«*

Den Transport hat Clemens gecheckt. Er hat einen Ford-Transit-Bus organisiert. So stehen sie also mit den Übersiedelungsboxen vor dem Transit, und selbst das ungeschulte Auge erkennt: All das geht sich in dem Bus nicht aus. Beim besten Willen nicht. Nicht einmal, wenn sie dem Transit oben das Dach wegschneiden, denn dann hängen sie mit den Karniesen in der Oberleitung von der Straßenbahn. Natürlich ein gefundenes Fressen für Anna.

Anna: *»Ich habe dir von Anfang an gesagt, von Anfang an habe ich dir das gesagt. Ich habe dir von Anfang an gesagt, dass sich das nicht ausgehen kann in dem Bus. Na, habe ich es gesagt oder nicht? Natürlich habe ich es gesagt! Ich habe dir von Anfang an gesagt, dass sich das in dem Bus gar nicht ausgehen kann.*
Clemens: *»Wieso, du hast den Bus ja noch gar nicht gesehen.«*
Anna: *»Trotzdem. Ich weiß doch, wie groß ein Opel Transit ist! Du*

stellst mich immer hin, als ob ich ein bissl deppert wär! Na, hab ich's gesagt? Hab ich's gesagt? Hab ich's gesagt, oder hab ich's nicht gesagt?
Clemens: *»Ja, du hast irgendetwas gesagt. Was soll ich machen, ich hatte ihn größer in Erinnerung.«*
Anna: *»Das kenn ich von dir. Na, was willst du jetzt machen? Weißt du es schon? Weißt du schon, was du jetzt machen willst? Na, was willst du jetzt machen? Weißt du schon? Na, was willst du jetzt machen? Jetzt, wo keiner mehr Zeit hat. Ich frage nur! Was willst du jetzt machen?«*
Clemens (ziemlich entnervt): *»Wenn ich das mache, was ich machen will, sperren Sie mich ein. Bitte, geh rein, koch dich frei, streiche Brote. Sorge dich nicht. Ich check das schon. Du kannst mir blind vertrauen!«*
Anna: *»Nicht einmal Stevie Wonder würde dir blind vertrauen. Aber bitte, ich lass mich gerne überraschen!«*

Was hätten sie machen sollen? Entweder sie wären öfter gefahren, oder sie hätten nicht alles mitgenommen. Drei Mal sind sie gefahren. Anna spricht zwar von 12 Fahrten, aber das stimmt nicht. Drei Mal. Clemens kann das belegen, da sie drei Radarstrafen haben. Und zwar von zwei Polizisten, die sich als Hydrant verkleideten.

So etwas macht mir zum Beispiel Angst. Das sind bewaffnete Österreicher, die ich bezahle. Was macht der im Fasching, wenn er das ganze Jahr schon so lustig ist? Sie konnten es am Anfang gar nicht glauben. Seit wann stehen zwei Hydranten nebeneinander? Wenn sie noch zwei Mal gefahren wären, hätten sie es sich liefern lassen können. Das sind 180 € ohne Trinkgeld. Doch sie hatten Glück, denn sie wurden von den Leilei-Polizisten wenigstens nicht aufgehalten. So wie sie beladen waren, wäre das noch teurer geworden. Das hätte Folgen, da man für falsches Laden sofort einen Punkt in den Führerschein bekommt. Wie bei einer roten Ampel, da hat man sofort einen Punkt. Bei Gelb gibt es noch einen Beistrich, aber Rot ist ein Punkt.

Auch wenn das Kind unsauber angeschnallt ist. Ein Punkt. Soll ich Ihnen was sagen, ich habe, wie wahrscheinlich alle anderen Eltern, ein Vermögen für den Kindersitz unserer Tochter ausgegeben. Der hat mehr Gütesiegel als eine Dialyse-Maschine, dafür, dass ich dann mit meinem Kind im Linienbus 13A sitze und der mit uns fährt wie ein Berserker – ohne Gurt und ohne Airbag. Ich glaube, bei den Wiener Linien nehmen sie überhaupt alle, die für die Formel 1 zu lange Haare haben. Wenn der Fahrer bremst, dann heben wir ab und steigen durch die Windschutzscheibe aus dem Bus aus. Und da ist völlig gleichgültig, wer zuerst eingestiegen ist. Da gibt es keinen Platz mehr für falsche Höflichkeiten. Wir steigen alle gleichzeitig aus. Nächster Halt: Asphalt.

Und im Flug höre ich noch die wunderbare Chris Lohner: »Umsteigen in Richtung AKH, Lorenz Böhler und SMZ Ost.«

Viele Hände, rasches Ende. Alle Freunde sind gekommen. Alles war im Haus. Grandios. Frau, Kinder, Clemens! Drei Klos. Keine Diskussionen mehr in der Früh.

Eine Million Kisten im neuen Haus. Allein 42 Kisten mit »Sonstiges« beschriftet. Das waren die Kisten von Clemens. Wieder eine Diskussion, weil Anna im Vorfeld gemeint hatte, er solle seine Kisten beschriften. Was sollte er sonst draufschreiben? Kiste? Man stellt beispielsweise einen Radiowecker in die Kiste, klebt sie zu, übersiedelt sie, kommt an, trägt sie ins neue Haus, öffnet sie und erkennt: Das ist der Radiowecker! Den hat Clemens seit seinem 11. Lebensjahr. Was soll das sonst sein? Soll sich der Radiowecker in ein Handtuch verwandeln, wenn man nicht Radiowecker auf die Kiste schreibt?

Ich erinnere mich an meine eigene Übersiedelungsaktion. Mir erging es nicht ähnlich wie Clemens, sondern ich habe beinahe das Gefühl, bei uns war es damals ärger. Was habe ich damals mit Andrea diskutiert, bis mir der Kragen geplatzt ist.

Gery: »Gut, dann schauen wir einmal, wie du geladen hast, mein Herz!« Und ich sage Ihnen, meine Frau hat 87 Paar Schuhe. 87 Paar Schuhe für zwei Füße. Das muss man nicht verstehen. Kaum beginnt es zu herbsteln, öffnet sie den Schrank und ist völlig außer sich, da sie kein einziges Paar Schuhe hat, mit dem sie in den Schneematsch hinaus kann.

> **Ich:** *»Herzilein, das ist dein 40. Winter! Wie lange haben sie dich zu Hause getragen? Was hast du zum Beispiel letztes Jahr gemacht? Da war auch Winter. Du hast 87 Paar Schuhe, was machst du mit so vielen Schuhen?«*
> **Andrea:** *»Vielleicht gehe ich einmal den Jakobsweg.«*
> **Ich:** *»Andrea, ich gehe ihn seit neun Jahren neben dir, da genügen Flip Flops.«*
> **Andrea:** *»Aber diese hohen Lackstiefel hier, die bis obenhin geschnürt sind, soll ich die weggeben? Vielleicht ziehe ich sie an, wenn ich einmal ausgehe. Die passen gut zu dem schwarzen Kleid.«*
> **Ich:** *»Nein, mein Schatz, zieh sie an, wenn du nach Hause kommst. Die passen sicher auch super ohne Kleid.«*

In Summe haben wir zwei Paar Schuhe ausgemustert. Also wir. Andrea hat zwei Paar von mir ausgemustert. Den Rest habe ich versteckt. In der Werkstatt. Getarnt als Arbeitsschuhe. Die kann ich nicht weggeben. Schuhe haben eine Seele. Mit meinen grünen Flip Flops war ich 1995 in Siena. Die haben mich von dem Lokal am Muschelplatz wieder bis zum Hotel gebracht. Mir wäre das nicht gelungen. So habe ich meine eigene Übersiedelung abgespeichert.

Ein weiteres Phänomen hat uns ebenso ereilt. Unser neues Haus ist doppelt so groß, wie die Wohnung seinerzeit war, und trotzdem haben nicht alle Trümmer Platz gefunden. So haben wir den Rest unseres Hab und Guts auf den Flohmarkt gebracht. WIR an dieser Stelle bedeutet ICH. Meine Frau hatte die Idee, und ich stand dann dort.

Im Zuge des Feuerwehrfestes konnte man in der Ortschaft, in die wir gezogen sind, im Steinbruch hinter dem Feuerwehrhaus an einem Flohmarkt teilnehmen, indem man sich einen Tisch mietete. So stand ich dort am heißesten Tag des Jahres, und nach geschätzten sieben großen weißen Spritzern und ein paar Schnapserln habe ich alle im Ort gekannt.

Alle sind sie gekommen. Alle Vereine haben mich angefragt.

Feuerwehr: *»Bist a Neicha? Kummst zu uns zur Feuerwehr, ha?«*
Ich: *»Ich habe Angst vor dem Feuer.«*
Blasmusik: *»Bist a Neicha? Wos is? Kummst zu uns zua Blasmusik?«*
Ich: *»Ich spiele kein Instrument.«*
Blasmusik: *»Um des gehts jo ned!«*

Der Dorfverschönerungsverein – wusste nicht, dass der existiert –, Kulturverein, Kirchenchor, ja selbst der Kameradschaftsbund. Selbst der Kameradschaftsbund hat es sich nicht nehmen lassen, mich zu fragen, ob ich bei ihrem Verein ein Mitglied werden möchte. Wie soll denn das funktionieren? Sorry, meine Herrn, sage ich, ich bin Baujahr 1975. Mir fehlt ein Krieg. Das kann man ja nicht nachholen. Vielleicht in einem WIFI-Kurs? Wie erschieße ich jemanden?

Aber ich bin integriert. Mittlerweile weiß ich, wer wer ist. Woher er kommt, was er gelernt hat, ob er was gelernt hat, was ihm gehört, was ihm eigentlich nicht gehört, was der Raika gehört, was ihm einmal gehören wird, wie man Bauland umwidmet, was unser Grund wirklich gekostet hätte.

Ein ehrliches Interesse am anderen. Der gläserne Mensch. Den hat es am Land schon gegeben, da hat es noch kein Glas gegeben. Keinen

Satelliten. Das dritte Auge, das dich immer observiert. Google Earth. Sie wissen alles, und der Amerikaner schreibt mit. Soll er. Viel Spaß. Der versteht das doch gar nicht, wenn z. B. zwei Steirer plaudern.

Steirer: »Die Fini hot ausgsteckt. Beim Vorbeifoan hob i gseagn, da Buschn hängt ausse.«

Was schreibt sich der Amerikaner von dem Gespräch auf? Dass eine gewisse Fini die Nation um Graz herum mit einer schlechten Rasur bedroht?

Wer auch immer was weiß. Immerhin liegt es schon noch ein wenig an einem selber, was man von sich preisgeben möchte. So sind wir in einer Zeit angekommen, in der jeder, wenn ihn das Bedürfnis ereilt, der Welt mitzuteilen, dass er beispielsweise Krautfleckerln gegessen hat, das tun kann. Er kann schreiben, was ihn bedrückt, und mit Symbolen seine Botschaft verfeinern, wenn er für die Sprache nicht das nötige Rüstzeug besitzt. Was hätte dieser Mensch früher getan? Ich weiß es nicht, und es ist mir auch wurscht.

Trotzdem kann ich aus eigener Erfahrung sagen, das Leben am Land ist ein ruhigeres. Auch wir haben uns unsere eigene kleine Welt erschaffen. Ein Haus mitten im Garten und voller Gemüse. Wir bauen alles selber an. Meine Frau, die Andrea, hat keinen grünen Daumen, sondern einen grünen Arm. Wir haben Hochbeete, so hoch, da komm ich gar nicht rauf. Im Sommer haben wir die bunteste Gemüsevielfalt, und im Winter essen wir Kohl. Kohl in allen Variationen. Kohl, Kohl, Kohl. Bis uns der Kohl aus allen Poren rauskohlt, dass du ausschaust wie der Vater von der Merkel. Gewürzt mit allen Gewürzen, dass das Zeug auch nach etwas schmeckt. Das ist das neue Hobby meiner Frau. Würzen! Andrea kann gar nicht mehr schwanger werden, weil sie den ganzen Tag nur mehr in der Kräuterspirale sitzt.

Nachdem meine Frau 1000 Jahre alt werden möchte, trinken wir zum Frühstück jeden Tag ein Glas grüne Gerste. Ich gehe davon aus, sie kennen grüne Gerste. Man nimmt ein Glas – oben offen –, einen

Laubfrosch und fährt dann von oben mit dem Pürierstab einmal hinein. Natürlich nicht, doch es sieht so aus. Schmeckt auch so. Hat was leicht Pelziges im Abgang. Kommt gegen 14.00 Uhr noch einmal kurz hoch für eine kleine Revision. Ist also eine 24-Stunden-Betreuung. Den Saft muss man einmal runterbringen auf nüchternen Magen. Das sind zwei Herausforderungen. Die erste, dass du es hinunterbringst, und die zweite, dass es unten bleibt.

So stehe ich jeden Morgen in der Küche mit dem Glas in der Hand und denke mir: »I muaß ned oid wean.« Ich glaube, auch zeitig sterben hat was. So gesund, wie wir leben, werden wir es gar nicht mehr »dasterben«. Ich hoffe, meine Tochter erschlägt mich beizeiten, dass das nicht ewig so weitergeht.

Wir kochen auch nicht mehr. Nein, wir garen im Dampf. Kein Tag mehr ohne dieses Gerät. Ab 3.500 € ist man dabei. In Wirklichkeit – unter uns – schmeißt man einfach alles zusammen auf dieses Lochblech. Einschalten. Fertig.

Da kann jeder Trottel dampfen. Zucchini, Schwammerln, Lachs, Salz, Pfeffer, Tisch, Tischtuch, Sessel, Tischtiacheln, Besteck. Alles rein. Aufdrehen. Zehn Minuten später, fertig. Dabei muss ich gar nicht zu Hause sein. Das kann ich mit dem Handy steuern. Alles über das Handy. Unser ganzes Haus. Das ist der Stand der Technik. Oft sind die Häuser schon intelligenter als die Leute, die darin wohnen.

Da gehe ich zum Beispiel auf »Hirschbraten mit Preiselbeeren« auf meinem Dampf-App am Handy, und schon startet das Programm: Stalltüre auf – Damhirsch kommt rein – Rampe klappt hinunter – Damhirsch geht in den Dampfgarer hinein. Ein Glas Preiselbeeren habe ich ihm in der Früh schon ins Geweih gehängt, das darf man nicht vergessen. Jetzt habe ich die Wahl der Tötungsart. Und da gehe ich sehr gerne auf »sanftes Entschlafen«. Bei »sanftes Entschlafen« wird der Dampfgarer innen mit Radio Niederösterreich beschallt, und das schafft kein Hirsch.

Da singt dann der Herr Gabalier, der Erfinder vom Wadenschweißband *(singt):* »I moch an Hirsch fia mi, und dann frog i di, wüst du a Hüftsteak sei, waßt wos, dann friss i di.«

Das haut den stärksten Hirschen um. Und: Go! Zeit läuft. Ich drücke Start – in zehn Minuten ist das Essen fertig. Alles wird ausgelagert, und das schenkt einem Zeit.

Zeit zum einfach ... zum einfach ... Zeit zum Jäten, Zeit ... Zeit zum Draußensein. Und ich bin draußen. Wenn ich allein die Zeit rechne, die ich seinerzeit, als wir noch in der Wohnung gewohnt haben, im Vorzimmer gewartet habe. Manterl, Hauberl, Schuhe.

»I warad fertig« ... und hinten habe ich von meinen Damen ein Surren gehört, so in Richtung: »... nur mehr Schuhe anziehen ...« Da ist mir schon der Schweiß auf der Stirne gestanden. Von den acht Jahren in der Wohnung bin ich mit Sicherheit in Summe ein Jahr im Vorzimmer gestanden. Irgendwann habe ich mir einen Ohrensessel hingestellt mit einem Biertender daneben. Leider auch nicht die beste Idee, wenn du die Reise schon mit 0,8 Promille beginnst.

Jetzt, wo wir am Land wohnen, warte ich nicht mehr im Vorzimmer, sicher nicht! »I warad fertig ...« Meine Damen surren ... Ich glaube, beim letzten Mal Schuhe-Anziehen, habe ich die komplette Fundamentplatte für unsere Gartenhütte betoniert. Und das ist sinnvoll genutzte Lebenszeit. Und die wird mit jedem Tag auf dieser Welt wichtiger. So sitze ich unter meinem Apfelbaum und schau. Das ist meine kleine heile Welt.

Doch zurück zu den Kropschs!

So weit sind sie noch nicht, dass sie einfach Zeit haben, unter dem Apfelbaum zu sitzen, zumal das bei ihnen ein Nussbaum wäre. Wohl stehen die beiden Doppelhäuser. Über Watschen und Geschmäcker kann man streiten, doch ihnen gefallen sie. Fast!

Es ist der Turm, der an ein Dornröschenschloss erinnert und den sich Urli eingebildet hat. Dieser Turm passt weder zum Ortsbild – so man von einem solchen sprechen kann – noch zum Rest der Gebäude, doch Urli zu widersprechen ist sinnlos, ich möchte sogar sagen, kann tödlich sein.

Die Dame hat einen Krieg überlebt, und wenn man ihre Art der Argumentation kennengelernt hat, dann weiß man auch, warum. Böse Zungen behaupten, Urli-Opa habe sich viel erspart, dass er nicht mehr nach Hause gekommen ist vom Krieg.

Doch die Stimmung ist friedlich. Anna, Clemens und die Kinder haben sich beinahe schon fertig eingerichtet, wenn man das Fehlen sämtlicher Leuchtkörper und der Sockelleisten als fertig bezeichnet. Weiters fehlen noch der Weg zum Haus und die Terrasse, die Stufen und der Garten an sich, doch gegen Ende des Geldes war noch zu viel Baustelle.

Komplett fertig sind die Garage, der Keller und die Heizungsanlage – die Heiligtümer von Clemens. In eben beschriebenen Räumlichkeiten hat er bisher mehr Zeit verbracht als im Rest des Hauses.

Kapitel 9

Im Keller

Hier sitzt er mit seinem Freund Ernstl und rettet die Welt … zwischen Thermometern, Manometern und Druckausgleichventilen. Jedes Rohr im rechten Winkel und fein säuberlich isoliert.

Die Kropschs haben mit der optimalen Beratung vom Ernstl, der nicht nur alles kann und weiß, sondern auch gelernter Installateur ist, dieselbe Heizungsanlage gebaut, wie sie Ernstl bei sich installiert hat. Einen Kachelofen mit Wärmetasche. Der Kachelofen thront mitten im Wohnzimmer wie der Koloss von Rhodos. Er erzeugt nicht nur Abwärme vor Ort, wenn man ihn heizt, sondern er ist auch bestückt mit einem Heißwassertank. Dieser ist über dem Brennraum des Ofens angebracht und pumpt bei Erreichen von 60 ° Wassertemperatur das erzeugte heiße Wasser in den im Keller befindlichen Schichtspeicher, heizt den auf und kann von dort sowohl für Warmwasser als auch für die Fußbodenheizung verwendet werden. Der große Vorteil dient selbstverständlich der Warmwasseraufbereitung, da die Wärmepumpe im Winter unter 0 °C Außentemperatur einen schlechten Wirkungsgrad hat und jedes erzeugte Grad Celsius einen sehr großen Energieaufwand bedeutet.

So war das Konzept des Hauses, den eben beschriebenen Kachelofen mit Holz zu befeuern und somit Stromkosten zu sparen. Der größte Vorteil des Kachelofens ist jener, dass Anna, die eine Wohnraumtemperatur in der kalten Jahreszeit von 26 °C bevorzugt, was kein Mann aushält, ihren Lebensraum energiesparend über fünf Monate auf die Kachelofenbank verlegt. Somit genügt eine Raumtemperatur von 22–23 °C, was auch einem männlichen Familienmitglied die Möglichkeit der Existenz im Raum einräumt. Zusätzlich sinken die Stromkosten.

Es ist nicht so, dass es auf den einen oder anderen Euro ankommen würde, doch die beiden Freunde Clemens und Ernstl haben einen Sport daraus entwickelt, wer denn mehr Strom spart. So matchen sie sich, wer länger mehr Vorlauftemperatur vom Kachelofen in den Schichtspeicher pumpt. Beste Werte können nur mit perfektem Holz, welches mit einem ausgeklügelten System optimal in den Brennraum geschlichtet werden muss, erzielt werden.

Ich brauche hier nicht zu erwähnen, dass der Vorgang des Einheizens im Hause Kropsch absolute Chefsache ist. Zwar kann man durch die elektronisch geregelte Zuluft kaum etwas falsch machen, zum Beispiel eine Explosion auslösen, doch werden sämtliche Brennkurven aufgezeichnet und gespeichert. Nicht erzielte vorgegebene Brennwerte werden mit einem roten Balken markiert und müssen mit einer guten Flasche Wein beim jeweils anderen eingelöst werden. Die eine Woche, in der Clemens dienstlich verreisen musste, hat ihn finanziell beinahe ruiniert. Anna fehlt sowohl die Liebe zum Einheizen als auch der sportliche Gedanke dahinter.

Stunden haben die beiden Freunde schon im perfekt verfliesten Heizungskeller mit dimmbarer LED-Beleuchtung verbracht, um die Anlage perfekt einzustellen. Der kritische Blick auf die Thermometer, während im Wohnzimmer das Feuer lodert: 56 °, 57 °, 58 °C im oberen Drittel, 59 °, 59,5 ° – tack 60 °C: Wärmepumpe dreht ab,

Kachelofenventil macht auf, Heißwasser wird in den Schichtspeicher gepumpt, und die Zeit läuft. Vergleichbar nur mit der begeisterten Masse auf einer Trabrennbahn, freuen sich die beiden und begießen üppig das Gelingen.

Anna versteht das gar nicht. Mit Argumenten wie: »In der alten Wohnung hatten wir eine Gasheizung, und es ist auch warm geworden«, verliert sie in den Augen eines Technikers jeden Respekt und wird nur noch als Verbraucher und nicht als Teil einer Anlage akzeptiert. Wer ein Haus baut weiß, wie er es heizt. Er kennt die Heizkreise, er kennt die Pumpen und die Wattzahl, mit der sie arbeiten.

Sätze eines mitgemeldeten Verbrauchers, wie:

- Die ganze Anlage funktioniert nie.
- Bei uns ist es immer kalt.
- Im alten Haus war es wärmer. Und:
- Ich glaube, du kennst dich nicht aus!

… lösen bei Clemens eine mittelschwere Depression aus. Längst ist der gelernte Automechaniker und umgeschulte Autoverkäufer zum Bauexperten geworden, der sich heute eine Diskussion mit einem Baumeister Kolaritsch nicht mehr gefallen lassen würde. Er hat sich zu einem Fachmann entwickelt. Learning by doing.

Auch die drei von der Tankstelle sind freundlicher geworden. Hat sich doch Clemens durch sein Lagerhaus-Latzhosen-Outfit ihrem Modebewusstsein angenähert. So fand er seine Akzeptanz am Rauchertisch. Und nachdem er den alten Styrer Traktor vom Boiger Sepp gekauft hatte, um selber Holz spalten zu können, wurde er sogar mit einem Gruppenfoto geadelt.

Clemens ist ein anderer geworden. Er verbringt die meiste Zeit im ebenfalls erworbenen kleinen Waldstück zur Eigenproduktion von Brennholz und den Rest im Keller oder in der Garage.

Und er ist dabei nicht alleine. Viele Männer sitzen in Garagen oder Hobbyräumen. Warum? Weil es im Rest der Häuslichkeit irgendwann nur mehr so aussieht, wie es der Gattin gefällt. Mörderische Wohnlandschaften, die dir komplett den Lebensraum verstellen. Sauteure Sofas, auf denen keiner sitzt, weil man keine Bröseln machen darf. Wenn Mann ein Zierkissen länger aufschütteln muss, als er drauf gesessen ist, bleibt er lieber stehen. Für einen Kurzfilm setzt sich Clemens nicht mehr nieder.

An den Wänden hängen Bilder mit weisen Sprüchen, die das Leben erträglicher machen. Weise Sprüche auf weißen Wänden. Im Stiegenhaus hat Anna ein Wandtatoo aufdrapiert … über das gesamte Stiegenhaus:

»Lass dich fallen. Du wirst gefangen.«

Im Stiegenhaus! Lass dich fallen! Das ist gefährlich! Ein Leitfaden für den gelungenen Genickbruch. »Oder ned!«, hat Clemens darunter ergänzt, nur um ein Unglück zu vermeiden.

Und an jeder Ecke raucht ein Räucherstäbchen – Patschulli-Tulli oder wie das heißt – oder tropft ein ätherisches Öl auf einen Stein. Unsummen haben sie ausgegeben, dass das Haus dicht ist, und jetzt tropft ständig etwas.

Im Keller tropft nichts. Alles dicht. Da sitzen sie, die Männer, auf einem Kübel Innendispersion, angelehnt an einen Reifenstapel. In der Hand eine eisgekühlte Hopfenkaltschale im Tonkrug mit Zinndeckel, und das mit Blick auf den Pirelli-Kalender, auf dem sich die Miss August im nassen Shirt über einem 911 Porsche Baujahr 82 rekelt. Nichts gäbe es, was ihnen in dieser Situation fehlte. Hier braucht es keine direkte Sonneneinstrahlung und kein Essen. Zeitlos zufrieden sehen sich die beiden inmitten von Technik.

Es erfreut mein Herz, Clemens im Reich der Techniker begrüßen zu dürfen. Willkommen, mein Held, in der Welt der Ingenieure. Ab jetzt ist nichts mehr unmöglich. Über allem steht die Lösung für ein Problem, welches ein normal Sterblicher als solches noch gar nicht erkannt hat.

Bei jedem Häuslbauer kommt irgendwann der Tag, an dem er keine Handwerker mehr sehen kann. Zu lange durfte er ihnen bei einem Stundenlohn von € 45 über die Schulter blicken, um zu erkennen, dass auch sie nur mit Wasser kochen oder besser oft nur köcheln. Wie ein guter Feldherr seine Waffenlager pflegt, pflegt der Hausbesitzer sein Materiallager und seine Werkstätte. Gewinde werden ab jetzt selber gedreht. Tore geschweißt und Eingangspodeste selber betoniert. Es wird mit Sicherheit keine Eisenstange mehr der Verschrottung zugeführt. Ganz im Gegenteil. Der samstägliche Ausflug auf den Recyclinghof ist zur Pflichtveranstaltung geworden, bei der man immer dieselben Gesichter sieht. Bastler!

Der Bastler erkennt die Einzelteile, die ein Produkt ausmachen. Der spätestmögliche Zeitpunkt, deine Gastherme genau kennenzulernen, ist der 23. Dezember, wenn sie dir am selben Tag den Dienst versagt. Freiwillig durchforstet man das Internet nach Datenblättern zu dem Gerät. Weiß in kürzester Zeit um die Funktion jedes einzelnen Sperrhahns. Erkennt Prüfplaketten und deren Nichteinhaltung der vorgeschlagenen Wartungseinheiten. Nimmt sich ein Herz und beginnt ins Innere der Gerätschaft einzudringen.

Anhaltende Warnrufe der bereits dick eingekleideten Gattin »Dass es sich doch um Gas handelt und dass da was passieren kann …« müssen ignoriert werden, nachdem man bereits dem siebzehnten Installateur aufs Band gesprochen hat. Mittlerweile hat man in der Suchmaschine schon alle Bundesländer angekreuzt. Horrende Regiepauschalen verlieren ihren Schrecken, wenn man an die Schmach denkt, dass die komplette Familie den Weihnachtsbraten mit Haube und Handschuh einnehmen müsste, man die Kinder beim Duschen mit 10 °C kaltem Wasser vereisen würde und die Laune der Gattin ins Bodenlose sinkt.

Der Wunsch, den Baumeister, der von einem Notkamin abgeraten hat, mit dem man jetzt gemütlich einen Schwedenofen befeuern könnte, mit einem nassen Fetzen durch das Dorf zu treiben, wird grenzenlos.

Endlich hebt einer ab. Der heilige Installateur. Er ist nicht nur freundlich, nein, er ist auch gewillt zu kommen, und zwar in Kürze! In Kürze heißt, nach einer vierstündigen Autofahrt, aber er kommt und riecht auch noch gut. Er sucht nicht sofort einen Aschenbecher oder tritt die Zigarette am Fußabstreifer ab. Er raucht nicht einmal. Bier, Wein, Schnaps und Schokolade lehnt er ab. Ein kleiner Espresso, aber auch erst nachdem er die Therme gesehen hat. Das muss der Weihnachtsmann persönlich sein. Ich gehe kurz vor die Türe und schau, ob ich seinen Schlitten finden kann.

Da steht er. Ein Ford-Transit-Schlitten mit Dachgalerie. Anders als in den Kinderbüchern meiner Tochter, aber nicht weniger erfreulich. Was täte ich jetzt mit einem übergewichtigen alten Mann, der mir einen Sack Nüsse vor die Füße stellt und mich fragt, ob ich auch brav war? Da ist mir mein Weihnachtsinstallateur schon lieber.

Er hat den Fehler auch gleich behoben. Meiner Therme hat Wasser gefehlt. Was für ein lächerlicher Grund, seine Arbeit einzustellen, nur weil einem Wasser fehlt. Und wenn schon, warum spricht das Ding nicht mit mir? Alle Dinge können mittlerweile sagen, welche Befindlichkeiten sie haben. Selbst mein Handy bittet mich, es aus der Sonne zu legen, weil ihm zu heiß ist und es möglicherweise vergisst, wie es heißt.

Zugegeben, die Therme ist so alt, da gab es noch kein Handy, und überhaupt ist jetzt nicht der Zeitpunkt, schlechte Energie zu verbreiten.

Alles ist gut! Wie oft habe ich mich mit diesem Satz schon belogen.

Ich gebe dem freundlichen Installateur meinen letzten Zwanziger und überweise ihm meinen kompletten Bausparvertrag. Er verschwindet dankbar und reich in den Untiefen des Weihnachtsmarktes, der direkt vor unserer Haustüre errichtet ist. Wie gerne würde ich jetzt einen Glühwein trinken. Leider kann ich mir den nicht mehr leisten, doch vielleicht lädt mich wer ein. Einen Versuch ist es wert.

Ich versorge noch meine Familie. Meine Frau ist überglücklich, dass sich die Heizkörper wieder erwärmen, und legt sich erschöpft zu Bett. Ich kleide mich an, tauche ein in die heitere Punschstimmung, und treffe in der Minute meinen Nachbarn. Die Frage, ob er mich auf einen Punsch einladen darf, verneine ich und bestelle zwei Glühwein. Aaaaahhhhhh, jetzt ist die Welt wieder in Ordnung. Man plaudert. Da wohnt man Tür an Tür und weiß doch so wenig vom anderen. Angenehm, kommt man nach ziemlich kurzer Zeit drauf, wäre da nicht der eine Satz gefallen, der mich hellhörig werden ließ.

Nachbar: »Ist eure Therme auch nicht gegangen?«

Normalerweise müsste man halblustig mit einem »Nein, die geht aber eigentlich nie. Wohin soll sie auch gehen, die kennt hier niemanden« antworten, doch in diesem Fall war die Lage zu ernst.

Die zwei abrupt ausgetrunkenen Glühweine haben sich explosionsartig verflüchtigt. Die Zentrale zwischen den Ohren arbeitet mit 100 % und formuliert eine astreine Frage: »Ja! Wieso?«

Mein Nachbar erklärt mir, gestern sei ein Energieberater im Haus gewesen und habe alle Heizkörper entlüftet, um somit Heizkosten zu sparen. Danach kann es passieren, dass man Wasser in das Heizsystem nachfüllen muss. Das ist ein kleiner Zulaufhahn hinten an der Therme.

Es wird ruhig um mich und in mir, doch es ist nicht die Ruhe der Entspannung. Ich bestelle noch zwei Glühwein mit Schnaps und Rum und verpfände meinen Ehering.

Da war also ein Energieberater bei uns, und meine Frau sagt mir das nicht. Da erzählt sie mir oft so viele Sachen, die nicht im Ansatz an die Gewichtung dieser Tatsache herankommen, und lässt so etwas Elementares aus. Das geht nicht! In der Sekunde fällt sie aus dem Vertrauensgrundsatz. Da spart mir dieser Energiewichtel mit der entlüfteten Heizung € 4,30 im Jahr ein, dafür dass ich dem Weihnachtsrohrverleger € 640 in seinen Allerwertesten blase und auch noch dankbar dafür bin. Das darf doch nicht wahr sein!

Die Glühweine tun mir gut. Ich verhandle mit dem Punschverkäufer und tausche meinen Ring gegen das Weihnachtsgeschenk für meine Frau ein. Wie ich genau nach Hause gekommen bin, weiß ich nicht mehr. Auf jeden Fall habe ich drei Jahre lang keinen Glühwein mehr getrunken. ABER ich weiß jetzt, wo der Energieberater wohnt. Er weiß, dass es mich gibt. UND ich weiß, wie man Wasser in ein funktionierendes Heizsystem einfüllt. Als wir damals die Mietwohnung zurückgaben, habe ich unseren Nachmieter freundschaftlich davon in Kenntnis gesetzt, wie man bei der Therme Wasser nachfüllt. Nachdem er meinte, dass er das sicher nicht wissen muss, verließ ich grußlos den Raum.

Solche und unzählige andere Situationen veranlassen einen, hinter die Kulissen einer Gerätschaft zu blicken. Somit ist der Häuslbauer im Laufe der Zeit Experte für alles. Er hat keine Scheu davor, eine Schlagbohrmaschine zu zerlegen, den Keilriemen einer Mischmaschine selber zu reparieren, indem er ihn durch einen Damenstrumpf ersetzt, oder sich einen Minibagger zuzulegen, um die Erdarbeiten für sein Swimmingpool und alle anderen Pools in der Ortschaft ab jetzt selber zu erledigen.

Der Häuslbauer greift an. Das innere Korrektiv, das eigene Dach abzudecken, obwohl Regenwolken in der Luft hängen, fällt bei dem Gedanken, dass man mit eigener Kraft den höchsten Punkt seiner Habseligkeit erklimmen und sie in geraumer Zeit in neuem Glanze erstrahlen lassen kann.

Das Bestellen einer Fläche, und sei sie noch so klein, die man als

Oberfläche des einzig uns bekannten bewohnten Planeten in dem Universum bezeichnen kann, gibt Kraft und das Gefühl der Erhabenheit.

Freilich wird man deine exakt lot- und waagrecht geschnittene Hecke, in die du zusätzlich ein Herz für deine Liebste modelliert hast, aus dem Weltall nicht sehen, doch dein Nachbar sieht sie, und das genügt.

Er sieht die Cortenstahlwinkel, die deine Blumenbeete aussehen lassen, als wären sie am Reißbrett entworfen, und die weißen Kieswege, welche die wichtigsten Verbindungswege auf deinem Areal beschreiben. Er sieht die Bewässerungsanlage, welche punktgenau deinem Rasen die Feuchtigkeit gibt, die er braucht, um als einzigartig zu gelten. Abgegrenzte, scheinbar ungepflegte Gartenecken werden mit dem Schild »Natur im Garten« markiert und erlangen so ihre Berechtigung. Bereiche, die der Rasenroboter nicht erreicht, werden im Verlegeplan als »Bienenparadies« tituliert und mit einer Blütenwiesenansamung versehen, die so viel kostet wie die 10-fache Jahresration an Blütenhonig, fertig im Glas frei Haus geliefert.

Längst geht es nicht mehr ums Geld. Es geht um das äußere Erscheinungsbild. Meterlange Verkabelungen machen deinen Garten und dein Haus zu einem LED-Inferno in allen nur erdenklichen Farben. Das Wort Kitsch erreicht oft bei Weitem nicht das, was manche Eigentümer als schön und dezent bezeichnen. Doch noch haben wir nicht die Welt der Gartenzwerge betreten.

Bemützte Kleinwüchsige mit Gartengeräten verlieren im gleißenden Sonnenlicht und in der winterlichen Kälte im Laufe der Zeit sämtliche Weichmacher und zerfallen letztendlich zu Staub, ohne jedoch vorher über Jahre hinweg das Auge des vorbeigehenden Betrachters zu beleidigen.

Was ein Gartenfreund dabei empfindet, wenn er sich so einen Gnom ins Beet stellt, entzieht sich meiner Kenntnis. Dass er dabei nicht alleine ist, entzieht sich meiner Kenntnis nicht. Jedoch des Menschen Wille ist sein »Gartenreich«. So hat alles seine Berechtigung, sofern es niemanden anderen belästigt. Eine Bedingung, die so manches Windspiel im facettenreichen Vielklang gleich dem Glockenspiel in Gmunden mit Leichtigkeit aushebelt.

Der Springbrunnen schlägt übrigens in dieselbe Kerbe, zumal er nicht nur durch sein permanentes Plätschern eine akustische Luftverschmutzung darstellt, sondern auch durch den Umstand, einen messbar stärkeren Harndrang beim Menschen zu erzeugen. Weiters noch nicht erwähnt sind kleine Gartenteiche, die oft über Wochen zur Balz rufende Frösche beherbergen, oder Nachbarn, die es bevorzugen, vom eigenen Hahn geweckt zu werden. Sofern man nicht der Zunft der Bäcker angehört, die zum Zeitpunkt des Hahnenschreis an der Teigmaschine ihr Dasein fristet, eigentlich ein Grund, sich eine neue Bleibe zu suchen, oder mit der Last zu leben, vorsätzlich ein Tier getötet zu haben.

Hobbygärtner mit dem Spezialgebiet Gemüse ziehen oft weltmeisterliche Früchte aus ihren Böden, die von der Größe an Tschernobyl-Spätfolgen erinnern.

Nachbarn hat man immer. Im Reihenhaus schläft man oft Wand an Wand, und im Wohnbau kann es passieren, dass einer ein Geschoß über und einer ein Geschoß unter dir liegt. Doch was auch immer passiert, es hat etwas mit dir selber zu tun. Ein Gedanke, den man verdrängen möchte, wenn die Vorweihnachtszeit droht und dir von Dachrinnen und Firsten grell leuchtende, herabstürzende Weihnachtsmänner mit oder ohne Schlitten den Schlaf rauben.

Einer hat es geschafft, die Zeit anzuhalten:

Kapitel 10

Der alte Schindler

»Den Kohlrabi miassn S' kosten!« Mit diesem Ruf lockt der alte Schindler seine Nachbarn zum Zaun und überreicht ihnen mit seinen erdigen, abgearbeiteten krummen Gartenfingern eine Scheibe vom eben Angebotenen. Eine Delikatesse.

»So was finden S' in kan Gschäft!!!!«

Stimmt. Kein Kaufmann könnte sich diese Ware leisten. Zumal der alte Schindler noch selber düngt. Wörtlich genommen! Erfolgreich hat er sein Haus nicht an den Kanal angeschlossen und ist noch immer im Besitz einer Senkgrube, welche er zweimal im Jahr mit einer Tauchpumpe entleert und somit Garten und Beete düngt. Würzig und interessant, diesen Kreislauf im Kohlrabi zu erschmecken.

Entleeren muss er seine Senkgrube somit nie, da sie auch noch zu den Modellen gehört, welche damals RICHTIG gebaut wurden. Richtig heißt in diesem Fall, mit einem eingebauten Überlauf in Form eines Dopplers (Bezeichnung für die 2-l-Weinflasche – auch Zwiemandl genannt), welchen man nach der positiven Dichtheitsprobe durch die Gemeinde zerschlagen hat. Somit ersparte man sich viel Geld für den Abtransport seiner Fäkalien.

So steht man am Zaun mit dem alten Schindler. Kaut am Schindler-Kaviar und hört sich alte Geschichten an. Weisheiten, die er voraussichtlich in den nächsten zwei Jahren mit ins Grab nehmen wird. Schade drum, kann der alte Schindler doch zum Beispiel noch Obstbäume veredeln. Alles kann er veredeln. Der macht dir einen Birnbaum zum Kirschbaum und umgekehrt. Der Schindler weiß, wann die Äpfel am besten zum Spritzen sind, und was man erfolgreich gegen Blattläuse macht. Die Bezeichnung BIO gab es damals noch nicht, da automatisch alles bio war. Auch hat keiner, den er kennt, die »Ein-Tag-essen-ein-Tag-nicht-essen«-Diät gemacht. Man war froh, überhaupt etwas zu bekommen, und der Sonntagsbraten verfeinerte den Wochentag nach dem Kirchgang, da es unter der Woche kein Fleisch gab. Somit gab es auch kaum bekennende Vegetarier und schon gar keine Veganer.

Fertigbeton war ein Fremdwort. Den Kalk, um sein Haus zu verputzen, hat sich der alte Schindler selber gelöscht. Beinahe hätte er sein Augenlicht dabei verloren, doch er hatte Glück. Seine ersten beruflichen Watschen hat sich der damals junge Schindler in seiner Elektrikerlehre von seinem Gesellen geholt, als er ihm den Gips bröckelig überreichte. Es gab noch keine fertig angerührte Spachtelmasse, die es selbst einem Schimpansen erlauben würde, eine Unterputzdose einzugipsen. Der alte Schindler kann Gewölbe mauern und Stiegengeländer schnitzen. Er kann Kupferrohre löten und hat sich seine Fenster selber aus alten Eisenprofilen geschweißt. Er hat nach Hause getragen, was er gefunden hat, und es mit Liebe verbaut.

Er kann dir mit der Wünschelrute sagen, ob du auf einer Wasserader liegst oder nicht. Er kann dir sagen, wann die Ortschaft zum ersten Mal urkundlich erwähnt wurde, wann die Kelten abgezogen sind und wie die letzten zehn Ortsvorsteher hießen, welche der Damen ein Mutterkreuz erhalten hat und wer einen Juden versteckte. Wer ein Nazi war und wer noch immer einer ist im Ort.

Der alte Schindler kennt die Schwammerln in seiner Heimat. Er kennt die besten Plätze, wo sie sich vor dem ungeübten Sucher verstecken und auf ihn warten. Physisch ist er nicht weit gereist. Russland. Für diese Reise war er zu jung, und es war gegen seinen Willen. Seitdem ist er zu Hause, und dieses Wort nimmt er wörtlich.

Einen Handwerker hat sein Häuschen nie gesehen, und schon gar keinen Architekten. Sein Findlingshaus kennt keine Drainage, keinen PU-Schaum, kein Silikon und keinen Betonklebeanker, keine Vollwärmeschutzfassade und keine kontrollierte Wohnraumlüftung, keine Wärmepumpe und keine Fußbodenheizung. Stoffumwickelte Leitungen tragen die 230 Volt bis zur Lampe und den wenigen Steckdosen. Der Herd wird mit Holz betrieben, und Starkstrom braucht nur seine Kreissäge. Wie ein Felsen steht dieses Kleinod, umgeben von Reihenhäusern, lediglich mit der Versicherung durch die Existenz des alten Herrn. Viel hat man ihm schon geboten, würde er das Feld für einen weiteren Wohnbau räumen, doch Geld hat ihn noch nie angetrieben.

Er ist für mich der König der Heimwerker.

So schließt sich der Kreis meiner Philosophie. Das Bauen der Behausung für dich und deine Familie ist eine der elementarsten Tätigkeiten, welche du in deinem Leben vollbringst. Von der anfänglichen Angst über die Bestätigung der ärgsten Alpträume bis zur Vollendung des Kraftaktes spürt man sich selten bis in jede Zelle so genau wie während dieser Zeit.

Nichts Menschliches bleibt dir fremd, wenn du jeden Tag in der

Gesetzeswelt von Ingenieur Eduard A. Murphy erwachst. Sämtliche sportliche Höchstleistungen verlieren ihren Glanz gegen diesen Akt. Es ist ein Tanz auf einem Drahtseil, das dir auf der einen Seite dein Banker und auf der anderen dein/e PartnerIn spannt. Dazwischen tanzen deine Kinder und dein Chef. Es tanzen deine Nerven und Bandscheiben. Du beschreitest neue Pfade, und nichts wird danach so sein, wie es zuvor war. Es ist schöner. Du lernst Menschen kennen, die dir ohne den Entscheid, jemals ein Eigenheim zu errichten oder zu sanieren, unbekannt geblieben wären. Du klammerst deine Hoffnungen oft an Personen, denen du deine Kinder keine fünf Minuten lang anvertrauen würdest. Es ist ein Feuerwerk an Überraschungen in beide Richtungen, weil es in allen Richtungen nach Menschen riecht.

Wenn du jedoch versuchst, jeder Tätigkeit, sei sie auch noch so klein und falle sie dir oft auch noch so schwer, einen Funken Liebe einzuhauchen, wirst du sehen: ES LEBT.

Ich wünsche euch allen unendlich viel Freude dabei! Willkommen auf dem Weg zu dir selbst. Leben ist ein Projekt – … weil Leben is Baustelle.

Danke!

ENDE

Unsortierte Begriffe, die Ihnen beim Bauen bestimmt unterkommen werden

- Den **Feuermauerspitz** und die **Gewichter** für die Wasserwaage gibt es genauso wenig wie die Möglichkeit, die Formel 1 zu berechnen oder den Niagara-Fall zu lösen.
- Das **Fliesenkreuz** ist kein Symbol einer Glaubensrichtung, sondern lediglich eine Verlegekrücke für den ungeübten Fliesenleger.
- Der **Frostkoffer** ist kein geistig minderbemittelter Mensch, dem bei Temperaturen unter null kalt ist, sondern die Einbringung von kantigem Material oder Schotter unter die Fundamente, damit anfallendes Wasser abgeleitet werden kann und bei Frost keine Schäden entstehen.
- Ein **Kabel** verwendet man, um elektrischen Strom zu leiten. Eine **Schnur** nicht.
- Der Unterschied zwischen **Silikon** und **Acryl** besteht im Wesentlichen darin, dass man eine Acrylfuge überstreichen kann. Silikon kann aber besser mit Wasser umgehen und bleibt länger elastisch. Daher: Wo Fliesen sind, ist Silikon, bei der Wandfuge Acryl.
- Ein **Sprengring** ist keine Vereinigung von Terroristen, sondern lediglich ein Ring aus Federnstahl in Form einer Beilagscheibe, der dazu dient, einer Verschraubung eine stetige Spannung zu verleihen, sodass sich die Mutter vom Gewinde nicht so leicht lösen kann. Er wird auch als Sicherungsring im Maschinenbau verwendet.
- … ja, ich weiß: Die **Mutter** ist nicht nur die Frau, die dich zur Welt gebracht hat, sondern in der Technik das mit einem Innengewinde versehene Gegenstück einer Schraube.
- **Dachpfeife:** Eine Dachpfeife ist kein zurückgebliebener Bürger, der über der obersten Geschoßdecke sein Dasein fristet, sondern

eine in die Dachhaut eingedichtete Durchführung für mögliche Lüftungen und Leitungen aus dem Gebäude und in das Gebäude.

- **Gleichenspruch** soll nicht heißen, jemand könnte den gleichen Spruch, den du gerade aufgesagt hast, ebenso zum Besten geben. Die Dachgleiche wird gefeiert, wenn der Rohbau abgeschlossen ist und der Dachstuhl auf dem Gebäude errichtet ist. Den Gleichenspruch spricht bei der Gleichenfeier traditionell der Zimmermann oder der Polier. Danach wird das Glas, aus dem er getrunken hat, auf den Boden geworfen. Zerspringt es, so bringt das Glück.

- Platz für **eigene Wortsammlung:**